Franz Palacký

Leben des Grafen Kaspar von Sternberg von ihm selbst beschrieben

Franz Palacký

Leben des Grafen Kaspar von Sternberg von ihm selbst beschrieben

ISBN/EAN: 9783743311565

Hergestellt in Europa, USA, Kanada, Australien, Japan

Cover: Foto ©Raphael Reischuk / pixelio.de

Manufactured and distributed by brebook publishing software
(www.brebook.com)

Franz Palacký

Leben des Grafen Kaspar von Sternberg von ihm selbst beschrieben

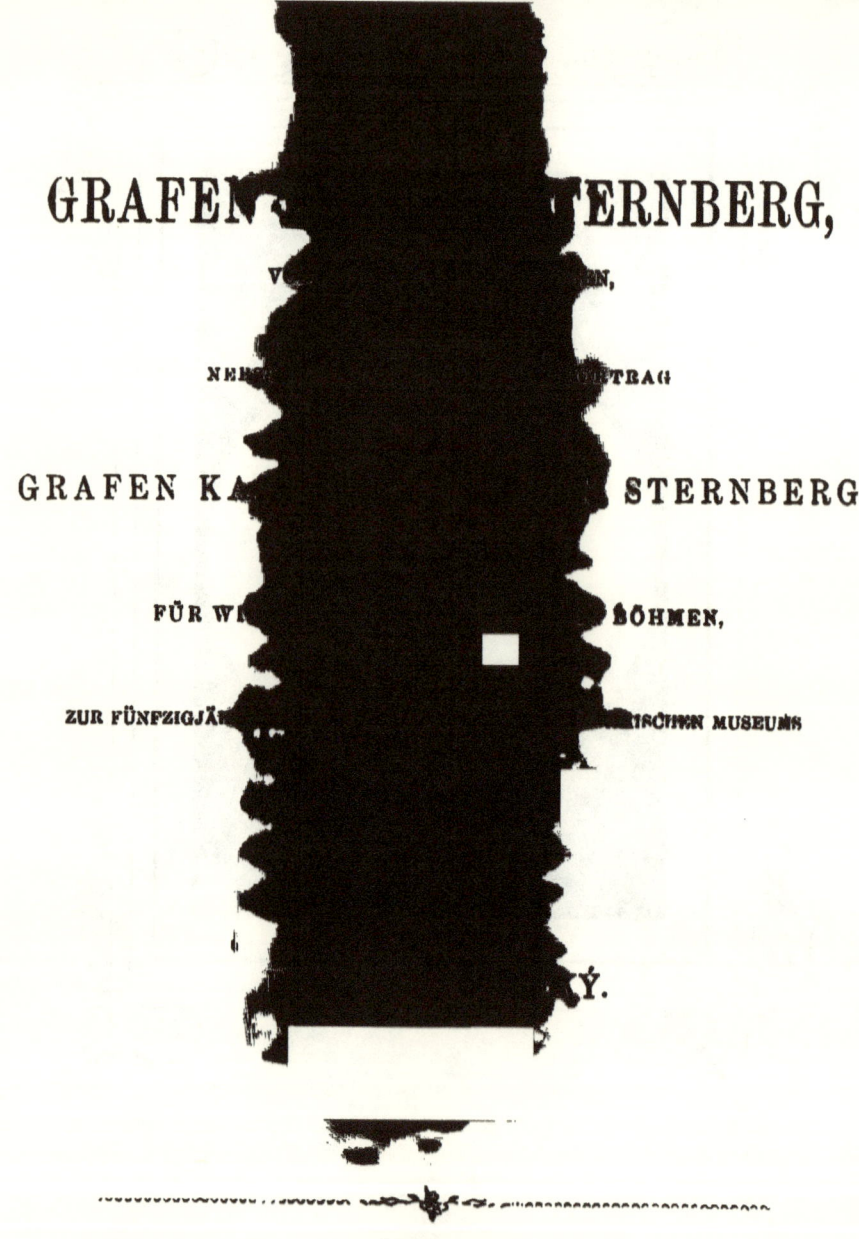

GRAFEN ⬛ ERNBERG,

V⬛N,

NE⬛TRAG

GRAFEN KA⬛STERNBERG

FÜR WI⬛BÖHMEN,

ZUR FÜNFZIGJÄ⬛ISCHEN MUSEUMS

⬛Ý.

PRAG 1868

IN COMMISSION BEI FRIEDRICH TEMPSKY.

Druck von Heinr. Mercy in Prag.

Graf Kaspar Sternberg, der Hauptgründer und erste Präsident des böhmischen Museums, war frühzeitig bedacht, die Erinnerungen aus seinem reich bewegten Leben aufzuzeichnen. Schon im J. 1812 entwarf er eine ziemlich umständliche „Skizze zu meiner Biographie," die freilich mit dem Jahre 1810 schloss; dann in einem der letzten zwanziger Jahre fing er an, seine Biographie „für die Gesellschaft der Wissenschaften ·in Prag" zu schreiben: da ihn jedoch beide Entwürfe unbefriedigt liessen, so machte er sich in der unfreiwilligen Musse des Jahres 1831 an eine dritte (hier folgende) Bearbeitung des Gegenstandes. Als ich im Jahre 1837 von meiner ersten italienischen Reise zurückgekehrt war, übergab er mir diese Aufzeichnungen zu einer correcten Mundirung; seine Meinung war, dass dieses Werk einige Jahre nach seinem Tode im Auslande (nämlich censurfrei) gedruckt werden sollte. Da es mir aber unmöglich gewesen, das Ganze zu copiren, bevor ich zum zweitenmal gezwungen wurde, mit meiner Familie für den Winter 1838—39 nach Rom zu ziehen: so übergab er mir, als ich von ihm Abschied nahm, nicht nur den Rest seines Manuscripts, sondern auch andere autobiographische Aufzeichnungen mehr; er schien zu ahnen, dass er mich nicht wiedersehen würde. Nach seinem während meines Aufenthalts in Rom erfolgten Tode bewahrte ich diesen seinen Nachlass als einen meinen getreuen Händen anvertrauten Schatz mit dem Vorsatze, ihn der Absicht des Verewigten gemäss zu behandeln und seiner Zeit im böhmischen Museum zu deponiren. Seitdem in Oesterreich die Censur beseitigt worden ist, entfiel die Nothwendigkeit, das Werk im Auslande drucken zu lassen: meine vielen anderweitigen Geschäfte machten es mir jedoch unmöglich, an dessen weitere Bearbeitung Hand anzulegen, und ich fasste deshalb schon vor Jahren den Entschluss, die Publication zur 50jährigen Jubelfeier des böhmischen Museums zu verschieben. Der gegenwärtige Präsident der Anstalt, Se. Excellenz Graf Heinrich Jaroslaw Clam-Martinitz, dem ich dies Vorhaben mittheilte, erbot sich die Kosten der Herausgabe, zu Gunsten des Museums, aus Eigenem zu bestreiten; auch das thätige Museumsmitglied, Herr Friedrich Tempsky, übernahm in gleicher Absicht die Besorgung des Vertriebes im Buchhandel; und da auch ich meine Arbeit dabei als einen Tribut alter Dankbarkeit ansehe,

so fällt der ganze Erlös aus diesem Werke jener vaterländischen Anstalt zu, welche leider eines solchen materiellen Zuflusses noch immer bedürftig ist.

Da es nothwenig wurde, der Selbstbiographie des
Grafen Nachrichten über seine letzten Tage und sein
Ende beizufügen, und da bei einer Jubelfeier des böhmischen Museums auch die Verdienste des Grafen
Franz Sternberg um dasselbe nicht mit Stillschweigen
übergangen werden durften: so entschloss ich mich
meinen am 15 Dec. 1842 in der böhmischen Gesellschaft
der Wissenschaften über beide Grafen gehaltenen Vortrag dieser Publication beizufügen, und in Letzterem
nur Dasjenige wegzulassen, was durch des Grafen Kaspar
eigenen Bericht überflüssig geworden war.

Bei der Abfassung der Lebensgeschichte des Grafen
Franz Sternberg, welche zuerst als Nekrolog in den
„Jahrbüchern des böhmischen Museums" 1830 (S. 479
bis 487) erschien, waren mir dessen Tochter, Gräfin
Christiane, und auch Graf Kaspar selbst behilflich ge-
wesen. Wenn ich nun den biographischen Aufsätzen
hier auch noch die aus den Reden des Grafen Franz
Sternberg geschöpften „Aphorismen über Kunst und
Künstlerberuf" (aus den Jahrbüchern S. 488—497) folgen
lasse, so gebe ich zwar zunächst dem Drange meiner
Pietät gegen zwei Wohlthäter nach, welche mich in

meiner Jugend mit besonderem Vertrauen auszeichneten, hoffe aber damit auch weder gegen die verehrten
Manen der Verstorbenen, noch gegen das Interesse des
vaterländischen Publicums zu verstossen.

PRAG, den 15 April 1868.

Franz Palacký.

LEBEN

DES

GRAFEN KASPAR STERNBERG,

VON IHM SELBST BESCHRIEBEN.

Die Einwirkungen von Zeit und Raum, in denen man lebt, die Begebenheiten, an denen man, thätig oder leidend, Theil nimmt, sind die eigentlichen Erzieher und Bildner des Menschen; Lehrer und sogenannte Erzieher sind nur Einleiter in diese Bahn; der Umgang mit Eltern gibt Beispiele und Richtschnur.

Ich ward den 6 Januar 1761 in Prag geboren und in der Kirche zu S. Galli als *Kaspar* getauft. Meine Taufpathen waren nach der damaligen Sitte des böhmischen Adels zwei Bettler des Kirchspiels. Ich war das jüngste von acht Kindern, welche meine Eltern erzeugten, von denen jedoch nur drei Söhne und eine Tochter am Leben blieben.

Mein Vater, Graf *Johann* Sternberg, k. k. geheimer Rath und Kämmerer, war in seiner Jugend den kais. Fahnen vor Belgrad gefolgt, erbeutete in der Affaire bei Pisek 1742 im Successionskrieg die Condé'sche Bagage (wovon ein paar Pistolen mit dem Condé'schen Wappen noch in meiner Gewehrkammer sich befinden), machte den ersten preussischen Krieg mit, erhielt in den Schlachten bei Mollwitz und Torgau vier tiefe Kopfwunden, hielt die Trepane glücklich aus, musste aber doch wegen wiederkehrender heftiger Kopfschmerzen die militärische Laufbahn verlassen. Er vermählte sich mit der Gräfin Anna Josepha Krakowsky von Kolowrat, Tochter Philipps, des nachmaligen Oberstburggrafen. Und obgleich er dann in Civildienste überging, so behielt er doch sein ganzes Leben hindurch eine besondere

1

Vorliebe für den Militärstand, und war nie glücklicher, als wenn ein ehemaliger Kriegscamerad ihn besuchte, wo er von den leider oft verlorenen Schlachten sprechen konnte.

Meine Mutter war eine sehr gebildete Frau, sie sprach und schrieb mit Fertigkeit deutsch, französisch, italienisch, und lernte noch in späteren Jahren die englische Sprache. Sie liebte vorzüglich die französische Literatur; in späterer Zeit befreundete sie sich jedoch auch mit Wieland, Göthe und Shakspeare.

In meinem vierten Jahre wurde ich durch die Blattern dem Tode nahe gebracht und ziemlich entstellt. Meine Mutter bestimmte, dass ich der weiblichen Wartung nicht eher entzogen werden sollte, als bis ich alle Kinderkrankheiten überstanden hätte, was erst im siebenten Jahre meines Lebens eintraf. Ich hatte indessen die böhmische Sprache durch Uebung von den mich umgebenden Dienstboten, deutsch lesen und schreiben von einem Hauslehrer, französisch von meinen Eltern und lateinische Worte von dem Hofmeister meiner Brüder erlernt.

Mein erster Hofmeister war nach damaliger Sitte ein französischer Abbé, Namens Lambin. Die französische Bilderbibel, die wir zusammen lasen, ergötzte mich gar sehr; den wunderbarsten Eindruck auf mich machten die vom Trompetenschall einstürzenden Mauern von Jericho. Nach zwei Jahren, als ich geläufig französisch sprechen gelernt, aber wenig von den Regeln der Grammatik behalten hatte, trat ich in die lateinische Schule bei dem Hofmeister meiner Brüder, einem mährischen Jesuiten, Namens Johann Spalek. Mein ältester Bruder Johann, beinahe um neun Jahre älter als ich, hatte bereits die philosophischen Studien absolvirt, und mein zweiter um sieben Jahre älterer Bruder Joachim sollte in selbe übergehen.

Da ältere Geschwister auf die jüngeren, schon durch ihren Umgang selbst, jedesmal einen bildenden Einfluss ausüben, und ich durch die meinigen etwas über meine Sphäre hinaus gefördert wurde, so muss ich sie etwas näher bezeichnen.

Mein Bruder *Johann* war von frühester Jugend auf ein

tüchtiger und fleissiger Student gewesen, der bei allen Prüfungen Vorzugsclassen erhielt. In freien Stunden beschäftigte er sich vorzüglich mit der böhmischen Geschichte, wozu ihn sein erster Hofmeister, der später durch seine Schriften rühmlich bekannt gewordene Franz Martin Pelzel, angeleitet hatte. Obgleich in Jahren weit verschieden, behandelte er mich mit besonderer Vorliebe, und ich habe ihm viel zu danken. Er hatte sich bereits für den Militärstand erklärt: allein meine Eltern forderten, dass er die Rechte hören sollte, um für den Fall, dass ihm die militärische Laufbahn in der Folge nicht zusagen sollte, auch im Civildienste dem Vaterlande nützlich sein zu können.

Mein zweiter Bruder *Joachim* war ein durchaus genialer Mensch, der sich in keinen Schulzwang einengen liess. Er brachte alle seine Meister und Lehrer in Verzweiflung, indem er während der Lehrstunden immer etwas anderes trieb, als was gelehrt wurde: sie liebten ihn aber dennoch, wegen seines hervorstechenden Witzes und eines eisernen Fleisses für dasjenige, was, ausser der Studierstunde, ihm zusagte. Für sich und ohne Anleitung studirte er Mineralogie und Chemie, die, aus alten Büchern gezogen, welche er bei den Juden von seinem Spielgeld zusammenkaufte, in Alchemie ausartete. Er brauchte mich als seinen Famulus, um die Steine, die er zusammenschleppte, ordnen zu helfen, und, wenn der Hofmeister nicht zu Hause war, ihm das Feuer unter dem Schmelztiegel anzublasen; was mir alles vielen Spass machte, ob ich gleich, wenn ich ungeschickterweise einen Schmelztiegel umwarf, in welchem sich Silber oder Gold bilden sollte, ganz ordentlich durchgeprügelt wurde.

Dieses Leben dauerte drei Jahre, bis mein ältester Bruder, nach vollendeten Rechtsstudien, in die Armee als Lieutenant eintrat. Ihm folgte im folgenden Jahre auch mein zweiter Bruder, und ich sah mit nassen Augen die vielen Steinchen abziehen, mit denen ich mich befreundet hatte, und die ich nach äusseren Kennzeichen ziemlich gut zu unterscheiden wusste.

Nun war ich allein mit meinen Eltern, die viel auf dem

Lande lebten, und mit dem Hofmeister Pater Spalek. Dieser war
ein ruhiger gesetzter Mann, besonders in den Classikern wohl
bewandert. Ich hatte ein sehr gutes Gedächtniss und machte
schnelle Fortschritte, ausser in der Poesie; denn obgleich ich den
Virgil und Ovid beinahe ganz aus dem Gedächtnisse abzuspinnen
wusste, so wollte es mir doch nie gelingen, einen leidlichen Vers
selbst zu gestalten.

Es lag in den Grundsätzen meines Vaters, den Körper hart
zu erziehen; wie er denn auch selbst nie an Bequemlichkeit
dachte, und, ausser zu Pferd, weil es Sitte war, nie einen Hand-
schuh über seine Hand brachte. Es wurde mir gestattet bei
jeder Witterung die freien Stunden in Gottes freier Luft zuzubringen, wozu die Jagd die beste Veranlassung bot. Meine
physischen Kräfte wurden hiedurch vorzüglich entwickelt und
mein Körper so abgehärtet, dass ich mein ganzes Leben hindurch
die beschwerlichsten Reisen in jeder Witterung ohne alles Un-
gemach ertrug. Die Abendstunden brachte ich bei meinen Eltern
zu. Um mich in der französischen Sprache zu üben, las ich ihnen,
nächst geistlichen Büchern, Rollins allgemeine und römische Geschichte vor.

Meine erste Entwicklung fiel in die letzten Jahre der wahrhaft glorreichen Regierung der Kaiserin Maria Theresia, wo sich
eine freudige Regung aller Zweige der Wissenschaften bemächtigt
hatte. Ihr hoher durchdringender Geist hatte die Ueberlegenheit
der geistigen Kräfte durchschaut; um ihnen ein freieres Walten
zu verschaffen, war sie besorgt, vor allem die wichtigsten Hindernisse auf eine mässige und ruhige Weise zu entfernen. Nach
der Aufhebung des Jesuitenordens, welcher das Monopol der
Erziehung in ganz Europa besessen hatte, wurde dem Studienplan
eine andere Richtung gegeben. Die Menge der Feiertage, welche
dem Aufschwung der Industrie im Wege standen, wurden vermindert, die beinahe auf einer jeden Besitzung in einem andern
Verhältniss stehenden Frohndienste auf ein gleiches Verhältniss
reducirt, Agriculturgesellschaften eingeführt, neue Forstgesetze

vorgeschrieben, Verbesserungen in allen Zweigen versucht, die Tortur aufgehoben. Dass unter den vielen gemachten, zum Theil auch ausgeführten, Projecten, auch manche misslangen, wie z. B. die Emphyteutisirung der Gründe in zu kleine Parcellen, ist nicht zu läugnen: im Ganzen aber wurde Grosses ohne Geräusch ausgeführt, und wer sich die Mühe nehmen wird, alle Verordnungen, welche unter Maria Theresia erschienen sind, durchzulesen, wird sich überzeugen, dass sie eine allgemeine Reformation in allen Zweigen, aber keine Revolution bezweckte. Denn schonend gegen die Menschen, selbst gegen eingewurzelte Vorurtheile, änderte sie wenig in den Formen, aber viel in der Wesenheit auf eine wenig auffallende Art; und da sie persönlich allgemein beliebt war, so setzte sie, ohne die geringste Unruhe in ihren weiten Staaten zu veranlassen, mehr durch als ihre Nachfolger. Sonnenfels hatte indessen die Fesseln des Geistes gelöst, und es gab geistvolle Männer in der Monarchie, welche seinem Beispiele folgten. In allen Fächern der Wissenschaft wurde ein edles Streben bemerkbar, welches einen sich entwickelnden jungen Geist, der manches davon zu lesen bekam und noch mehr darüber für und wider sprechen hörte, nicht unberührt lassen konnte.

Ich war indessen bis zum Studium der Physik vorgerückt, die ein irländischer Franciscaner oder sogenannter Hiberner, O Kelly, nachmaliger Bischof in Dresden, mich lehrte. Es fehlte ihm nicht an Kenntnissen, aber an der Methode, sie mitzutheilen; ich machte geringe Fortschritte, und versäumte auch, was ich später oft bedauert habe, bei ihm die englische Sprache ordentlich zu lernen. Die Jugend ist leichtsinnig.

Da meine beiden Brüder sich dem Kriegsdienste gewidmet hatten, so bestimmten meine Eltern mich zum geistlichen Stande. Durch Empfehlung der Kaiserin Maria Theresia wurde mir schon in meinem eilften Jahre eine Domherrnpräbende in Freising von dem Papst Clemens XIV ertheilt, und durch Resignation eines Grafen Khevenhüller erhielt ich eine zweite, die von Regensburg; ich selbst hatte kaum Kenntniss davon genommen.

Als im Jahr 1778 der unbedeutende Krieg mit Preussen ausbrach, regte auch bei mir sich der Militärgeist. Mein ältester
Bruder hatte sich ausgezeichnet und wurde im Armeebulletin
ehrenvoll erwähnt, bald darauf mein zweiter Bruder als Adjutant
vom Feldmarschall Laudon, von dem ehrwürdigen Veteran,
öffentlich belobt: dadurch aufgeregt versuchte ich meine Eltern
zu bewegen, meinen schwarzen Rock gegen den weissen vertau-
schen zu dürfen. Mit Klugheit und Freundlichkeit verwiesen
diese mich zur Ruhe, bis sich die politischen Umstände deutlicher entwickelt haben würden. Der Teschner Friedensschluss
erfolgte, meine beiden Brüder kamen zurück, ohne einen Schritt
vorwärts gerückt zu sein, die militärische Aufwallung wurde be-
schwichtigt. Mein Bruder Johann, in dessen Einsichten ich
grosses Vertrauen setzte, machte mir begreiflich, dass wenn ich
meine Anlagen gehörig benützen wolle, es mir leicht werden
dürfte, mich in den Domcapiteln zu höheren Würden aufzuschwingen und mir einen nützlichen und anständigen Wirkungskreis zu verschaffen, den ein Officier, in Friedenszeiten auf das
Exerciren von Recruten beschränkt und in ein ungrisches Dorf
ohne menschlichen Umgang gebannt, oft lange entbehren müsse.

Dies bestimmte mich, den Wunsch meiner Eltern zu erfüllen, die Theologie in Rom, im dortigen Collegium germanicum
zu hören. Ich bereitete mich zu der öffentlichen Prüfung an
der Universität in Prag vor, bei welcher ich gut bestand, erhielt die Firmung und die kleinen Weihen, und reiste zu meinem Oheim nach Wien, dem Minister Grafen Leopold Kolowrat,
Bruder meiner Mutter, der es übernommen hatte, mich nach
Rom zu befördern. Mein Oheim hatte beschlossen, mich mit
dem neu ernannten Auditor Rotae, Grafen Salm, einem Domherrn von Salzburg, nach Rom zu schicken. Die Abreise ver-
zögerte sich und liess mir Zeit, Wien näher kennen zu lernen.
Ich erkundigte mich nach der Verschiedenheit der theologischen
Lehre in Wien und in Rom, und verschaffte mir die an der
Wiener Universität vorgeschriebenen Lehrbücher, um die Ab-

weichungen bestimmter zu erkennen. Vor meiner Abreise hielt es mein Oheim für schicklich, mich zu einer Audienz bei der Kaiserin zu führen. Sie empfing mich gnädig und sagte: „Er reist jetzt nach Rom ins deutsche Collegium, um sich für den geistlichen Stand vorzubereiten. Er muss aber nicht glauben, dass Er dieserwegen geistlich werden muss, wenn Er keine Vocation hat. Wenn Er etwas gelernt hat, so kann Er auch in einem andern Stand sein Fortkommen finden." Diese allergnädigste Aeusserung war mir sehr angenehm, denn ich hatte eigentlich noch gar keinen klaren Begriff, woran man seinen Beruf prüfen soll.

Zu Anfang December 1779 verliessen wir Wien. Die schönen Städte Italiens, wo wir einige Tage verweilten, machten einen tiefen Eindruck auf mich; Mangel an Menschenkenntniss, die ich im engen Kreise des väterlichen Hauses nicht erwerben konnte, machte mich schüchtern und verlegen in der Gesellschaft. Am 23 December kamen wir in *Rom* an. Ein geistlicher Vorsteher aus dem Collegium erwartete mich an der Porta del Popolo, und brachte mich in das Collegium, wo ich dem Präsidenten vorgestellt und dann in die Kammer geführt wurde, wo alle in diesem Jahre neu Angenommenen zusammen wohnten.

Am nächsten Morgen wurde mir eine Eidesformel vorgelegt, nach welcher ich schwören musste, geistlich zu werden, und gerades Weges aus dem Collegium wieder zurückzureisen, ohne eine Nacht ausserhalb desselben in Rom zuzubringen, auch nicht über Neapel zu reisen. Das kam mir seltsam und unbequem vor: doch dachte ich, so nahe dem Papst, dürfte es wohl nicht schwer halten, eine Dispens zu bekommen. Ich schwur den Eid, in der innern Ueberzeugung, ihn nicht halten zu müssen; wie es auch wirklich erfolgte.

Ich hatte Mühe, mich in die neue Lebensweise einzugewöhnen; doch in grosser Gesellschaft junger Leute erträgt man alles leichter. Wir waren 70 junge Theologen, zu 10 bis 12 in geräumigen Sälen; die Fenster standen so hoch, dass man mehrere Treppen hinaufsteigen musste, um sie zu erreichen, und dann nichts weiter zu sehen, als die Dächer der Häuser, und die Piazza Navona, wo alle Sonntage zu gleicher Zeit an der einen Ecke ein Capuciner predigte, und auf der andern Pulcinella in einer Marionettenbude die Gaffer belustigte. Unsere Professoren waren Dominicaner aus dem Kloster della Minerva; derjenige, der das Jus canonicum vorlas, ein wahrhaft gelehrter Professor, dessen Vortrag im besten ciceronischen Latein uns alle erfreute, die drei übrigen höchst subalterne Menschen. Alle Tage gingen wir Abends durch die Strassen und Kirchen spazieren, immer die ganze Kammer mit dem Geistlichen, der bei uns schlief, an Sonn- und Feiertagen in die Paläste, um Galerien oder Alterthümer zu besehen, an Donnerstagen bei gutem Wetter in unsere Vinea nächst der Villa Borghese.

Alle acht Tage mussten zwei Zöglinge unter Vorsitz des Professors disputiren. Als mich nun zum ersten Male die Reihe traf, zu opponiren, verleitete mich die Eigenliebe, glänzen zu wollen. Ich legte die Schriften des Professors bei Seite, schöpfte meine Argumente aus den Büchern, die ich von Wien mitgebracht hatte, und freute mich schon zum Voraus, wie ich den Defendenten in Verlegenheit bringen würde. Dies geschah auch wirklich, allein meine Siegesfreude dauerte nicht lange: denn nun fiel der Professor in sehr erbostem Tone über mich selbst her, und es fehlte nicht viel, dass er mich nicht für einen Ketzer erklärte. Er liess mich auch seinen Groll bei der ersten Prüfung empfinden; denn obgleich ich sehr richtig geantwortet hatte, so gab er mir doch die zweite Classe, indess ich von den übrigen drei Professoren die Vorzugsclassen erhalten hatte. Von diesem Augenblicke an bemächtigte ich mich des Platzes hinter der Katheder, wo mich der Professor nicht sehen konnte, und, mich einzig auf mein Gedächtniss verlassend, schrieb ich keine Zeile mehr, ausser was der Professor des Kirchenrechts, Christianopulo, dictirte.

Die Zeit auf eine andere Art würdig zu benützen, suchte ich nun Mittel und Gelegenheit. Unter meinen Mitschülern in der Kammer befand sich ein Junker von Balthasar aus Luzern, dessen älterer Bruder in der Stadt wohnte, und alle Sonntage in das Sprachzimmer kam, den Bruder zu besuchen. Durch diesen verschaffte ich mir Bücher, die mir als Leitfaden für das Studium von Kunst und Alterthum dienen konnten. Er brachte mir nach und nach sämmtliche Werke von Winkelmann, die ich in freien Stunden fleissig studirte; und während der Professor den Tractat de gratia langweilig abspann, blätterte ich hinter der Kanzel im Pausanias und andern von Winkelmann citirten Autoren, die sich in der Bibliothek des Collegiums befanden. Ich wurde zwar belauscht, verrathen und von unserm Vorsteher vorgenommen: da ich aber durch mein glückliches Gedächtniss binnen vier Wochen alles aus fremden Heften so aufzufassen und zu behalten vermochte, dass ich in der Prüfung der vierte Beste war, so liess man mich in der Folge gewähren.

Das Zusammenleben mit vielen Menschen gleiches Alters aus allen Gauen Deutschland's und der Schweiz, aus den ungrischen Ländern und Siebenbürgen, nebst den Italienern, die uns umgaben, liess mich die Menschen näher und nicht immer von der besten Seite kennen lernen. Ich zog mich zurück, und gewann dadurch Zeit, mich mehr mit den Wissenschaften zu befassen, wie ich es bei meiner isolirten Erziehung im väterlichen Hause gewohnt war. Unter den vielen Büchern, die Junker von Balthasar in das Collegium einschwärzte, — denn deutsche Bücher waren Contrebande — befanden sich auch Werthers Leiden von Göthe; ich konnte sie bloss am Donnerstag, wo wir in unserer Vinca speisten und uns nach Willkühr in dem weiten Raume zerstreuen durften, mit Sicherheit lesen. Um nicht verrathen zu werden, kroch ich auf eine dicht bebuschte Cypresse, und schwamm in Thränen, indess die Cicaden neben mir die heissesten Stunden des Tages verkündeten.

Wir vernahmen zwar sehr wenig von Allem, was in der Aussenwelt vorging, da wir ausser dem Diario di Roma keine Zeitung zu lesen bekamen: doch erhielten wir Briefe, sprachen an Sonntagen mit Bekannten aus der Stadt, und Begebenheiten, wie der Tod der Kaiserin Maria Theresia, das rasche Eingreifen und Aendern Kaiser Josephs, die Reise Pius VI nach Wien, konnten kein Geheimniss bleiben. Es herrschte viele Unzufriedenheit im Collegium, besonders gegen den zweiten Vorsteher, den man Minister nannte, einen korsikanischen Exjesuiten, der sich in jeder Kammer unter den Studirenden einen Spion erzog, um jede Contrebande von eingeschleppten Esswaaren u. dgl. zu erkunden, und damit viele Chicanen veranlasste; selbst die Geistlichen, die mit uns wohnten, — Präfecten genannt, — wiegelten uns gegen ihn auf. Die österreichischen Unterthanen bildeten die Mehrzahl im Collegium; sie schlossen sich näher an einander, um eine Opposition zu bilden. Als es nun in Rom ruchbar wurde, dass der Papst unverrichteter Dinge zurückgekehrt sei, fing es an in den heissesten Köpfen, besonders unter den Ungarn und Siebenbürgern, zu spucken, und die innere Disciplin löste sich allmählig auf. Unser Präsident, ein gelehrter Canonicus von Fano und heller Kopf, schlug den klügsten Weg ein, um die Ordnung wieder herzustellen: er missbilligte das Betragen des Ministers, suchte die besten Köpfe an sich zu ziehen, ihre Ansichten zu mildern, und stellte dem Cardinal Cassali die Nothwendigkeit vor, ein anderes Benehmen gegen uns einzuleiten; allein der Minister hatte ihn bereits bei dem Cardinal als Haupt der Widerspänstigen denuncirt. Man wollte die Sache mit Gewalt bekämpfen: ein gefährliches Mittel, welches die Jugend gewöhnlich nur aufreizt und grössere Thorheiten veranlasst. Der Cardinal erschien persönlich im Collegium, um uns eine Strafpredigt zu halten und mit einer päpstlichen Poenitenz zu bedrohen: er wurde ausgezischt, die Meisten zogen sich zurück, und er blieb am Ende mit den blossen Creaturen des Ministers allein im Saale. Man versuchte nun durch den kaiserlichen Botschafter, Cardinal Herzan, auf uns zu wirken: allein dieser wusste in seiner Doppelgestalt als Botschafter und Cardinal sich aus der Sache zu ziehen, ohne einen directen Schritt zu thun. Aus dieser

Verlegenheit zog man sich endlich dadurch, dass in einer Nacht Präsident und Minister aus dem Collegium entfernt wurden, am Morgen aber ein päpstlicher Prälat als neuer Präsident nebst einem neuen Minister vor uns standen, und eine väterliche Ermahnung des Papstes zu Ruhe und Eintracht vorlasen.

Ich benützte diese Art von Waffenstillstand, um mir ein eigenes Wohnzimmer auszubitten, was, ausser in Krankheitsfällen, nie gestattet wurde; jetzt aber erhielt ich es, weil man die Cameradschaften, die sich gebildet hatten, gerne trennen wollte, und ich in der Opposition zu den Gemässigten gezählt wurde. Nun fand ich mehr Musse, für mich zu studiren, und bildete mit fünf der fleissigsten meiner Mitschüler eine literarische Gesellschaft, die sich jede Woche einmal bei mir versammelte, um kleine Aufsätze über wissenschaftliche, nicht theologische Gegenstände vorzulesen und zu besprechen. Es waren allerdings keine sehr sublimen Arbeiten; doch lieferten sie den Beweis, dass wir uns auszubilden strebten.

Während dieser Ereignisse war mein Vetter, Graf Adam Sternberg, in Rom gewesen, und hatte mich von allem, was in der Heimath vorfiel, in genaue Kenntniss gesetzt. Er stellte mir vor, dass bei den von Kaiser Joseph aufgestellten Grundsätzen die kaiserlichen Unterthanen wohl nicht lange würden in Rom verbleiben können, und ermahnte mich zur Ruhe und zur Benützung der letzten Zeit meines Aufenthaltes in Rom, um die Merkwürdigkeiten dieser Stadt genau zu beobachten. Dieselbe Lehre enthielten auch die Briefe meines ältesten Bruders Johann: ich befolgte sie treu.

Im Frühling 1782 erschien K. Josephs Edict, wodurch dem deutschen Collegium in Rom alle Güter, welche es im mailändischen Gebiete besass, entzogen wurden; zugleich wurden alle österreichischen Unterthanen abgerufen und angewiesen, sich in das neu errichtete Collegium nach Pavia zu verfügen, um dort ihre Studien zu vollenden. Ich hatte nur noch ein Jahr lang zu studiren: allein ich begriff sehr wohl, dass mir meine römische

Theologie in Pavia, wo ganz andere Grundsätze mit Leidenschaft
verfochten wurden, wenig frommen würde, hatte auch keine son-
derliche Lust, von einem Extrem zum andern überzugehen, da
die Wahrheit gewöhnlich mitten inne liegt: ich entschloss mich
daher, aus dem Jus canonicum, welches ich allein mit Fleiss und
Lust studirt hatte, öffentlich zu disputiren, und mir ein Attestat
als Theologus absolutus zu verschaffen. Dies geschah im Monat
Juni 1782 mit glänzendem Erfolg; das Attestat wurde ausgefertigt, in Wien angenommen, und ich erhielt von meinen Eltern
die Erlaubniss, noch ein ganzes Jahr in Italien zu bleiben. Ich
hatte nun nichts Eiligeres zu thun, als mir die päpstliche Dispens
von meinem Eidschwur zu verschaffen (welche mir auch ohne
alle Schwierigkeiten ertheilt wurde), und nach Neapel zu reisen,
wo meine Eltern mich dem Beichtvater der Königin, Bischof
Gürtler, empfohlen hatten.

Im Juli 1782 langte ich in *Neapel* an, und verlebte dort,
als imberbis juvenis, tandem custode remoto, drei Monate, die
glücklichsten Tage meines Lebens. Die milde Luft - und der
erste Anblick des Meeres, der heitere Himmel und die hellen
Mondnächte auf der Strada di Chiaja oder dem Posilippus am
Meeresstrande, die grossen Naturscenen am dampfenden und
leuchtenden Vesuv, die erhabenen Reste des Alterthums im
Herculanum, Paestum, Bajä u. s. w. erhielten mich in einem
fortwährenden Entzückungsfieber. Der gütige Himmel hatte mir
einen offenen Sinn für Natur- und Kunstschönheiten ertheilt.
meine jugendliche Einbildung erfasste sie mit solcher Wärme
und Lebhaftigkeit, dass noch heute nach fünfzig Jahren diese
Bilder anschaulich meinen Sinnen vorschweben. Das perennirende Gewühl in der Strasse Toledo oder Abends auf dem Molo,
das wundersame Völkchen der lärmenden Lazzaroni, die Oper
von San Carlo und der Policinell in S. Carlino, die musicalischen
Akademien der Conservatorien der Strada di Chiaja an jedem
Abend, — vier und zwanzig Stunden reichten nicht hin, um alles
zu geniessen, was jeder Tag einem jungen Mann darbot, der die

Welt noch wenig kannte und 30 Monate in einem Collegium ziemlich klösterlich verlebt hatte. Durch die Bekanntschaft mit einem jungen Marchese Gonzaga kam ich in musicalische Vereine, wo ich die berühmtesten Sänger und Sängerinnen jener Zeit, und zwei ausgezeichnete Künstlerinnen auf der Pedalharfe, Sgra. Matilda Perrini und Donna Brigida Ognibene zu hören bekam, die mich über alle Massen entzückten. Zu allen Stunden des Tages und der Nacht, wo kein Neapolitaner unbewaffnet ausgeht, zog ich im jugendlichen Leicht- und Frohsinn in den Strassen mitten durch die Lazzaroni einher, die bis an den Stufen des königlichen Palastes, in welchem ich wohnte, unter freiem Himmel ihrer Nachtruhe pflegten, ohne dass mir jemals der geringste Unfall begegnet wäre. Ich hatte ihre Volkssprache sehr bald erlernt, schenkte ihnen manchmal eine Kleinigkeit; so standen wir in gutem Einvernehmen. Dieses Völkchen, welches durch die Revolution beinahe ganz vertilgt wurde, hatte vieles Eigenthümliche. Es liebte den heiligen Januarius und seinen König Ferdinand, nahm aber von keinem Gesetz, am wenigsten einem polizeilichen, Kenntniss. Arm und roh, hielt es das Stehlen derjenigen Gegenstände, die es für seine beschränkten Bedürfnisse brauchte, nicht für unerlaubt. Jedes anvertraute Gut von noch so grossem Werthe überbrachte es treu und unversehrt, wohin man sie damit schickte; sie waren die Famuli der ganzen Stadt, und lebten von diesem Verdienste. Ein Dominicanermönch, gewöhnlich padre Peppo genannt, war der Einzige, dessen Befehlen sie gehorchten; er ging stets mit einem ziemlich grossen mit Messing beschlagenen Crucifix unter ihnen herum, und gebrauchte es auch als Waffe, wenn sie ihm nicht gehorchen wollten. Als der König eine Strassenbeleuchtung einführen wollte, die Lazzaroni aber alle Laternen einschlugen, wendete sich die Polizei an padre Peppo. Dieser kaufte eine Menge Bilder des heil. Januarius und der heil. Jungfrau, nagelte sie mit seinem Crucifix an die Strassenecken an, kam dann Abends wieder und brachte eine Laterne, die er unter das Bild befe-

stigen liess; diese wurde respectirt, und so nach und nach die
Strassen beleuchtet. Bei allem jugendlichen Schwelgen am Busen der Natur und
in der freien Bewegung des Weltlebens, versäumte ich doch nicht
alles Schens- und Wissenswerthe zu beachten. Ich machte die
Bekanntschaft des englischen Gesandten Hamilton, den die
Neapolitaner die Hebamme des Vesuvs nannten, weil er die Erup-
tionen desselben mit ziemlicher Genauigkeit einige Tage vorher
zu verkünden wusste; und bestieg nachher diesen merkwürdigen
Vulcan, doch ohne hier noch sonst auf Naturgeschichte Rücksicht
zu nehmen, von der ich noch keine eigentliche Kenntniss hatte.
Auch die königlichen Schlösser Caserta und Portici besuchte ich;
im letzteren bewohnte ich ein Zimmer, wo ich am Morgen auf
dem Bette sitzend aus einem Fenster den dampfenden Vesuv,
aus dem andern das mit unzähligen weissen Segeln der Fischer-
boote bedeckte Meer sah; der Drang nach dem Genusse dieses
Anblicks weckte mich gewöhnlich schon im ersten Zwielicht auf.
In die Gesellschaften der grossen Welt ging ich selten, da ich
überhaupt im Gewühle vieler unbekannten Menschen wenig Vergnügen fand, und noch wenig Gewandtheit besass, mich dort
geltend zu machen. In kleineren Familienkreisen, wo ich Zutritt
fand, fühlte ich mich behaglicher; und da ich ein froher und
munterer Gesellschafter war, so wurde ich auch gerne gesehen.
Zu Ende September 1782 reiste ich über Monte Cassino nach
Rom zurück, wo ich im Hause des Auditor Rotac Grafen Salm
gastfreie Aufnahme fand.

Eine Menge Fremde, zumal Engländer, lebten damals wie
immer in Rom; ich gesellte mich zu ihnen, um die Merkwürdigkeiten jenes classischen Bodens noch einmal zu besichtigen.
Durch sie kam ich in Verbindung mit Künstlern und Kunst-
freunden, Reifstein, Angelica Kaufmann, Battoni, Maron, Trippel,
Cunego, Piranesi und Schwendimann, deren einige ich schon
früher gekannt hatte. Unter der Anleitung solcher Männer lernte
ich in drei Monaten besser sehen, als es mir früher bei viel

grösserer Anstrengung gelungen war. Man kann durch Selbststudium wohl manches erlernen: aber eine gute Anleitung erspart viel Mühe und Zeit, und dadurch wird viel gewonnen. In den Gesellschaften bei Cardinal Bernis erschien ich zuweilen, um die grosse Welt, die da ein- und ausging, zu schauen; die meisten Abende brachte ich jedoch bei der Marchesa Sparapagna Boccapaduli, mit dem Marchese Veri (Verfasser des Lebens der Sappho) und einigen Fremden, oder bei der Gräfin Albany, geb. Fürstin Stollberg, mit dem Grafen Alfieri und dem berühmten Violinisten Pugnani zu. Bei der ersten war immer ein Abendessen auf 8 Couverts gedeckt, es mochten der Gäste mehr oder weniger vorhanden sein; sie war weder jung noch hübsch, aber äusserst geistreich, sprach mit Lebhaftigkeit und richtigem Urtheil, so dass man gerne bei ihr verweilte: wenn es aber 1 Uhr schlug, zündete Graf Veri, ihr Cavaliere servente, einen Wachsstock an und sie ging zu Bette, ohne das in Gang gebrachte Gespräch zu unterbrechen.

Die Trauerspiele des Grafen Alfieri, der für das italienische Theater eine neue Bahn gebrochen hatte, erregten damals grosses Aufsehen. Seine Antigone wurde zum erstenmal von einer Privatgesellschaft bei dem Fürsten Zagarola aufgeführt; Alfieri selbst spielte mit: das Stück wurde vorzüglich durch das Spiel der Fürstin Zagarola und Ceri gehoben, und erfreute sich des lautesten Beifalls. Zu derselben Zeit trat auch Marchesi zum erstenmal in Paulo Emilio auf die Bühne. Seine Stimme wollte Anfangs dem classischen Ohr der Römer nicht ganz gefallen, doch erzwang seine Kunst den lautesten Beifall, der schon bei der dritten Vorstellung in einen unbändigen Enthusiasmus überging.

Ich wollte bis zum Monate März 1783 in Rom bleiben und dann über Genua, Turin und die Schweiz gemächlich nach Hause reisen: allein zu meinem grossen Verdruss erhielt ich am Weihnachtstage einen Brief von dem Agenten meiner Eltern in Regensburg, mit der Nachricht, es sei daselbst ein Domherr gestorben, die Reihe, um in das Capitel einzutreten, stehe an mir; ich sollte also schleunig dahin reisen. So angenehm mir auch eine selbstständige Existenz erscheinen mochte, so war sie mir doch in diesem Augenblicke unbequem und setzte mich in grosse Verlegenheit. Ich war noch nie allein gereist, besass keinen Wagen, in den Weihnachtstagen war es ungewöhnlich, etwas zu kaufen u. s. w. Die Folge war, dass ich für theures Geld eine, zwar neu scheinende, zweirädrige Sedia erhandelte, worauf ich am dritten Feiertage von Rom abreiste, mit nicht mehr Geld, als nöthig war, um gerade bis Regensburg zu reichen. Das Wetter war schlecht, die Wasser sehr angeschwollen; als der Postillion am Fusse des Radicofani etwas rasch und ungeschickt in einen Torrente hineinfuhr, ging der herrliche Wagen in Trümmer. Es kamen gleich Leute aus einer nahen Kneipe zu Hilfe, die mit vielem Geschrei und Geschäftigkeit den Wagen aus dem Wasser und in die Kneipe zogen, wo man ihn wieder in so weit zusammenflickte, dass er noch bis Florenz gehen konnte, und sich dafür schmählich bezahlen liessen. In Florenz musste schlechterdings ein neuer Wagen angeschafft werden; es wurde also auf der Post ein Tausch getroffen und abermals 15 Ducaten aufgezahlt, wodurch meine Finanzen in Zerrüttung kamen. Doch ich fuhr Tag und Nacht darauf los, zahlte gute Trinkgelder, um schneller fortzukommen, und gelangte bis nach Mantua. Als ich hier meine Börse untersuchte, fanden sich noch drei Ducaten und einige Scheidemünze, und ich kannte keine Seele in der Stadt. Der Fall war bedenklich: aber die Jugend ist selten verlegen und ziemlich dreist; ich nahm einen Lohnbedienten, besah die Merkwürdigkeiten der Stadt, und fragte nach einem Banquier, der mit Wien Geschäfte mache. Man nannte mir einen Juden, Herrn Moses Kuhn — sein ehrlicher Name verdient ein Andenken. Ich liess mich zu ihm führen, fragte ob er mit dem Hause Fries in Geschäftsverbindung stehe, und da er es bejahte, so trug ich ihm mein Anliegen vor und verlangte Geld zur Fortsetzung meiner Reise, welches ich ihm bei Fries in Wien wieder

erstatten wollte. Er sah mir in die Augen und sagte: So viel
Sie wollen, wenn Sie mir nur nachweisen, dass Sie derselbe
sind, für den Sie sich ausgeben. Als ich ihm nun unter andern
Empfehlungsschreiben in meiner Brieftasche dasjenige zu lesen
gab, welches der kaiserliche Botschafter Cardinal Graf Heržan
mir an den Bischof von Regensburg offen mitgegeben hatte,
machte Moses einen tiefen Bückling, eröffnete die Kassa, ich
schrieb den Wechsel, und alle Verlegenheit war gehoben. Ich
speiste mit Appetit, die Postpferde erschienen, und am 5 Januar
1783 Nachts traf ich in Regensburg ein.

Am 6 Januar früh meldete ich mich bei dem Domdechant
Grafen Thurn zum Capitel. Er fragte mich, wie alt ich wäre?
— „Eben heute 22 Jahre“. — „„Ach da hätten Sie noch füglich
das halbe Jahr in dem schönen Italien bleiben können, denn vor
vollendeten 24 Jahren und der ersten sogenannten rigorosen
Residenz kann Niemand in das Capitel eintreten, wenn auch
nach der Aufnahme die Reihe an ihm wäre; sein nächster Nachfolger, der die Jahre hat, tritt an seine Stelle.“ “ — Ich war
vernichtet; es fehlte nicht viel, dass ich in Thränen ausgebrochen
wäre. Graf Thurn, ein feiner Weltmann, bemerkte den Kampf
meiner Gefühle und sagte: „Da Sie nun einmal bei uns sind, so
können Sie nichts besseres thun als hier bleiben und die erste
Residenz von 9 Monaten verrichten, um wenigstens für den
nächsten Fall, der nicht lange ausbleiben wird, da es mehrere
alte und gebrechliche Mitglieder unter uns gibt, mit allem Erforderlichen versehen zu sein; ich werde für alles sorgen, und
Sie heute Abends der hiesigen Gesellschaft vorstellen.“ Ich
kehrte voll Verzweiflung in den Gasthof zurück, tausend Empfindungen kreuzten sich in meiner Seele: allein der physische
Mensch hilft dem moralischen oft zur Ruhe; der bei meiner
thörichten Reise lang entbehrte Schlaf übermannte alle meine
Empfindungen, ich warf mich aufs Bette und das Bewusstsein
entschwand. Abends um 7 Uhr holte mich Graf Thurn ab und
brachte mich zu dem Principal-Commissär Fürsten von Thurn

und Taxis, wo die ganze Reichstagsgesellschaft versammelt war.
Ich sah eine Menge mit Stern und Ordensbändern behangene
Männer sonder Ausdruck herumwandeln, bis sie sich allmählig
an die Spieltische vertheilten. Nachdem ich meine hundert
Bücklinge bei der Aufführung gemacht hatte, zog ich mich zu-
rück und fuhr nach Hause, mit dem Eindruck, nie ein trauригeres
Wiegenfest begangen zu haben.

Meine Eltern billigten den Plan des Domdechants; die
Residenz wurde begonnen, und damit die zweite Epoche meines
Lebens. Bisher war dieses zwischen Studien und Genuss getheilt gewesen; nun sollte ich in Verhältnisse treten und unter
einem Heer von Gesandten auf einem politischen Tummelplatze
erscheinen. Dies machte mich schüchtern. Ich bestrebte mich
vor allem meine neue Lage und Umgebungen genauer kennen
zu lernen. Das Domcapitel, in welches ich einst aufgenommen werden sollte, war aus ungleichen Bestandtheilen zusammengesetzt, und wie ich sehr bald erfuhr, in zwei einander ziemlich schroff entgegenstehende Parteien getheilt. Der
Reichstag, in seinen steifen Formen, wie ihn der west-
phälische Friede gestaltet hatte, doch mit bereits ausgebildeten Souverainitätsrechten absoluter Monarchien, war eigentlich geschäftlos und bestand gleichfalls aus zwei Parteien,
dem Corpus Evangelicorum et Catholicorum, oder eigentlicher
Preussen und Oesterreich, als den Häuptern beider Religionsparteien. Dass in einer so schroff getrennten Gesellschaft, und
bei dem Umstande, dass ob Mangel an wahren und eigentlichen
Geschäften ein jedes Geklatsch zu einem Geschäft gewandelt.
mit Eifer verfolgt und ausgesponnen wurde, — ut aliquid fecisse
videamur, — sich gar manche Gelegenheiten zu Reibungen und
Missverständnissen darbieten würden, war mir zwar leicht begreiflich, doch schien mir die Unbedeutenheit meiner Stellung
als Domicellar eine sichere Aegide, wenigstens für diese erste Zeit,
und ein utraquistisches Benehmen das sicherste Mittel, um jedem
Argwohn einer Neigung für diese oder jene Ansicht zu entgehen;

darin irrte ich mich aber sehr. Das Haus des böhmischen Gesandten, Grafen Trautmannsdorf, und jenes des sächsischen, Grafen Hohenthal, waren damals diejenigen, wo sich die angenehmste Gesellschaft versammelte und die ich auch am meisten besuchte. Gewohnt, irgend ein Geschäft zu treiben, versuchte ich es auch hier; und da auf der Kanzlei des Domcapitels, wo ich zuerst mich brauchen liess, nur höchstalltägliche Dinge vorkamen, und mein Wunsch, in das Archiv eingelassen zu werden, um mich in die ältere Geschichte des Capitels einzuweihen, mir als Domicellar nicht gestattet wurde, so verfiel ich auf den Gedanken, mich in die Reichspraxis einzuüben, indem ich auch einige Domherren die Stimmen ihrer Bischöfe als Gesandte vertreten sah. Man rieth mir diese bei dem oldenburgischen Kanzleirath Göhler zu nehmen, dessen Gelehrsamkeit anerkannt war. Allein auch diese trockene Arbeit wollte mir nicht recht zu Gemüthe, so sehr ich auch Pütter, Moser und Compagnie verehrte; und da ich in der Bibliothek des Kanzleiraths mehrere Werke über Kunst und Alterthum, wie über Naturgeschichte bemerkte, so suchte ich in jeder Stunde ein Gespräch darüber anzuknüpfen. Dies hatte immer zur Folge, dass er irgend eines dieser Werke hervorholte, welches ich dann nach Hause nahm und benützte; und diese Stunden verschafften mir, wenn auch keine Reichspraxis, doch manche andere Belehrung. Unter allen Menschen, die ich bei diesem ersten Aufenthalt in Regensburg kennen lernte, zog Baron *Gleichen* mich durch sein ausgebreitetes Wissen und seine Originalität am meisten an. Er hatte ganz Europa durchreist, war als dänischer Gesandter in Neapel, Madrid und Paris angestellt gewesen, und privatisirte nun in Regensburg im eigenen Hause, das er sein Canapee nannte; er führte eine gastronomische Küche und Keller, wobei er die wissenschaftlichsten Männer aus allen Ständen und Fremde häufig bewirthete.

Nichts hat für einen jungen wissbegierigen Mann mehr Reiz, als ein Geheimniss! In Regensburg bestand eine *Freimaurerloge*, ich kam mit mehreren Mitgliedern derselben in Be-

2*

rührung; die philanthropischen Gesinnungen, die sie äusserten, und das Geheimniss, das sie über den Orden beobachteten, liessen mir keine Ruhe, ich verlangte aufgenommen zu werden. Dies fand keinen Anstand. Als man mir aber die Eidesformel zu beschwören vorlegte, fand ich sie so erniedrigend, dass ich mich weigerte, diesen Schwur auszusprechen. Ich wurde von dem furchtbaren Bruder wieder in die dunkle Kammer zurückgeführt. Man debattirte und negociirte ziemlich lange; als ich aber erklärte, dass ich mit einer Gesellschaft, welche Ehrenwort und Handschlag für keine hinreichende Bürgschaft hält, keine weitere Verbindung wünsche, so wurde ich am Ende von dem Eid dispensirt und die Ceremonie vollzogen. Die Regensburger Loge, altschottischer Constitution, war unschuldig und wohlthätig, und die Geheimnisse, welche sie anzuvertrauen hatte, brauchten in der That durch keinen schweren Eid besiegelt zu werden.

Im October 1783 kehrte ich endlich zu meinen Eltern zurück, die ich durch vier Jahre nicht gesehen hatte. Wir begannen wieder die gewohnte Lebensart, nur mit dem Unterschiede, dass andere Bücher an die Stelle der früheren traten, und mir mehr Stunden zur Selbstbeschäftigung frei blieben. Wenn nun gleich viele französische Werke jener Zeit in dem väterlichen Hause verpönt waren, so hatten doch Voltaire's Theater, Montesquieu's Esprit des Loix, die Lettres persannes, und einige neuere deutsche Werke sich in die Bibliothek meiner Mutter eingeschlichen, und wurden abwechselnd mit den älteren Racine, Molière, Boileau u. s. w. gelesen.

Im Carneval 1784 reiste ich nach Prag. Hier fand ich meine Jugendgespielen wieder, die nun gleich mir in die Welt getreten waren; meine Cousine Louise Sternberg, die ich bei der Gouvernante verlassen hatte, begegnete mir in der Gesellschaft als ein geistreiches Mädchen, die mich sehr ansprach. Vieles hatte sich seit meiner Abwesenheit geändert. Man sprach viel von der neuen Regierung Kaiser Josephs, welche eine allgemeine

Umwälzung der Denkweise veranlasste; mich aber zog der Carneval zu sehr an, als dass ich mich mit politischen Gesprächen viel abgegeben hätte. In der Fastenzeit kehrte ich zu meinen Eltern auf das Land zurück.

Inzwischen war ein alter Graf Dietrichstein in Gräz gestorben. Sein grosses Vermögen fiel ab intestato auf den Grafen Adam Sternberg und seine beiden Schwestern, Gräfin Salm und Gräfin Louise Sternberg, Stiftsdame in Prag. Graf Salm machte mir den Vorschlag, mit ihm und seiner Frau nach Wien, und von da mit dem Grafen Adam Sternberg auf die ererbten ungrischen Güter zu reisen. Da ich ganz unbeschäftigt war, nahm ich es an, fuhr nach Prag und von da im Monate März nach Wien. Ich hoffte auf der Durchreise meinen Bruder, der in einem ungrischen Dorfe, einige Meilen von Raab, in Garnison lag, zu sehen: allein zufällige Umstände hinderten die Vereinigung, welche später in Pressburg Statt fand. Nach dem, was ich in Italien gesehen, kam mir der Aufenthalt in diesem wenig bevölkerten, in der Cultur, besonders auf dem flachen Lande, gegen andere Nationen weit zurückstehenden Lande, sehr sonderbar vor. Der Weg von Ofen und Pesth bis Hoszszúpál, unfern der siebenbürgischen Gränze, durch unabsehbare Pusten und Niederungen im Gebiete der Theiss, wo man den Kirchthurm der nächsten Station bei nassen Wegen 6 Stunden lang vor sich sieht, wollte mir nicht gefallen; noch weniger die Bewirthung im Gemeinhause mit angenagelten Tischen und Bänken, wo man zwar Feuer und Wasser zum Kochen, aber nichts zu essen, und Stroh, aber keine Bettstelle fand. Doch in der Jugend und in guter Gesellschaft gewinnt man einem jeden Umstand eine lustige Seite ab; wir lachten einander wechselseitig aus und waren gutes Muths bei hungrigen Magen. Unter die Lustbarkeiten unseres Landlebens gehörte eine Wolfsjagd, zu welcher an 300 Treiber aus der ganzen Umgegend und fünf nobiles Hungariae als des Magnaten Vasallen zu Pferde erschienen, die Treiber in schwarze kurze Pelze (Guba) gekleidet und mit Knitteln bewaffnet. Das Wetter war ungünstig und die Zündhütchen noch nicht erfunden: so schossen wir bloss 1 Wolf, 12 Füchse, 1 Uhu und 1 Hasen.

Bei meiner Rückreise über Wien, wo wir uns eine Zeit aufhielten, kam mir wieder die Idee, mir in Regensburg Beschäftigung zu verschaffen und mich zu einem künftigen Reichstagsgesandten zu befähigen. Ich sprach hierüber mit dem Grafen Philipp Kobenzl und äusserte den Wunsch, bei der böhmischen Gesandtschaft prakticiren zu dürfen: er rieth mir aber davon ab, da es ganz ausser der Denkweise des Kaisers liege, Geistliche zu weltlichen Stellen zuzulassen. Ich kehrte also nach Prag und von da zu meinen Eltern zurück, wo ich, mit Ausnahme einer kurzen Reise nach Regensburg zum Peremptorium Petri und Pauli, das ganze übrige Jahr zubrachte. Um mir eine Beschäftigung im Freien zu verschaffen, nahm ich mich der Waldcultur an. Meine Eltern liessen die Wälder der Herrschaft durch die beiden Ingenieure Brüder Jirasek vermessen, von denen der ältere sich mit Botanik und Mineralogie nebenher beschäftigte. Ich beschränkte mich jedoch dabei auf die inländischen Forstgewächse und ihre Cultur.

Zu Anfang des Winters kamen meine beiden Brüder auf Urlaub, die Eltern zu besuchen, und Ende Januar 1785 reisten wir alle drei nach Prag, wo wir vier Wochen zum letzten Male zusammen zubrachten. Mein ältester Bruder, der den Militärstand liebte und in diesem sich emporzuschwingen hoffte, klagte zwar über die Abgeschiedenheit seines Standquartiers in einem ungrischen Dorfe, aber er trug sie mit Geduld. Mein zweiter Bruder, dem der militärische Schulzwang in Friedenszeiten eben wie jener in den Studien unerträglich schien, war schon entschlossen zu quittiren, was er auch in demselben Jahre that. Die Zeit des Genusses verstrich sehr bald, und als ich Abschied nahm, ahnte ich nicht, dass ich den ältesten Bruder nicht wiedersehen würde.

Zu meinen Eltern zurückgekehrt, erhielt ich die Nachricht, dass derselbe Domherr, der vor zwei Jahren an meiner Stelle in das Capitel eingerückt war, mir jetzt durch seinen Tod, da ich mein 24stes Jahr erreicht, den Platz wieder eröffnet hatte. Es freute mich zwar, zu einer selbständigen Existenz zu gelangen: doch schien der Schritt, mich durch die Nothwendigkeit einer höheren Weihe für immer zu fesseln, mir nicht gleichgiltig. Ich schrieb darüber an meinen ältesten Bruder, der mich auf gewohnte Weise an seine früheren Aeusserungen darüber erinnerte. Ich reiste also im Juni 1785 nach Regensburg, nahm das Subdiaconat und wurde am Peremptorium in das Capitel eingeführt. Meine Eltern unterstützten mich, um einen Capitularhof übernehmen zu können, der sehr angenehm am Ufer der Donau gelegen war; mein kleines Hauswesen wurde eingerichtet, und ich war, wie man zu sagen pflegt, mein eigener Herr. In der Gesellschaft war eine kleine Veränderung vorgegangen: Graf Trautmannsdorf war nach Brüssel berufen worden und an seine Stelle kam Graf Seilern, dessen Frau, eine geborene Fürstin Auersberg, äusserst liebenswürdig war; unter den jungen Leuten bei der österreichischen Gesandtschaft war Graf Ludolf zugewachsen, ein geistreicher origineller Mann, in Constantinopel, wo sein Vater neapolitanischer Gesandter gewesen war, geboren und erzogen. Auch die Familie Diede lernte ich hier zuerst kennen.

Von einer nach Böhmen gemachten Reise zurückgekehrt, trat ich zu Anfange 1786, um mir eine bestimmte Beschäftigung zu verschaffen, als unbesoldeter Hof- und Kammerrath in die Dienste des Bischofs von Regensburg und übernahm das Referat in Forstsachen, bis ich mich in die übrigen Administrationszweige eingearbeitet haben würde. Im gesellschaftlichen Leben verfolgte ich mein utraquistisches Wesen zwischen den Häusern Seilern und Hohenthal, wo sich die angenehmste Gesellschaft versammelte, und trieb mich in der besseren Jahreszeit bei Bekannten auf dem Lande herum, ohne von den wichtig behandelten Reichstagsklatschereien viel Notiz zu nehmen.

In diesem Sommer ereignete sich ein Zufall, der wichtige Folgen nach sich zog. Ein reisender Priester aus München,

Namens Lanz, wurde auf einem Spaziergange unter den Linden von einem Blitzstrahl erschlagen, und in den Gasthof zum schwarzen Bären, wo er wohnte, gebracht. Da er ein Priester war, so legte das Consistorium die Sperre an; bald darauf erschien aber auch die bayrische Gesandtschaft, welche mit dem Bisthum, dem Domcapitel und der Stadt in ewigem Jurisdictionsstreit lag, und drückte ihr Siegel daneben. Nach vielem Zanken wurde endlich eine cumulirte Eröffnung beliebt, und siehe da! — Priester Lanz war ein Abgesandter der Münchner *Illuminaten*, man fand unter seinen Papieren die Liste sämmtlicher Illuminatenlogen in ganz Deutschland, es eilten Stafetten nach allen Weltgegenden, und die Verfolgung der Illuminaten in Bayern, bei welcher Pater Frank eine so grosse Rolle spielte, begann. Weishaupt flüchtete sich von Landshut nach Regensburg.

Ich hatte mit Grafen Thurn und Grafen Seilern eine Reise nach der Schweiz verabredet; mein Bruder Joachim, der bei dem Militär seine mineralogischen und chemischen Studien fortgesetzt und nun nichts zu thun hatte, gesellte sich dazu. Am 3 Juli 1786 reisten wir über München, Memmingen, Lindau und Bregenz ab. Ich habe über diese Reise ein genaues Journal geführt, woraus ich hier eine Anekdote anführen will. In Zürich, wo ich die Bekanntschaft der beiden Brüder Lavater gemacht, beschäftigte sich Dr. Kaspar Lavater besonders mit Magnetismus. Er hatte eben eine Somnambule in der Behandlung (Cleophaea Scharfenberger), welche sich alle Arzneien selbst vorschrieb, während des Schlafs Briefe, die man ihr auf den Körper legte, ablas u. dgl. m. Ich äusserte den Wunsch, bei einem ähnlichen Experimente gegenwärtig zu sein. Dr. Lavater brachte mich zu der Kranken, und ich war in der grössten Spannung, sie einen böhmischen Brief, den ich in der Tasche hatte, ablesen zu hören. Allein so oft ich hinkam, war die Kranke immer unruhig und schwach, dass man ihr, wie der Arzt behauptete, keine Anstrengung zumuthen durfte; der böhmische Brief blieb ungelesen. — Auf dieser Reise hatte mich zwar mein Bruder wieder in die Mineralogie eingeleitet, allein es haftete nicht, meine Stunde war noch nicht gekommen.

In Wardek am Bodensee erfuhr ich bei der ehrwürdigen Mutter des Grafen Thurn, dass ihr Sohn, der früher bei ihr angelangt war, in Folge einer Estafette von der schweren Krankheit des alten Bischofs, Grafen Fugger, schnell nach Regensburg abgereist war; ich folgte ihm daher am folgenden Tage. Wir fanden zwar den Bischof noch am Leben, doch starb er bald in folgendem Jahre (1787, 15 Febr.)

In Regensburg herrschte eine grosse Aufregung unter den Parteien und bei allen Ständen. Die Verfolgung der Illuminaten machte grosses Aufsehen; Weishaupt, als ein Verfolgter, dessen Schuld noch nicht bekannt war, erregte Interesse, selbst unter den Gesandtschaften. Man kam in unserer Abwesenheit auf den unglücklichen Gedanken, einen Leseclubb zu errichten, in welchen auch Weishaupt aufgenommen wurde, und ballotirte Mitglieder, ohne sie zu fragen, ob sie Lust hatten, hinzuzutreten. Diese Ehre wurde auch mir und dem Grafen Thurn erwiesen. Als wir bei unserer Zurückkunft es erfuhren, war dieser Leseclubb durch den kaiserl. Commissär Grafen Lehrbach und den bayrischen Gesandten Grafen Lerchenfeld bereits gesprengt.

Die Vorbereitungen zur Bischofswahl sezten mich in politischen Händeln Unerfahrenen in Erstaunen. Die Stimme eines Reichsfürsten schien damals noch von grosser Wichtigkeit; die beiden gegenfüsselnden Corpora drängten sich gewaltsam in das eigentliche geistliche Geschäft. Zwei Candidaten, Domdechant Graf Thurn und Graf Stubenberg standen mit gleicher Stimmenzahl einander gegenüber. Ich war ein persönlicher Freund des Grafen Thurn, der seinem Gegner, einem übrigens guten und untadelhaften Manne, an Geistesgaben und Fähigkeiten weit überlegen war; ich bestimmte mich daher aus innerer Ueberzeugung und unabhängig von allem fremden Einflusse für Grafen Thurn, und liess mich durch alle selbst weit ausgeholten Mittel, mich als österreichischen Unterthan für Grafen Stubenberg zu

stimmen, nicht irre machen. Zu grosse Zudringlichkeit, welche
einer Gewaltsamkeit nahe kommt, verfehlt fast immer ihren Zweck,
zumal bei der Jugend, die sich wohl gerne leiten, aber nicht
führen lässt, und wo der versuchte Geisteszwang das erregte
Gefühl leicht bis zur Begeisterung steigern kann. Die Auflösung
dieses hartnäckigen Kampfes, an welchem ganz Regensburg Theil
nahm, war die gewöhnliche: fra due litiganti il terzo gode. Es
bildete sich eine dritte, bayrische Partei, die einen neuen Candidaten aufstellte: · es war ein betagter Domherr von gutem Rufe,
der bei seinem abgeschiedenen Privatleben, von wenigen genau
gekannt, keiner vorgefassten Meinung unterlag. Beide Parteien
schmolzen nun zusammen, und Graf Törring wurde einhellig zum
Bischof gewählt (20 Apr. 1787).

Die Erfahrungen, die ich bei dieser Wahl zu machen Gelegenheit hatte, zeigten mir die leidenschaftlich handelnden
Menschen abermals in nicht erbaulichem Lichte; ich sah vorher,
dass die nun vollends ausgebildeten Parteien im Domcapitel sich
auch in allen übrigen Geschäften entgegenstehen würden, wodurch im täglichen Leben viele Unannehmlichkeiten entstehen
mussten. Die Vervollkommnung des Menschengeschlechts, welche
Weishaupt lehrte, schien mir sehr wünschenswerth, ich bedauerte
nur, dass sie nicht 50 Jahre früher an die Tagesordnung gekommen war. Die Reibungen wegen Weishaupt dauerten fort,
ganz Regensburg war von bayrischer Polizei und Militär umgarnt,
um seiner Person habhaft zu werden: dessenungeachtet wurde
er später, durch eines Gesandten Gunst, unbemerkt aus der
Stadt geführt, und nach Gotha in Sicherheit gebracht. Unter
solchen Umständen zog ich mich etwas zurück, und fand in der
Familie des ehemaligen dänischen Gesandten in England, Baron
Diede, wo täglich eine gewählte Gesellschaft sich versammelte,
angenehme Zerstreuung.

Im Monat Juni 1787 machte mir Graf Thurn den Vorschlag,
den ich auch freudig annahm, ihn nach dem Peremptorium nach
Paris zu begleiten; Baron Diede, der dort ein Geschäft hatte,

schloss sich uns an. Wir reisten zu Anfange Juli über Frankfurt nach Ziegenberg in der Wetterau, einem Landgute des Baron
Diede, und nach einigen Tagen von dort über Strassburg nach
Paris, wo wir am 15 August ankamen, — drei Tage nachdem
das Parlament, wegen Nichteinregistrirung der Territorialsteuer,
exilirt worden war. Der Augenblick war interessant; es herrschte
viele Aufregung in der Hauptstadt, man sprach viel vom Deficit,
von Zusammenberufung der Notablen: allein die, obgleich ziemlich allgemein organisirte, Opposition hatte die Volksmassen
noch nicht in die Interessen der Parteien gezogen. Es bildeten
sich wohl Zusammenrottungen im Palais Royal, aber eine Pa-
trouille von 24 Schweizern reichte hin, sie zu zerstreuen; die
damalige Unruhe würde jetzt für ein calme parfait gelten. Man
hörte bloss von der durch die Notablen im Einverständnisse mit
dem Souverain zu bewirkenden Abstellung von Missbräuchen,
und von der Einführung eines besseren Finanzsystems sprechen.
Die ersten Zeichen der Revolution trugen das Aushängeschild
wahrer Verbesserungen, die in der That nöthig schienen, und
auch vielleicht erfolgt wären, wenn Eigennutz und leidenschaft-
liche Parteisucht nicht dazwischen traten. Ich ahnte in allem,
was ich dort sah und hörte, nichts Böses, freute mich vielmehr
der Fortschritte des menschlichen Geistes, kam den Kopf voll
von Verbesserungsideen zurück, und brachte sie mit nach Böhmen, wo sie jedoch keinen Eingang fanden.

Es herrschte hier grosses Missvergnügen, besonders unter
dem Adel und der Geistlichkeit, und Verwirrung in allen Stän-
den. Kaiser Joseph II hatte auf seiner Reise nach Paris bei
den Physiokraten viele neue Ideen aufgefasst und in seine
Schreibtafel eingezeichnet: da er aber, bei vielem natürlichen
Verstande und bei hoher Liebenswürdigkeit in gesellschaftlichem
Umgange, keine Geschäftskenntnisse besass, und, misstrauisch
gegen Jedermann, alles selbst in unmöglich kurzer Zeit, ohne
Rücksicht auf Sitte und Herkommen, wie z. B. ein allgemeines
Kataster aller Erbstaaten in zwei Jahren ausführen, und vier

Nationen in eine einzige zusammenschmelzen wollte, so erregte er allgemeine Unzufriedenheit, ohne seine Zwecke zu erreichen. Es wurden nicht allein viele Abteien und Klöster von ihm aufgehoben und die Bettelmönche abgeschafft, sondern auch eine Menge Pensionen eingezogen; und da er für Künste und Wissenschaften keinen Sinn hatte, so wurde bei Aufhebung der Abteien derselbe Vandalismus begangen, wie bei dem Verkauf der alten rudolphinischen Kunstsammlung in Prag durch einen Hoffourier, der die Statue des Ilioneus, jetzt die Zierde der Münchner Glyptothek, einem Steinmetz um 18 fl. verkaufte. Die Einräumung der kön. Burg in Prag zu einer Artillerie-Caserne, gleichsam um zu verkünden, dass kein König von Böhmen mehr dort wohnen sollte, empörte das ganze Land; die gewaltsame Uebersiedelung aus dem adelichen Familienstift auf der Neustadt in das kaiserliche Damenstift auf dem Hradschin, um das erstere, welches Privateigenthum war, in ein Gebärhaus zu verwandeln, reizte den Adel. So verbreitete sich allenthalben Missvergnügen gegen einen Souverain, der das Gute wollend, dieses mit gesteigertem Absolutism in unruhiger Eile durchzusetzen suchte. Die Wissenschaften, obgleich wenig unterstützt, entwickelten sich von selbst, da man ihnen kein Hinderniss in den Weg legte und viele wissenschaftliche Männer vorhanden waren. Der Arzt Johann Mayer und Abbé Dobrowsky, beide durch ihre Schriften bekannt, trugen, unterstützt von Born in Wien, vieles dazu bei. Es entstand erst die Privatgesellschaft, später, unter der Aegide des gewesenen Oberstburggrafen Fürsten von Fürstenberg, die böhmische Gesellschaft der Wissenschaften. Wenn ich in Prag war, so lebte ich viel mit Johann Mayer, wo sich jeden Abend von 8 bis 10 Uhr die wissenschaftlichen Männer aller Stände zusammenfanden; er übte besonders einen nützlichen Einfluss auf die studirende Jugend aus.

Während im Innern der österreichischen Monarchie, besonders in Ungarn, die Unzufriedenheit zunahm, hatten den Kaiser Joseph erst die Zumuthungen wegen der Schifffahrt auf der Schelde mit Holland. dann, nach seiner Reise mit der grossen Katharina nach Cherson, mit den Türken in Verhältnisse gebracht, welche den nahen Ausbruch eines Krieges erwarten liessen. Was ich nun hier hörte und in Paris gesehen hatte, machte mich zum ersten Mal aufmerksam auf die politische Lage von Europa, von welcher ich bis dahin keine Kenntniss genommen hatte. Eine so allgemeine Gährung konnte wohl nicht ohne Folgen bleiben; doch war ich damals noch weit entfernt, die später erfolgten Fortschritte und Wirkungen des Zeitgeistes vorauszusehen.

Im November (1787) kam ich nach Regensburg zurück; eben dahin kam auch mein Vetter, Graf Johann Sternberg, Domherr zu Passau und Regensburg, und wohnte in meinem Hause. Baron Reinhard Werneck, der mit meinem zweiten Bruder in einem Regiment gedient hatte, und sein Bruder Alexander, Graf Breuner von Wien und Baron Fraunberg, Domicellar in Regensburg, nahmen daselbst ihren Wohnsitz; wir befreundeten uns sehr bald, und der Winter wurde wie gewöhnlich und viel in Bar. Diede'schem Hause zugebracht.

1788.

Inzwischen starb in Freising, wo ich noch Domicellar war, der Bischof; wurde sein Nachfolger aus dem Gremium gewählt, so traf mich die Reihe zum Eintritt in das Capitel. Die Wahl, bei der ich gegenwärtig war, fiel ohne Schwierigkeit auf den Grafen Törring, Bischof von Regensburg und zugleich Domherrn in Freising. Ich trat nun in das Capitel und zugleich in die erste Residenz, welches bei diesem Stifte gestattet war. Freising, ein kleines Städtchen, hat eine sehr schöne Lage und ist nur 4 Meilen von München entfernt, gewährte aber kein geselliges Vergnügen, da ausser den Domcapitularen, dem Hofstaat des Bischofs und den Dikasterien niemand da wohnte. Es war mir daher sehr angenehm, dass mich der Bischof sogleich zum

Hof- und Kammerrath ernannte, wodurch ich einige Beschäftigung erhielt. Das Bisthum und das Capitel waren sehr verschuldet und seit 20 Jahren in beständigem Zwiespalt. Ich gab mir Mühe, eine bessere Administration herbeizuführen: da dieses aber ohne Reformen nicht möglich war und diese eine starke Opposition erregten, die ich bei dem Mangel an kräftiger Unterstützung nicht überwinden konnte, so zog ich mich zurück, und erwirkte mir den Zutritt in die bestaubte, jedoch an alten Schätzen reiche Bibliothek des Domcapitels, die ich dann mit Hofrath Hoheneicher, von niemanden gestört, häufig besuchte. Ich gewöhnte mich bald an diese neue Lebensart; da mir jedoch ein ganzes Jahr für die erste Residenz, wodurch ich mein Einkommen in Regensburg verloren hätte, zu lang schien, so machte ich den Versuch, 6 Monate dieser Zeit abzukaufen. Er gelang, und so kehrte ich dann nach Regensburg zurück.

Der Krieg mit den Türken hatte indessen begonnen. Mein Bruder Johann stand Anfangs im Lager bei Semlin, das alle Spitäler anfüllte. Mehrere seiner besten Freunde starben; er selbst war unwohl und missmuthig über die Unthätigkeit, in welcher die Armee sich entvölkerte. Später wurde er auf Vorposten commandirt, wo jedoch auch nichts Bedeutendes vorfiel, und kam dann, zum Oberstlieutenant befördert, nach Mühlenbach in Siebenbürgen ins Winterquartier. Ich war sehr besorgt; doch hoffte ich, Siebenbürgens gesündere Luft werde ihn wieder herstellen.

1789.

In der Regensburger Gesellschaft waren einige Veränderungen vorgefallen. An die Stelle des verstorbenen preussischen Gesandten von Schwarzenau war der ehemalige Gesandte in Petersburg, Graf von Görz, ein alter Freund des Grafen Thurn, mit seiner liebenswürdigen Familie gekommen; mein Freund Graf Breuner hatte die Tochter des Polizeiministers Grafen von Bergen in Wien geheirathet und brachte sie mit nach Regensburg; die Diedesche Familie brachte den Winter mit uns zu, der sich sehr angenehm gestaltete. Allein mein Genuss war von kurzer Dauer. Gegen das Ende des Monats Februar erhielt ich die Trauerbotschaft, dass mein ältester Bruder an den Folgen der Infection des Semliner Lagers zu Mühlenbach am 12 Febr. gestorben war. Unaussprechlich war meine Trauer; denn obgleich wir uns nur selten sahen, so standen wir doch in genauem Briefwechsel, ich unterwarf alle meine Gesinnungen und Handlungen seinem reiferen Urtheil, und folgte gerne seinem zurechtweisenden Rath. Von seinem Tagebuch und andern Papieren, die wohl manches Interessante enthalten mochten, ist nichts in unsere Hände gekommen, so sehr wir uns auch darum bewarben. Ich eilte zu meinen Eltern nach Böhmen, um ihre tiefe Trauer zu theilen. Meine Ankunft war ihnen sehr angenehm: meine Mutter schien schon damals ihr nicht mehr fernes Ende zu ahnen, sie zeigte sich besonders zärtlich gegen mich; meine Cousine Louise Sternberg vereinigte sich mit mir, die trauernden Eltern zu unterstützen. Nach Regensburg zurückgekehrt, wurde ich wieder an eine Bahre gerufen. Die zweite Tochter des Herrn von Diede, ein zartes Mädchen von 15 Jahren, starb, nachdem sie viel gelitten, an einem Polyp am Herzen; mit vollem Bewusstsein sprach sie gelassen von ihrem Ende, und entschlummerte in unserer Gegenwart, ruhig und sanft, ohne einen Muskel zu verziehen. Als die Eltern Regensburg verliessen, begleitete ich sie bis Nürnberg, wo ich meiner Cousine Louise begegnete, welche ihrer Gesundheit wegen nach Spaa reiste. Ich zog mich in die Einsamkeit nach Freising zurück, um mein stark erschüttertes Gemüth zu sammeln; kleine Aufsätze, die ich damals schrieb, zeugen noch von meiner Stimmung. Alle Briefe, die ich von meiner Cousine erhielt, sprachen von Revolutionen, von republikanischen Auftritten in Paris, Lüttich, Spaa; alle Wiener Briefe von dem elenden Gesundheits-Zustande Kaiser Josephs, und von der Aufregung in allen Provinzen, besonders in den Niederlanden. Ich wurde ernst und verfiel bald darauf, im Sep-

tember, in ein Nervenfieber, das mich des Bewusstseins beraubte.
Mein junger Freund, Baron Fraunberg, nun Erzbischof in Bamberg, kam von München, mir beizustehen. Meine starke Constitution und ein verständiger Arzt überwältigten das Uebel;
nach 6 Wochen war ich im Stande, obgleich noch sehr schwach,
München zu besuchen, von wo mein Arzt mich nach Regensburg
begleitete. Ich liess mich zu Graf Hohenthal die Treppe hin-
auftragen, wo meine versammelten Freunde mich mit Jubel be-
grüssten. Meine Kräfte kehrten allmählig wieder; der physische
Mensch wurde hergestellt, der moralische dagegen in neue Ver-
wickelungen gebracht.

1790.

Mit dem Schluss des Jahrs (30 Dec.) war der Bischof von
Freising und Regensburg gestorben. Hier standen die beiden
Parteien der letzten Wahl noch schroff und ungeändert gegen
einander; dieselben Candidaten waren aufgetreten;, die Scru-
tinien waren vergeblich. Man verschob daher den Wahltag, und
liess die Freisinger Wahl vorausgehen.

In Freising standen die Verhältnisse ganz verschieden. Die
lange dauernden Zwistigkeiten unter den Capitularen hatten die
Gemüther so getrennt, dass keiner von ihnen im Stande war,
sich eine absolute Majorität zu verschaffen. Der Kurfürst von
Bayern, der mit dem Propst von Berchtesgaden wichtige Salzcon-
tracte abgeschlossen hatte und diese noch zu erweitern wünschte,
verschaffte diesem Propst, von Schroffenberg, eine bullam eligibi-
litatis vom Papste, und negociirte nun bei den bayrischen Unterthanen im Capitel, um die Stimmen für ihn zu gewinnen.
Mir schien eine Wahl ausserhalb des Gremiums ein stilles Be-
kenntniss, dass man innerhalb des Capitels niemanden für würdig
erachte, die Bischofswürde zu tragen; ich versuchte daher die
Wahl auf einen Capitularen zu lenken. Allein bevor man noch,
nach altem Kirchengebrauch, den heiligen Geist um Erleuchtung
angefleht hatte, war der Bischof in petto schon gewählt, und das

Scrutinium wurde eine blosse Formalität, eine Verkündigung der Wahl; auch harrte der Propst schon in München der Estaffete entgegen, um sogleich Besitz vom Bisthum zu ergreifen. Als er nun am folgenden Morgen ankam, und nach der Formel des XVI Jahrhunderts das „Nolens volo, volens nolo, volo ut prosim, nolo ut praesim" ausgesprochen hatte, trat ich vor und sagte: es werde ihm bekannt sein, dass ich den Versuch unternommen, die Wahl innerhalb des Gremiums zu erhalten, nicht aus persönlichen Gründen, sondern, da es nach canonischen Gesetzen erlaubt sei, „eligere dignum excluso digniore", um dem allgemeinen Vorwurf zu entgegnen, dass unter so vielen Capitularen auch nicht Einer des Bisthums würdig wäre: da er aber nun gewählt sei, so könne er versichert sein, dass ich mit gleichem Eifer, wie für das Beste des Domcapitels, so auch für das des Bisthums mich nach Kräften verwenden würde. Er nahm diese Aeusserung freundlich auf, und zeigte mir in der Folge vollkommenes Vertrauen.

Als ich nach Regensburg zurückkam, hatten sich die politischen Verhältnisse anders gestaltet. Kaiser Joseph war gestorben, die Vollmachten der kaiserlichen Wahlgesandten waren erloschen, das Reichsvicariat trat an die Stelle. Bayern negociirte nun auch hier für den neuen Bischof von Freising, der seinen Kanzler Steigentesch, einen äusserst klugen und besonnenen Geschäftsmann, dahin geschickt hatte. Für das Bisthum Freising war diese Vereinigung von grosser Wichtigkeit, weil der Schuldentilgungsplan ohne solche Beihilfe kaum ausgeführt werden konnte. Graf Thurn, dem ich treu geblieben war, sah selbst ein, dass er, wenn er gewählt würde, mit einer zurückbleibenden Opposition wahrscheinlich stets würde zu kämpfen haben. Als es daher am 31 März zur Wahl kam, und zwei Mitglieder der Gegenpartei ihm ihre Stimmen antrugen, so dankte er dafür und bestimmte sie mit seiner ganzen Partei auf den Bischof von Freising überzugehen. Als die Gegenpartei dieses erfuhr, schloss auch sie sich an, und es erfolgte eine Wahl per unanimia, an welcher der heilige Geist ebenfalls einen geringen Antheil hatte. Was aber von Majoritäten zu halten sei, hat Göthe derb, aber nur zu oft wahr ausgesprochen. *)

Die moralischen Einwirkungen, welche über mich ergangen waren, setzten mich in die Nothwendigkeit, zur Herstellung meiner Gesundheit im Sommer nach Karlsbad zu reisen. Ich zerstreute mich in dem bunten Gewirre des Badelebens, die Quellen bekamen mir sehr wohl: allein noch ehe ich die Badecur vollendet hatte, erhielt ich die Estafette, dass meine Mutter in Prag gefährlich krank sei. Ich eilte dahin, fand sie noch am Leben, aber so schwach, dass sie kaum des Wiedersehens Freude zu äussern vermochte; mein Vater war in der äussersten Bestürzung, und mein Bruder ebenfalls gegenwärtig. Dr. Johann Mayer verkündete uns, dass dieser Zustand noch höchstens zwei Tage dauern könne. Sie entschlief auch am folgenden Nachmittage (10 Aug.) und wir brachten unsern Vater zu einem nahen Verwandten, indess wir mit der Leiche nach Radnitz fuhren, um sie in der Gruft beizusetzen.

Es war eben ein unruhiger Zeitpunkt eingetreten. Die böhmischen Stände waren in einem ziemlich lauten Landtag versammelt. Kaiser Leopold, der bei dem Antritt der Regierung der Erblande vor allem diese zu beschwichtigen suchte, hatte die letzten Verordnungen Kaiser Josephs zurückgenommen. Es wurde über manche noch umgangenen Privilegien unterhandelt und vieles abzustellen versprochen, das in der Folge durch Zeit und Umstände in Vergessenheit gerieth.

Da ich damals noch die Aussicht hatte, in der angetretenen Carrière mein weiteres Fortkommen zu finden und mein Le-

*) „Nichts ist widerwärtiger als die Majorität: denn sie besteht aus wenigen kräftigen Vorgängern, aus Schelmen, die sich accommodiren, aus Schwachen, die sich assimiliren, und der Masse, die nachtrollt, ohne nur im mindesten zu wissen, was sie will." Göthe's Betrachtungen im Sinne des Wanderers. Wanderjahre, II. 258.

ben ausserhalb Böhmens zu beschliessen, so traf ich mit meinem Bruder die Abkunft, ihm die Güter um geringeren Werth, als sie in der Landtafel verzeichnet sind, gegen eine jährliche Apanage zu überlassen, und behielt mir bloss ein kleines Capital vor, welches mir meine Mutter als Prälegat vermacht hatte. Nachdem wir unsern Vater in einem andern Quartier eingerichtet, und er sich ein wenig beruhigt hatte, reiste ich zu der Kaiserkrönung nach Frankfurt.

Zum letzten Mal zeigte Deutschland sich hier in Glanz und Würde. Die Krönung wurde noch durch die Anwesenheit des neapolitanischen Hofs, und durch ein hessisches Lager bei Bergen, das ein revolutionairer Volksauflauf in Mainz veranlasst hatte, verherrlicht. Im deutschen Sinn war übrigens keine Einheit, und vom linken Rheinufer herüber spuckten Vorboten künftiger Ereignisse, die jedoch vorerst im Krönungstaumel untergingen. Die Kurfürsten und Gesandten führten grossen Staat und Prunk; die Ceremonie des Deutschherrn-Ritterschlags war sehr schön ; nur wollte Kaiser Leopold nicht recht in die Krone und den Mantel Kaiser Karls des Grossen hineinpassen. Als ich den Römer besuchte, wo die Bildnisse der Kaiser in Nischen gemalt sind, und nur eine einzige noch frei fand, schrieb ich in mein Reise-Journal: Soll das eine böse Vorbedeutung sein? — Ich hatte mich wohl zerstreut, auch nach der Krönung einige Tage in grosser Gesellschaft in Ziegenberg zugebracht. Doch mein Gemüth sehnte sich nach Ruhe, und ich reiste über Heidelberg und München nach Freising, wo ich sehr zurückgezogen lebte. Ein Canonicalhof auf dem Berge, den ich erhalten, bot mir eine herrliche Aussicht nach dem oberbayrischen Gebirge; hier richtete ich ein gemüthliches Arbeitscabinet ein, wo ich viele ruhige Stunden verlebte und über den Gang der politischen Welt nachdachte, wo bei bestimmt vorschreitendem Wissen doch keineswegs eine moralische Verbesserung des Menschengeschlechts sich nachweisen liess. Mit dem Domcapitularen Baron Stengel arbeitete ich fortwährend an dem Schuldentilgungsplan für das Hochstift, den der Bischof auszuführen versprochen hatte. Im Winter kam ich wieder nach Regensburg, wo die Gesellschaft inzwischen durch die junge Fürstin Taxis, geborne Herzogin von Meklenburg, vermehrt worden war.

1791.

Nach meiner Zurückkunft ernannte mich der Fürstbischof zu seinem geheimen Rath, und erklärte mir, dass er mich nach Wien schicken würde, um die Reichslehen zu empfangen und den Schuldentilgungsplan für das Bisthum Freising vorzulegen. Ich reiste im Monat März nach Wien. Das Geschäft selbst konnte keinem Anstand unterliegen: verzögern lässt sich aber ein jedes, wenn man Nebenabsichten einmischt, und dies war hier der Fall. Als ich mich in Wien herumtrieb, machte ein Verwandter mich aufmerksam, dass ich von der neu eingeführten Polizei streng bewacht wurde; ich hatte es nicht bemerkt. Mein Oheim, der Minister Graf Leopold Kolowrat, mit welchem ich darüber gesprochen hatte, rieth mir geradezu bei dem Kaiser eine Audienz zu verlangen und mit ihm davon zu reden, weil er die geheime Polizei selbst leitete. Diesem Rath folgend kam ich den nächsten Tag zur Audienz, erzählte ganz treuherzig, was vorgefallen war, und setzte hinzu, da es ohne Vorwissen Sr. Majestät nicht hätte geschehen können, so bäte ich mir die Ursache dieser Auszeichnung zu sagen, um mich vertheidigen zu können, da ich mir keiner Schuld bewusst wäre. Der Kaiser antwortete ganz einfach: „Das geschieht, weil sie ein Illuminat sind, denen ich misstraue." Ich erwiderte, dass mich diese Vermuthung sehr befremde, da ich diesen Orden und seine Schriften erst durch die Verfolgung der Illuminaten in Bayern hätte kennen lernen; ich wäre zwar Freimaurer in Regensburg geworden, hätte aber, so wie dieser Orden in Bayern und Oesterreich verboten worden, mich sogleich zurückgezogen und entsagt. Ich erzählte den Vorfall der Ballotage zum Leseclubb als ich in der Schweiz war, und bat, Se. Majestät möchte mich mit Demjenigen confrontiren, der mich denuncirt hätte. „Das geht bei einer geheimen Denunciation nicht an," erwiderte der Kaiser; ich aber: Wenn eine geheime Denunciation hinreicht, einen ehrlichen Mann in den Augen seines Souverains verdächtig zu machen, und ihn in einer Stadt wie Wien in den Augen des ganzen Volks auf eine so herabwürdigende Art auszuzeichnen, so wäre es strenge Pflicht des Souverains, den unschuldig Verläumdeten Mittel und Wege zu verschaffen, sich rechtfertigen zu können; ich würde in Wien so lange mich als verhaftet betrachten und bleiben, bis Se. Majestät mir diese Gnade gewährt haben würde. Der Kaiser kam in Verlegenheit und sprach: „Ich kann es Ihnen jetzt nicht sagen, woher ich es weiss, aber ich will in meinen Papieren nachsehen; kommen Sie in drei Tagen wieder." Die Mouche verschwand seit diesem Tage, und ich kam zur bestimmten Zeit wieder. Der Kaiser ging mir entgegen und äusserte, er habe schlechterdings keine Zeit gehabt, nachzusehen, ich möchte abermals nach drei Tagen nachfragen. Das that ich denn auch pünktlich, und fand den Kaiser im Fenster mit einem Papier in der Hand (es war eine Illuminatenliste): „Es thut mir leid, ich habe Ihnen Unrecht gethan, habe die Namen verwechselt: da steht Graf Stahrenberg, Domherr von Eichstädt." — Diese Sache war abgethan; jene der Lehen zu berichtigen, musste ich aber nach Regensburg zurückkehren, um den Fürsten in Kenntniss zu setzen.

Die liebenswürdige Gräfin Seilern war in ein Zehrfieber verfallen, und von den Aerzten, um der Winterkälte in Deutschland zu entgehen, nach Pisa in Italien geschickt worden. Jetzt, im Monat Juni, kehrte sie leider noch viel leidender von dort zurück. Als alter Hausfreund war ich viel bei ihr und las ihr Stunden lang vor. Das Uebel machte schnelle Fortschritte, die sie mit völliger Ergebung betrachtete. Die letzten Tage, da sie sich an meine Wartung gewöhnt hatte, verliess ich sie gar nicht mehr, und sie entschlummerte, während ich ihr die täglichen Gebete vorsagte. Ich reiste nun auf acht Tage zu der jungen

Fürstin Taxis nach Tischingen, wo auch ihre Schwester, die Herzogin von Hildburghausen, sich befand, um mich bei diesen äusserst liebenswürdigen Frauen zu zerstreuen; von da zur Erholung meiner Gesundheit nach Karlsbad, und nach Prag zur böhmischen Krönung. Hier hatte der Druck, welchen Kaiser Joseph den Ständen empfinden liess, einen *Nationalismus* erweckt, der lange geschlummert hatte. K. Joseph, der alles centralisiren wollte, suchte auch die čechische Zunge zu unterdrücken; dieses Palladium der Nationalität lässt sich aber kein Volk rauben. Unverabredet hörte man in den Vorsälen bei Hofe alle, die der Muttersprache mächtig waren, böhmisch sprechen. Kaiser Leopold, dessen Regierung in Toscana ein für ihn günstiges Vorurtheil verbreitet hatte, bemerkte sehr wohl die Lage der Dinge, und zeigte sich bereitwillig die Rechte der Nation zu schützen; es wurden Unterhandlungen angeknüpft, und die Feste bei der Krönung erschöpften die Zeit. Die Lage der Dinge in Frankreich war für Deutschland bedenklich geworden, und veranlasste den unglückseligen Congress in Pilnitz. Ich reiste mit meiner Cousine Gräfin Zichy über Dresden nach Leipzig. Als ich nach Regensburg zurückkam, waren die Nebenumstände, welche die Belehnung verzögerten, durch den Fürst-Bischof bereits behoben; ich begab mich also (im December) nach Wien, empfing die Reichslehen, ertheilte die Belehnung der Grafschaft Ortenburg, welche dem Regensburger Bisthum lehenbar war, an Oesterreich, übergab den Schuldentilgungsplan für das Bisthum Freising dem k. Reichshofrathe, und kehrte wieder nach Regensburg zurück.

1792.

Das Leben in Regensburg und die Lage von ganz Deutschland fing an, sich allmählig umzustalten. Kaiser Leopold starb am 1 März; sein schneller Tod war auffallend; es erfolgten Verhaftungen mehrer Verdächtigen in Wien. Kaiser Franz trat in die Regierung der Erblande ein, und Ende April erklärten die Franzosen dem Könige von Ungarn und Böhmen den Krieg. Die

Emigrirten, welche sich früher am Rhein und an der Mosel gehalten, zerstreuten sich nun durch ganz Deutschland, viele
sammeln sich in Regensburg und vermehren durch die Verschie-
denheit ihrer überspannten Ansichten die Verwirrung der Ideen.
Alles war in Erwartung der Dinge, die geschehen sollten. Kaiser
Franz wurde in Frankfurt gekrönt, besprach sich mit dem Könige
von Preussen in Mainz, der unglückliche Feldzug in der Cham-
pagne begann. Ich war zwar in der Nähe auf Besuch bei meinen
Freunden Diede in Wiesbaden, hatte aber keine Lust, weder die
Krönung in Frankfurt, noch die nachfolgende in Prag zu sehen.
Ich war in einer traurigen Stimmung. Die älteste Tochter des
Grafen Görz, Caroline, Braut meines Freundes Grafen Rechberg,
nachmaligen k. bayrischen Staatsministers, war gestorben, und
hatte diese mir sehr freundlich gesinnte Familie in den tiefsten
Schmerz versetzt, den ich herzlich theilte.

Nach meiner Rückkehr nach Regensburg vertraute mir mein
Arzt, der Wallerstein'sche Hofrath Schäffer, ein ausgezeichneter
Mann in jeder Hinsicht, dass er unter seinen Kranken eine natürliche Somnambule habe, die ich wohl kannte, und erlaubte mir,
sie täglich während des Paroxysmus zu besuchen. Ich hielt ein
Journal über alles was vorging. Dass sie während des Schlafs
mit vollkommen geschlossenen Augen sehr rein gearbeitete Sticke-
reien verfertigte, manchmal aus dem Bette heraussprang, sich an
das Clavier setzte, und ohne Noten z. B. das ganze zweite Finale
von Mozart's Don Juan mit einer Fertigkeit und einem Ausdruck
spielte, wie ich sie in gesunden Tagen nie hatte spielen hören,
dass sie, wenn wir von einem sehr geschickten Harfenisten Lieder
spielen liessen, diese Lieder in Ton und Tact vollkommen richtig
sang, kann ich in Wahrheit betheuern. Was sie aber während
des Paroxysmus gleichsam wie Visionen zu sehen glaubte, waren
blosse Reminiscenzen aus dem Wandsbecker Boten oder andern
Büchern, welche sie gelesen hatte. Die Krankheit dauerte lange;
sie wurde aber geheilt, heirathete, hatte Kinder, und der Anfall
kam nie wieder zurück.

Mein Bruder Joachim, der sich auf dem Lande mit Geometrie, höherer Mathematik, Meteorologie und Astronomie beschäftigt hatte, kündigte mir an, dass er mit Abbé Dobrowsky eine Reise nach Dänemark, Schweden und Russland unternehmen wolle, und ersuchte mich, während seiner Abwesenheit die Güter manchmal zu besuchen, was ich auch versprach.

Im September wurde ich in Geschäften nach Berchtesgaden zu dem Bischof von Freising berufen, der mich zu seinem Canonicus a latere ernannt hatte, eine Stelle, die mir dadurch sehr angenehm wurde, weil sie mich von der jährlichen fünfmonatlichen Residenz in Freising befreite. Ich reiste über München, Reichenhall und Traunstein, Salzburg, nach Berchtesgaden, um das ganze halurgische Revier mit einem Mal zu übersehen, was mich ganz besonders interessirte, obgleich ich noch nicht den geringsten Begriff von Geognosie besass. In Berchtesgaden erfuhren wir die Einnahme von Verdun, worauf wir grosse Hoffnungen bauten. Ich kletterte mit frohem Muth von dem Schloss im Bartholomäi-See, wo wir wohnten, auf die höchsten Gebirge, bis ich eine Gemse erlegte. Im Monat October besuchte ich meinen Vater in Prag, und warf einen Blick auf unsere Güter in Böhmen. Als ich nach Regensburg zurückgekehrt war, kamen die Hiobsposten von der Canonade von Valmy und dem Rückzug der preussischen Armee, bis zu der Einnahme von Mainz, Kassel und Frankfurt durch Custine im Monat November. Frankfurt wird im December durch die Preussen und Hessen wieder gewonnen, Kassel cernirt, und ein grosser Theil der österreichischen Armee marschirt durch Regensburg. Viele alte Bekannte besuchen mich bei dieser Gelegenheit; es herrscht viel Bewegung in der Regensburger Gesellschaft, aber der ruhige Genuss ist entflohen. Die Lage von Deutschland wurde immer schwieriger, die Völker durch die vielen Durchmärsche beunruhigt. Man wünschte, dass die Geistlichkeit beschwichtigend dazwischentreten und das Volk zum Gehorsam gegen die Souveraine aufrufen sollte. Der Fürstbischof entschloss sich, einen Hirtenbrief drucken zu lassen; ich erhielt den Auftrag, ihn zu verfassen: er wurde aber von dem löblichen Consistorium ziemlich beschnitten herausgegeben.

1793.

Die Unzahl der Emigrirten, denen man in allen Gesell-schaften begegnete und denen es niemand recht machen konnte, wurde mir sehr lästig: denn bei der Parteiung, welche unter ihnen selbst herrschte und die sie durch ihr unbändiges Ge-schwätz allen Gesellschaften einimpften, war man stets in dem Fall, von dem Einen als Ultraroyalist, von dem Andern als Jacobiner bezeichnet zu werden. Ich hielt mich still mit meinen besten Freunden, um mich aus diesem Dilemma zu ziehen. Millionenweise wurden die österreichischen Kronenthaler, die noch allgemein in Deutschland circulirten, den Armeen nach-geführt, die am linken Rheinufer standen. Doch ehe man noch etwas wichtiges unternahm, wurde der Gräuel in Paris aufs höchste gesteigert und König Ludwig XVI guillotinirt. Die Nachricht wurde in einer Gesellschaft bei Graf Hohenthal ver-breitet; alle Menschen waren empört; nur der Bischof von Bristol rief gleichsam im Ausdruck von Beifall aus: „Voilà la première fois que les Français ont été conséquents!" Darüber waren alle Herumstehenden entrüstet; die Frauen insbesondere sprachen ihren Unwillen so deutlich aus, dass er sich aus der Gesellschaft zurückzog und Regensburg verliess.

Anfangs Mai besuchte mich mein ehrwürdiger Vater in seinem hohen Alter; meine Cousine Louise hatte ihn begleitet. Es gefiel ihm wohl in meinem am Ufer der Donau angenehm gelesenen Hause und meinem kleinen Rosengärtchen; alle meine Freunde bestrebten sich, ihm den Aufenthalt angenehm zu machen. Ungeachtet mancher Vortheile, welche die österreichi-schen Waffen in den Niederlanden erfochten hatten, war die Ansicht meines Vaters von den Folgen dieses Krieges noch trüber, als die meinige.

Mein Vater kehrte wieder nach Prag zurück, und bald nachher mein Bruder aus Russland. Dieser hatte, als er von Lord Macartney's Reise nach Peking hörte, die Idee gefasst, über Kiachta auch dahin zu reisen. Er verschaffte sich Empfehlungsschreiben von der englischen Gesandtschaft, konnte aber von der russischen Regierung keine Pässe erhalten, und musste von Moskau die Rückreise antreten. Seine meteorologischen und astronomischen Beobachtungen hatten ihm Unannehmlichkeiten zugezogen.

In Regensburg war der dänische Gesandte Baron Eiben gestorben. Baron Diede erhielt seine Stelle, welches mir besonders angenehm war, da ich viel in dessen Hause lebte.

Im Juli wurde Mainz und im August Valenciennes erobert; die Durchmärsche österreichischer Truppen dauerten fort; man liess sich zu neuen Hoffnungen verleiten.

Ich machte eine Geschäftsreise in Angelegenheiten des Bisthums Regensburg nach München, und von da nach Garmisch in die Grafschaft Werdenfels, welche dem Bisthum Freising gehörte; im October aber zu meinem Vater nach Prag und zu meinem Bruder aufs Land, um mir seine Reisebegebenheiten mittheilen zu lassen, die für mich grosses Interesse hatten.

Vor Ende des Jahrs fiel auch noch das Haupt der Königin von Frankreich, um die kannibalischen Scenen in der entarteten Nation zu vervollständigen.

1794.

Schon im Januar hatte sich der Herzog von Braunschweig nach Mainz zurückgezogen, wodurch auch General Wurmser gezwungen wurde, nach Mannheim zurückzugehen. Die rheinischen Stände traten zusammen, um sich über die Vertheidigung des Rheinufers zu verständigen. Das Benehmen von Preussen bei dieser Gelegenheit erschien zweideutig. Erzherzog Karl reiset durch Regensburg nach den Niederlanden und wird bei der ersten Affaire wegen seiner Tapferkeit auf dem Schlachtfelde zum Feldmarschalllieutenant ernannt; ihm folgte bald Kaiser Franz. Das Waffenglück begünstigt Clairfayt und den Herzog von York in den Niederlanden; nach der Schlacht bei Tournay geht die österreichische Armee über den Rhein und Moellendorf siegt bei Maxlautern. Unter Robespierre's Regierung in Paris werden die Rechte der Menschheit ausgerufen, die englischen und hannoverschen Gefangenen massacrirt, die Princessin Elisabeth, Schwester des Königs, und viele hundert Aristokraten guillotinirt. Ich brachte die Monate Juli bis gegen Ende September in Karlsbad und Böhmen überhaupt zu, dem Wechsel des Waffenglücks folgend und beobachtend, der Zukunft misstrauend. Gegen das Ende der Campagne zogen sich die Preussen zurück; ein Theil ihrer Armee marschirte nach Hause, man sprach von eingeleiteten Negotiationen eines Separatfriedens, indess England alles Mögliche anwendete, um Oesterreich zur Fortsetzung des Krieges zu bestimmen. Die französischen Armeen erschienen von Neuem vor Mainz und der Rheinschanze von Mannheim. In Regensburg hatte die zweite Tochter des Grafen Görz einen Herrn von Lobes, genannt Schlitz, geheirathet. Ich führte mein gewohntes Leben, doch mit mir selbst uneins, ob ich, bei den so verschieden sich entwickelnden Verhältnissen, in meinem Plan verharren und in dem bereits gewählten Stande mein Fortkommen suchen, oder einen anderen wählen sollte. Ueber 400 aus Frankreich vertriebene oder vor der Guillotine fliehende Priester waren in Regensburg; man sammelte und bettelte, wo man nur konnte, um ihr elendes Leben zu fristen.

1795.

Die Negotiationen in Basel werden fortgesetzt und im Monat April wird der preussische Separatfriede verkündet und Polen abermals getheilt.

Dies war der *Wendepunkt* in der Tendenz meines Lebens. Bisher hatte ich den Plan verfolgt, mich in meinem Stande zu

der Würde eines Reichsfürsten und Bischofs aufzuschwingen.
Eine solche Würde zu bekleiden konnte in Deutschland wünschenswerth und ehrenvoll erscheinen; sie würde auch, ohne die
Folgen der Revolution, mir schwerlich entgangen sein. Nun
aber, da die beiden mächtigsten Fürsten des Reichs, welche die
beiden Religionsparteien und die verschiedenen politischen Verhältnisse zusammenhielten, sich trennten und an einer ganz
schuldlosen Nation solchen Frevel begingen, war vorauszusehen,
dass Deutschland in der Collision der inneren Parteiung und
des Dranges von Aussen ohne Rettung verloren sei. Der Geist
der Revolution, der nicht mehr auf Frankreich allein beschränkt,
wohl auch in Italien, in Rom selbst und längs dem Rhein sich
verbreitete, hatte sich gegen den Adel und die Geistlichkeit
ausgesprochen; und letztere, die allein nicht kräftig genug war,
solchem Andrange zu widerstehen, musste sich wohl als den hir-
cus pro peccato ansehen. Alle Aussichten in meinem Stande erschienen mir von nun an sehr zweideutig. Zwar konnte ich
lang genährte Hoffnungen nicht sogleich abstreifen: doch nahm
ich mir vor, weniger für das Aeussere zu leben und mich den
Wissenschaften zu widmen, die einen jeden Stand zieren und in
jedem Lebensverhältnisse nützlich sind. Nur blieb ich noch un-
entschlossen, welchem Fach ich mich vorzüglich widmen sollte.

Ein Zufall führte die Bestimmung herbei. Auf der Strasse
begegnet mir Graf *Bray*, nun Präsident der botanischen Gesellschaft in Regensburg und königl. bayrischer Gesandter in Wien,
damals in Regensburg (wo er bei der französischen Gesandtschaft
angestellt gewesen war) zurückgeblieben, um die Entwickelung
der Zeitumstände abzuwarten. Er kam von einer botanischen
Excursion mit Professor Duval zurück, einen Busch Pflanzen in
der Hand, und sprach mir zu, ich möchte mich auch auf *Botanik*
legen, es sei die angenehmste der Naturwissenschaften. Professor Duval trug sich an, mir Unterricht zu ertheilen. Ich sah
es als einen Wink der Vorsehung an, und am nächsten Sonntag
nahm ich meine erste Lehrstunde. Ich trieb dieses Studium

mit dem allergrössten Eifer, verband es mit der Forstwissenschaft, richtete mir eine Pflanzschule von Forstgewächsen in dem nahe gelegenen sogenannten Weintinger Holze ein, wo ich alle im deutschen Klima gedeihenden Forstpflanzen mit meinem Jäger selbst cultivirte, machte häufige Excursionen mit meinen neuen botanischen Freunden, und lebte wieder auf.

Im Monat Juli reiste ich mit meinem Bruder über München nach der Grafschaft Werdenfels, wo verlassene Bergwerke wieder erhoben werden sollten, wozu mir sein Rath wichtig war. Mit erweitertem Interesse erstieg ich nun die dortigen Gebirge, wo ich Alpenpflanzen kennen zu lernen Gelegenheit fand. Auch die Verschiedenheit der Granitgebirge von den Kalkwänden blieb nicht unbeachtet. Auf dem Rückwege besuchten wir die Abtei Ettal, das meteorologische Observatorium auf dem Peissenberge, Polling etc., wo wir allenthalben wissenschaftliche Männer antrafen. Mein Bruder führte einen Theodoliten und einen Sextanten bei sich, es wurden Berge gemessen etc. Die Zeit verflog in einem mir neuen thätigen Leben.

Am 17 September erfolgte die Vermählung der ältesten Tochter des Baron Diede, Charlotte, eines besonders ausgezeichneten sehr hübschen Mädchens, mit einem Grafen Ranzow aus Holstein.

Im Laufe dieses Jahres war der kleine Ludwig XVII im Kerker zu Paris gestorben. Die Campagne schloss mit der Einnahme der Weissenburger Linien durch General Clairfayt.

1796.

Welche veränderte Stimmung mein neuer Lebensplan in meinem Inneren hervorbrachte, beweisen am besten meine eigenen Briefe, welche ich in jener Zeit geschrieben habe. Sie wurden mir nach dem Tode meiner Freunde, die sie aufbewahrt hatten, zurückgeschickt; ich will ein paar Auszüge aus denselben hier einschalten.

Den 16 Januar 1796: „Ich prüfe mich alle Tage, um genau zu wissen, wie ich mein Endurtheil ertragen werde, wenn es selbst schlimmer ausfallen sollte, als dermalen noch wahrscheinlich ist, und sehe mit Vergnügen, dass mein Geist auf alles gefasst ist. Vorzüglich lächelt mir die Zukunft, wenn ich mir sie unter einem ruhigen ländlichen Obdach denke, wo mein geschäftiger Geist nach seinem innern Drang volle Nahrung finden würde. Mit einem gesunden Körper und geweckten Geist bleibt man auch unter ganz veränderten Umständen derselbe Mensch. Freiwillig verlasse ich meinen Stand nicht: der Macht der Umstände, die ich nicht bezwingen kann, weiche ich aber ohne Zaudern wie ohne Murren. Das Aergste, der Kampf mit sich selbst bis zur Unterwerfung, ist überstanden. Folge Du willig dem Schicksal: willst Du nicht folgen, Du musst."

Den 6 Februar 1796: „Ich hoffe, dass Dich nichts aus Deinen vier Mauern vertreiben wird. Wenn ich aber einst, und dazu wird es gewiss noch kommen, mir eine Hütte baue und ein Gärtchen pflanze, dann kömmst Du doch gewiss zu mir, hilfst mir meine Blumen begiessen und theilst mein Glück in ländlicher Abgeschiedenheit? Du glaubst nicht, wie sehr das Studium der Botanik, das mich nun ganz besonders beschäftigt, reich an Quellen des Genusses ist, die selbst die für Zerstörung so industriösen Menschen unserem Geiste nicht zu entreissen vermögen. Sieh! indem ich entbehren lerne, strömen mir neue Genüsse zu; ich habe das Vertrauen, noch glücklich zu werden, und scheue die Zukunft nicht."

Meine Ahnungen rückten in diesem Jahre näher. Die österreichischen Waffen waren in Italien und Deutschland unglücklich, das Heer zog sich vom Rhein gegen die Gränzen von Oesterreich und Böhmen, die französischen Truppen folgten ihm auf dem Fusse nach. Nach der ungünstigen Affaire bei Geisenfeld wurde Regensburg mit Verwundeten erfüllt; die Emigrirten zogen in das Innere von Oesterreich oder Norddeutschland. Ich schickte meine besten Habseligkeiten zu meinem Bruder und ging selbst nach Karlsbad, von dort aber nach Eger, wo sich die Diedesche Familie befand. Nach wenigen Tagen strömten eine Menge deutscher Familien mit Sack und Pack nach Böhmen herein, und brachten die Nachricht, dass die französische Armee von Nürnberg nach Böhmen marschire. Alle Badegäste gerathen in Unruhe; ich besorge Pferde für die Diedesche Familie und fahre mit den meinigen nach Karlsbad, wo wenige Minuten später der Courier mit der Nachricht von zwei glänzenden Siegen eintrifft, welche Erzherzog Karl bei Teining und Amberg erfochten. Man beruhigt sich, und wir verfolgen unseren Weg nach Prag. Die Franzosen werden bis über den Rhein zurückgedrängt. Die Diedesche Familie besucht meinen Bruder auf ihrer Rückreise nach der Wetterau; ich bleibe bei ihm. Seine Mineraliensammlung wird nun mit Musse durchgangen, galvanische und chemische Versuche gemacht, ein wissenschaftlicher Briefwechsel, der noch vorhanden ist, wird verabredet.

Erzherzog Karl verfolgt die Wintercampagne bis in den Januarmonat, wo endlich Kehl erobert wird. Regensburg ist mit Blessirten erfüllt, worunter mehrere Bekannte, Major Steigentesch und andere.

1797.

Lord Malmesbury, der schon in Italien Friedensvorschläge gemacht, entwickelt in einer Conversation mit De la Croix die Grundsätze der *Secularisation*, welche später in Rastadt ausgeführt worden sind; ich mache darauf aufmerksam, jedoch ohne Erfolg. Doch nahm ich es mir zu Gemüthe und verfolgte meine wissenschaftlichen Arbeiten. Das Linnéische System hatte ich ziemlich durchgearbeitet, war mit den europäischen Pflanzen bekannt, wurde auch von der botanischen Gesellschaft als Mitglied aufgenommen. Der Galvanismus hatte Aufsehen erregt, ich beschäftigte mich auch mit diesem, selbst mit Curen unter der Leitung Dr. Schäffers. Bei tauben Personen waren die Wirkungen am erfreulichsten: doch erhielt sich die Besserung nicht

lange und erregte das Nervensystem bedeutend. Eine kleine
Schrift, mit einer Vorrede von Dr. Schäffer, wurde darüber
gedruckt.

Die Campagne in Italien ist ungünstig. Die Franzosen
nehmen Mantua, Erzherzog Karl wird nach Italien versetzt;
Preussen besetzt die Markgrafthümer Anspach und Baireut. Im
April erfolgt der Friede von Leoben und im Herbst der von
Campoformio, dem der Congress in Rastadt nachfolgte.

Ich machte in der Zwischenzeit eine Excursion durch das
bayrische Gebirge in die Kaisersklause, worüber ein Bericht in
Hoppe's botanischem Taschenbuch (1802) abgedruckt wurde. Später reiste ich nach Böhmen zu meinem Vater und zum Bruder,
bei dem ich wieder Collegia hörte.

1798.

Im Januar zog die ganze österreichische Armee durch Bayern,
das Hauptquartier durch Regensburg, wo ein Regiment (Kerpen) als
Besatzung zurückblieb; die Freicorps der französischen Emigrirten
lagen in der Umgegend. Der *Congress in Rastadt*, welcher zur
Negotiation eines Reichsfriedens und angeblich zur Erhaltung
der Integrität des Reichs zusammen berufen wurde, drehte sich
eigentlich um zwei Punkte: Frankreich wollte das linke Rheinufer als Gränze behalten, die weltlichen deutschen Fürsten sollten für den Verlust ihres Eigenthums durch die Secularisation
der Geistlichen und Mediatisirung der freien Reichsstände entschädigt werden. Im Anfang dieses Congresses versuchten zwar
einige Abgesandte deutscher Fürsten etwas für eine verbesserte
kirchliche Anstalt in Deutschland zu wirken. Ich hatte mich
zu diesem Zweck mit dem bayrischen Gesandten Grafen Mora-
wicky, meinem alten Bekannten, in Briefwechsel eingelassen, und
der Coadjutor von Mainz, Karl Dalberg, war zu demselben Zweck
dahin gekommen: allein es war gar bald zu entnehmen, dass
hier der einzige Sinn vorherrschte, die Löwenhaut zu theilen;

daher auch Oesterreich, nachdem es einige sehr wohlgemeinte Noten ohne Erfolg mitgetheilt, seine Armeen allmählig vorschob. Während der Zeit, als man in Rastadt Noten wechselte und Bonaparte stets erwartet wurde, war die Schweiz, Rom und Neapel revolutionirt worden und Bonaparte segelte nach Aegypten. Wie der Congress geendet, ist noch in Jedermanns Andenken.

Ich war nach Prag gegangen, um meinen kranken Vater zu besuchen, und von da nach Freising, wo ich in stiller Einsamkeit das Ende der Tragödie abwarten wollte: allein mein Vater hatte am 2 August seine redlich durchlaufene Bahn im 86 Jahre seines Alters vollendet; ich musste zu meinem Bruder nach Böhmen, um unsere Erbschaftsgeschäfte zu ordnen. Er theilte ganz meine Ansichten über die verhängnissvollen Begebenheiten, die uns bevorstanden, und bestärkte mich in meinem Plane. Ich kehrte nach Regensburg zurück, und er folgte mir im Monat November dahin. Meine Freunde, besonders Baron Gleichen, Graf Görz und Baron Diede bewarben sich sehr um ihn, und die Damen ergötzten sich an seiner ausgezeichneten Behandlung der Harmonika.

Im Monat December erwirkte der Kurfürst in Bayern eine päpstliche Bulle, durch welche ihm gestattet wurde 1,500,000 fl. Kriegssteuer auf die geistlichen Stände auszuschreiben; wogegen jedoch die damals noch bestandenen bayrischen Stände sich sträubten und grosse Reibung entstand.

1799.

Der Kurfürst in Bayern, Karl Theodor, stirbt. So sehr er in der Rheinpfalz sich beliebt gemacht und als ein aufgeklärter. die Wissenschaften fördernder Souverain gegolten hatte, so wenig konnte er, bei einer ganz verschiedenen Lebensweise, sich der Anhänglichkeit seiner bayrischen Unterthanen aller Stände erfreuen. Als nun, wie gewöhnlich bei dem Tode des Souverains, die Stadtthore gesperrt wurden, und ein Bauer, der eben

zur Stadt hinausfahren wollte, die Ursache von der Wache erfuhr, so sagte er: „hättet ihr lieber die Thore gesperrt, als er
hier ankam, jetzt ist es zu spät!"

Am 20 April erklärten die Franzosen den Krieg, griffen
gleichzeitig den Fürsten Schwarzenberg bei Stockach an, und
drängten ihn in der Ueberraschung zurück; er sammelte aber
seine Leute wieder und eroberte seine frühere Stellung. Am 21
greift Erzherzog Karl sie an und schlägt sie aufs Haupt. Der
Feldzug nimmt eine günstige Wendung, Erzherzog Karl gelangt
bis an den Rhein. Die Russen unter Suwarow hielten die Schweiz
besetzt: aber General Korsakow wurde geschlagen, und die Russen
zogen sich über Augsburg und Regensburg nach Böhmen ins
Winterquartier. Ueber die Anwesenheit Suwarow's in Regensburg
habe ich (12 Dec. 1799) folgenden Brief geschrieben: „Gestern
erschien Suwarow in der Gesellschaft bei dem Fürsten Taxis.
Zwei langbärtige Kosaken traten vor ihm in den Saal, sein Ge-
neralstab folgte ihm auf dem Fusse nach, und man schloss einen
Kreis um ihn, wie die Trabanten des Saturnus. Er gleicht einem
ehrwürdigen kleinen Invaliden mit kahlem Scheitel, seine unruhigen Bewegungen aber jenen eines Affen. Er trug die kaiserl.
österreichische Feldmarschallsuniform; Sterne, Kreuze und
Ordensbänder deckten den ganzen Körper, und ein grosses Mi-
niaturportrait von Kaiser Joseph, in Brillanten eingefasst, bau-
melte auf seiner Brust; sein Degen hatte einen Griff und Knopf
von Diamanten. Er ging gerade auf den Fürsten Taxis los und
küsste zuerst das goldene Vliess, das er am Halse trug, dann die
Hand des Dompropstes und Domdechants. Er blieb nicht eine
Minute ruhig, sprach mit einigen Männern, die sich vorstellen
liessen, und fuhr nach einer halben Stunde wieder in sein Hauptquartier, das er in der Abtei Prüfening aufgeschlagen hatte. Am
folgenden Tage kam er zum Fürsten zum Speisen; da er Fasten
hatte, so wurden ihm Fastenspeisen servirt. Er versuchte sie
aus der Schüssel, und was ihm nicht schmeckte, warf er in die
Schüssel zurück, wo er sie dann den andern Officieren präsen-

tiren liess, mit denen er überhaupt nicht viel Ceremonien machte. Nachmittag gab er uns die Musik seiner Capelle zum Besten. Ausser der sixtinischen Capelle in Rom habe ich nie etwas Aehnliches gehört: es ist ein Wunder der Knute. Eine solche Präcision, einen so leisen Uebergang vom piano zum forte aus dem Munde ganz roher, erst bei dem Militair gebildeter, Menschen hervorgehen zu hören, ist einzig in seiner Art."

In und mit mir abgeschlossen, nahm ich an den wechselnden Kriegsbegebenheiten nur einen geringen Antheil, und wünschte vielmehr das Ende näher gebracht zu sehen, um aus diesem unruhigen Hin- und Herschwanken herauszukommen, da ich kein beruhigendes Ende mehr erwartete. Ich reiste im August nach Böhmen, und blieb daselbst bis Ende October, theils auf kleinen Reisen im Lande, theils bei meinem Bruder in wissenschaftlicher Beschäftigung. Den Winter brachte ich immer in Regensburg mit meinen Freunden zu: allein es war ein viel bewegtes Leben, die Ruhe, ohne welche kein Genuss vollkommen befriedigt, war entflohen.

1800.

Erzherzog Karl musste seiner schwächlichen Gesundheit wegen die Armee verlassen, mit ihm verliess sie auch das Waffenglück. Nach vielen Kämpfen wurde der Kriegsschauplatz von dem Lech an die Donau übertragen. Die Armee von Moreau erstreckte sich bis gegen Regensburg, welches mit österreichischen Verwundeten, Kranken, Flüchtlingen und Kanzleien überfüllt war, die man fortzuschaffen Mühe hatte. Regensburg vertheidigte General Klenau mit einem schwachen Corps: am 14 Juli griff er die anrückenden Franzosen an und drängte sie über Abbach zurück. Am 17 trat der Waffenstillstand von Parsdorf ein, vermöge dessen Graf Klenau sich nach Stadt am Hof zurückziehen musste, die Mitte der steinernen Brücke zum Scheidepunkt der beiden Armeen erklärt und das nicht eroberte Regensburg, der Schlüssel des Uebergangs über die Donau, dem Feinde überliefert wurde. Ich erinnere mich keines so allgemeinen Trauergefühls einer ganzen Bevölkerung, als in der Stunde, wo der Vortrab des Corps von General Grenier in Regensburg einrückte. Sehr bald empfanden wir die drückende Last feindlicher Einquartierung und ausgeschriebener Kriegssteuern. Diese zu mildern, wurde die Absendung einer Deputation in das Hauptquartier des Marschalls Moreau nach Augsburg beschlossen, und ich als Vertreter sämmtlicher geistlichen Stände von dem Fürstbischof bestimmt. Den 29 Juli reisten wir nach Augsburg ab und wurden am 3 August mit einem Nachlass von 250,000 Francs entlassen. In diesem Hauptquartier lernte ich Frankreichs Geist, Deutschlands Gefahr und das nahe Schicksal der geistlichen Stände genau kennen, welches ich auch in meinem besonderen Bericht an den Fürstbischof genau so, wie es hernach in dem Reichsdeputations-Abschied ausgeführt worden, geschildert habe. Consequent mit meiner Ueberzeugung und meinem Plan, lehnte ich die mir von meinen Mitcapitularen angebotenen Stimmen bei der Wahl eines Domdechants, nachdem Graf Thurn Dompropst geworden war, ab, dankte für das mir bewiesene Zutrauen und reiste nach Böhmen zu meinem Bruder. Erzherzog Karl war in Prag, um die böhmische Legion zu übernehmen und gegen den Feind zu führen. Wir warteten ihm auf: er sagte uns, wenn Moreau nicht früher die Salza überschreitet, so würde man ihn wohl noch abhalten können weiter vorzudringen, und ertheilte meinem Bruder den Auftrag, einige Positionen, die er bezeichnete, an der Gränze zwischen Böhmen und Bayern aufzunehmen. Wir reisten zusammen nach Kamb, mein Bruder verfolgte sein Geschäft, und ich blieb bei meinem Freund Baron Fraunberg, damals Dechant in Kamb. Da ich Einquartierung in meinem Hause in Regensburg hatte, der Waffenstillstand zu Ende und Regensburg gesperrt war, so wünschte ich etwas nähere Nachrichten von dort zu erhalten. Ich reiste daher nach Stadt am Hof zu General Klenau, den ich wohl kannte, und versuchte von da auf ein paar Stunden nach Regensburg zu kommen. Dies gelang mir auch wohl, mit dem Brodschiffe, welches alle Morgen von der Insel Oberwerd nach der Stadt fuhr. Ich versorgte meine Dienerschaft mit dem nöthigen Gelde für den weiteren Haushalt, sah Grafen Thurn und wollte wieder zurückfahren: das Schiff war aber, ich weiss nicht aus welchem Grunde, in Beschlag genommen. Dies setzte mich in einige Verlegenheit. Glücklicher Weise hatte General Grenier dem Accoucheur erlaubt, jeden Abend nach Stadt am Hof zu fahren, weil die Generalin Klenau ihrer Entbindung nahe war; zu diesem gesellte ich mich als Gehilfe, und kam glücklich über die Brücke, von da aber wieder nach Kamb, wohin auch mein Bruder zurückgekommen war. Abermaliger Waffenstillstand.

1801.

Neue Kriegssteuern wurden in Regensburg ausgeschrieben; man versuchte abermals, durch eine Deputation in das Hauptquartier Salzburg Erleichterung zu erhalten, und mich traf wieder das Loos, die geistlichen Stände zu vertreten. Am 18 Januar, bei strenger Kälte, reisten wir ab; ich besuchte meinen Vetter Johann Sternberg in Passau. Die Armee von Moreau war zwar mehr disciplinirt, als die übrigen, aber darum nicht minder drückend und durchaus jakobinisch-republikanischen Grundsätzen ergeben, die Moreau, um sich dem Despotismus Bonaparte's entgegenzustellen, selbst begünstigte. Allein seine natürliche Indolenz in Allem, was nicht Kriegsdienste oder Jagd betraf, sein Abscheu gegen jede andere Arbeit, machten ihn unfähig eine Rolle zu spielen, die ihm seine militärischen Talente vorzeichneten. Ich werde mich ewig seiner charakteristischen Gesichtszüge erinnern, als ich ihm in Salzburg vorgestellt wurde. Er war eben im Begriff, mit dem Gewehr in der Hand nach Hellebrunn zu fahren, um den letzten Steinbock deutscher Gebirge zu erlegen, als ich ihm mit mehreren Papieren in der Hand entgegentrat und den Grund unserer Sendung eröffnete. Mit betrübtem Blick sah er nach den Papieren, und sagte: Faudra-t-il que je lise tout cela? Ich versicherte ihn, dass er gar nichts zu lesen brauchte, wenn er nur streichen oder Ziffern ändern wollte. Da verwies er mich an den General-Quartiermeister Lahorie. Dieser war ein gebildeter Geschäftsmann, der mit Gewandtheit auszuweichen und ernste Geschäfte mit Scherz, ohne zu beleidigen, zu beseitigen wusste. Nach mehrtägiger Besprechung und vielem Hin- und Hergehen zwischen Lahorie und dem payeur général, erhielten wir zwar einen beträchtlichen Nachlass: doch war, was zu bezahlen übrig blieb, noch immer lästig genug. Ich besuchte den Bischof in Berchtesgaden, um ihm einen mündlichen Bericht abzustatten, und kehrte bei Thauwetter wieder zurück nach Regensburg. Auf der kaum wieder zusammengeflickten Brücke bei Vilsbiburg wäre ich da beinahe ertrunken.

Alles, was ich auf dieser Reise gesehen und gehört hatte, bestärkte mich in meinen Ansichten, wie man aus einem am 11 Februar 1801 an eine Freundin geschriebenen Brief ersehen kann. „Je suis charmé, que Vous entrez dans ma manière de voir sur la sécularisation. Malheur à l'homme, qui n'a pas le courage de s'élever au dessus des événements, s'il tombe dans un siècle comme le nôtre. J'en vois tous les jours, qui succombent sous le poids des chagrins, parcequ'ils n'ont ni la force ni la volonté de marcher avec l'esprit du siècle, qu'ils n'ont pas compris. J'ai eu la force de faire ma révolution personnelle avant que la révolution générale ait pu m'atteindre; elle me trouve maintenant préparé à tout événement. Mon état, mes perspectives, mes espérances n'étaient plus de ce monde renversé! On me refoule dans la nature; elle et les sciences naturelles m'offrent un trésor inépuisable, la vie de l'homme n'est pas assez longue pour se l'approprier; il est indépendant des hommes, qui quoiqu'ils fassent ne sauraient enlever la surface du globe. Mais je ne veux quitter mon poste qu'avec honneur, non l'abandonner lâchement. On me trouvera parmi les derniers combattants sur le champ de bataille. En cédant à une néces-

sité impérieuse je quitterai mon état sans reproches et sans re-
grets. Voilà ma confession!"

Der Friede zu Luneville wird geschlossen, Regensburg
wird frei von Besatzung, Moreau zieht sich sehr langsam zurück,
die Reichstagsgesandten treten wieder zusammen. Auch mir
hatte der Fürstbischof die Stimme für das Bisthum Freising zugetheilt, die ich annahm, um mit den Geschäften unseres End-
urtheils in Verbindung zu bleiben. Mein redlicher Diener Xaver
Richter, der mir 20 Jahre gedient, starb (26 März); ich liess
ihm ein Monument auf dem Domfriedhof setzen. So bald nur
einige Ruhe eintrat, wurden Botanik, Galvanismus wieder vorgenommen, und mit Major Helwig, der einen Gall'schen wohl-
bezeichneten Schädel mitgebracht hatte, die verschiedenen Sinne
studirt. Ich reiste nach Freising und München, machte eine
Excursion in das oberbayrische Gebirge, ging dann nach Böhmen,
und im Monat December besuchte mich (in Regensburg) mein
Bruder auf seiner Reise nach Paris und London.

1802.

Regensburg war zu der Versammlung einer *Reichsdepu-
tation* bestimmt, die da unter Russlands und Frankreichs Garantie, nach den zu Rastadt aufgestellten Grundsätzen, die Entschädigungen derjenigen weltlichen Stände bestimmen sollte,
welche in Folge der Abtretung des linken Rheinufers an Frankreich als Opfer betrachtet wurden. Die Gesandten aller Höfe
waren versammelt, die Stadt wimmelte von Fremden, die sich
auf Kosten eines Dritten nicht bloss entschädigen, sondern vielmehr bereichern wollten. Die französische Gesandtschaft hatte
ein geheimes, doch jedermann bekanntes, bureau d'inscription
unter Vorsitz von Matthieu errichtet, in welches die Anbote für
die Entschädigungsobjecte eingetragen wurden, die gleichsam plus
offerenti vertheilt werden sollten. Indess einige Gesandten
deutscher Fürsten, und besonders Oesterreich, billige Grundsätze

aufstellten, wurde von den Franken das Gesammtvermögen geistlicher Stände gleichsam als res nullius feilgeboten. Warum die
geistlichen Stände, die doch eben so rechtliche Besitzer ihres
Eigenthums und ihrer Reichswürden wie die weltlichen Fürsten
gewesen, allein das Opfer werden sollten, dafür war freilich kein
rechtlicher Grund nachzuweisen, er wurde aber auch nicht gesucht: die Fabel vom Wolf und vom Lamm war der Codex, dem
man folgte. Die Formalitäten des deutschen Geschäftsganges
dauerten den Franzosen und den Indemnitätslustigen viel zu lange;
und Russland, das bei der ganzen Sache nichts zu gewinnen und
nichts zu verlieren hatte, war gleichgiltig gegen den Ausgang
der Sache. Matthieu hatte seine Indemnitätsvertheilung schon
am 4 Juni projectirt: allein der Tod des Kurfürsten von Mainz
und des Mainzischen Gesandten verursachten Verzögerungen; das
Project wurde erst am 17 August von dem französischen und
russischen Gesandten an Baron Hügel und Albini übergeben und
dann zur Berathung gebracht. Die weltlichen Fürsten, um endlich ihrer Entschädigungen habhaft zu werden, und die Franzosen, um die Inscriptionen bei ihrem Bureau bald einkassiren
und theilen zu können, beschleunigten den Abschluss einer provisorischen Besitznahme der zur Entschädigung bestimmten
geistlichen Länder und Güter, welche auf den 1 December festgesetzt wurde; und an demselben Tage wurde erst den versammelten Gesandten auf dem Rathhause durch Baron Albini die
französisch-russische Note dieses Inhalts vorgelesen. Ein scha-
denfroher Ausdruck malte sich auf manchem Gesichte der anwesenden Gesandten; ich wendete mich zu ihnen und sagte:
„Ich wünsche, dass die Fürsten, die sich nun ihres Gewinnes
freuen, diese Handlung nie bereuen mögen! Wer aber die
Antastbarkeit rechtlich erworbenen Eigenthums factisch aner-
kennt, hat auch seine eigene Amovibilität mit unterzeichnet!"
Mit diesen Worten verliess ich und alle Gesandten der geistlichen Fürsten den Saal mit Indignation, um ihn nie wieder zu
betreten.

Es war mir unmöglich die ganze Zeit, während dieser Markt
der geistlichen Güter währte, in Regensburg auszuhalten. Ich
machte im Sommer eine Excursion nach München, dem Stahren-
berger See und Oberbayern, reiste im Herbst mit meinem Bruder, als er von Paris zurückkam, in Familiengeschäften nach
Wien, hielt mich aber nirgends lange auf.

Man hatte bei der allgemeinen Vertheilung und Pensionirung der Secularisirten auf die Stifter jenseits des Rheins
ganz vergessen. Als sich nun die Domherrn von Lüttich, Strassburg etc. bei der Deputation um Pensionirung meldeten, so gerieth man in Verlegenheit. Frankreich war nur an das Nehmen,
nicht ans Geben gewöhnt; die entschädigten Fürsten hatten
alle nach ihrer Versicherung viel zu wenig erhalten. Da nun
Diejenigen, die genommen hatten, nichts geben wollten, so blieb
nur noch die Crispinusmethode übrig, um auszuhelfen. Man zog
den pensionirten Domherren des rechten Rheinufers, welche doppelt präbendirt waren, 10% von ihren Pensionen ab, und machte
daraus Pensionen für jene des linken Rheinufers. Eine Susten-
tations-Subdelegation und Kasse wurde errichtet und mir das
Präsidium davon übertragen.

1803.

Der Reichsdeputations-Abschied wurde erst am 12 Febr.
1803 in Regensburg publicirt. Regensburg war mittelst zu rechter Zeit ausgetheilter Ohrgehänge und Halsbänder in Brillanten
ein besseres Loos gefallen, als man erwartet hatte: das Domcapitel und Bisthum wurde dem Kurfürsten-Erzkanzler von
Mainz, *Karl Dalberg*, sammt der Stadt zugetheilt. Dalberg hatte
sich als Statthalter in Erfurt durch seine Herzensgüte und Liebe
zu den Wissenschaften ausgezeichnet; er war auch in der That
ein Mann von vielem Verstand und mannigfachen Kenntnissen,
ohne gerade in irgend einem Fache gründlich ausgebildet zu
sein. Sein Temperament war sanguinisch, er fasste schnell,

glaubte leicht und hoffte was er wünschte: aber wenn man ihn
von Seite des Gefühls packte, war er unschwer zu einer andern
Meinung zu bringen. Er wollte stets das Gute, war wohlthätig
über seine Kräfte, treu seinen Freunden, uneigennützig und li-
beral in seinen Handlungen, kraftvoll im Unglück, liebenswürdig
und zerstreut in der Gesellschaft. Ich hatte ihn vor vielen Jahren in Wien, später in Frankfurt gesehen, nun erst lernte ich
ihn näher kennen. Er näherte sich mir, und als Graf Thurn
seine Präsidentenstelle resignirte, so nahm er zwar die Resignation, in der Hoffnung, dass seine Gesundheit sich wieder herstellen werde, nicht an, dispensirte ihn aber von allen Geschäften, und ernannte mich zum Vicepräsidenten einer zur Organisirung des neuen Staats unter dem Namen Landescommissariat
neu geschaffenen provisorischen Stelle. Ich nahm zwar die Stelle
an, musste aber sogleich Regensburg verlassen, weil mein Bruder gefährlich krank geworden war. Mein Freund, der nun-
mehrige Legationssecretär Felix, den ich von der Zeit an, wo
ich mich den Wissenschaften gewidmet, zu mir genommen, um
meine Bibliothek in Ordnung zu halten und meine wissenschaftlichen Arbeiten und Correspondenzen mir besorgen zu helfen,
begleitete mich nach Böhmen, wo ich in grosser Angst und Betrübniss verweilte, bis mein Bruder, der Gefahr entrissen, sich
wieder in etwas beschäftigen konnte.

Nach meiner Zurückkunft suchte ich mich in den neuen
Geschäftskreis einzuweihen, die eigentliche Organisation wurde
einstweilen vorbereitet. Die Bar. Diedesche Familie, dem Fürsten Primas freundschaftlich zugethan, lebte wie sonst in Regensburg: allein Frau von Diede, schon viele Jahre leidend, war
jetzt ernstlich erkrankt und äusserst schwach. Die Aerzte verfielen auf den Gedanken, sie nach Italien zu schicken. Von dem
Senator Rezzonico in seine Villa nach Bassano geladen, entschloss sich die Familie vorerst dahin zu gehen. In dem Zustand, in welchem sie war, hielt ich es für Pflicht, die Familie
dahin zu begleiten; auch hatte es keinen geringen Reiz für mich,

eine südlichere Flora zu sehen. Der Fürst Primas ertheilte mir die Erlaubniss dazu. Wir verliessen Regensburg am 22 Juli, und kamen glücklich in die Villa Rezzonico. Als ich hier die Familie wohl geborgen sah, und Frau von Diede sich etwas besser befand, so machte ich eine Fussreise in die rhätischen Alpen und die Sette communi, wo ich viele herrliche Pflanzen sammelte. Bei meiner Rückkehr vom Gebirge am 11 August fand ich Frau von Diede, in Folge einer Erkältung, schon wieder im Bette; das Uebel machte rasche Fortschritte, die Kräfte sanken immer mehr, und am 28 August wurde sie ihren namenlosen Leiden wie ihren Freunden entrissen. Ich gerieth nun in eine missliche Lage; Baron Diede und seine Tochter Louise waren trostlos und meines Beistandes bedürftig. Aber in Bassano war kein Begräbnissort für Nichtkatholiken, das Volk und die Geistlichkeit bestanden darauf, der Körper solle nach Padua zu den Eremitanern gebracht werden, wo der Prinz von Oranien bestattet worden war. Es blieb nichts übrig, als eilig nach Padua zu reisen, dort Anstalten zu dem Begräbniss zu treffen und die Leiche nachfolgen zu lassen. In Padua angelangt, wandte ich mich an den Professor der Botanik Bonato, der mich freundlich aufnahm und zu dem Prior der Eremitaner begleitete. Hier fand es sich aber, dass das halbe Kloster provisorisch dem Militär eingeräumt worden, und in den Kreuzgängen, wo der Prinz von Oranien begraben war, ein Mehlmagazin sich befand; daher wurde dieser Raum unzugänglich, und keine Möglichkeit war vorhanden, die Leiche dort einzusenken. Der Prior, ein ehrwürdiger theilnehmender Greis, bot mir einen kleinen unbenützten Raum neben der Kirche an, wo eine Cypresse und ein alter Feigenbaum stand, wofern der Bischof, dem das Kloster neuerlich untergeordnet war, dagegen nichts einwende, und gab mir einen Geistlichen mit, um den Bischof aufzusuchen. Wir begegneten ihm auf der Strasse, wo ich sogleich meine Werbung anbrachte. Vielleicht bloss um einen bischöflichen Jurisdictionsact geltend zu machen, wurde mir mein Begehren abgeschlagen. Es entstand nun ein Streit, wie jener zwischen dem Engel und dem Teufel um den Körper Mosis. Die tiefste Empörung verlieh mir eine laute und dreiste Beredsamkeit, so dass sich vieles Volk um uns versammelte, welches ganz über meine Erwartung sich gegen den Bischof aussprach und mir den Sieg erleichterte. Die Leiche war indessen angelangt, das Grab wurde zwischen der Cypresse und dem Feigenbaum gegraben, und Abends bei Fackelschein, in Anwesenheit Prof. Bonato's und eines Notars, um über die Handlung ein gerichtliches Instrument zu erlangen, die Leiche von mir und dem Kammerdiener der Verstorbenen in das Grab gesenkt und mit Erde gedeckt. Ich sprach über dem Grabe eine Rede; in der Folge wurde dort ein Monument errichtet.

Es war dies der bitterste Tag meines Lebens.

Nach Bassano zurückgekehrt, blieb ich noch drei Tage mit den Trauernden. Sie reisten dann auf ihre Güter in der Wetterau, ich nach Regensburg zurück, wo ich den 12 Sept. ankam.

Der Fürst Primas, um mich durch Geschäfte zu zerstreuen, gab mir den Auftrag, eine neue Steuerregulirung für die Stadt zu bearbeiten. Den 28 November wurde die neue Organisation eingeführt, das Landescommissariat aufgelöst und in eine Landesdirection für die politischen und administrativen Geschäfte und ein Oberlandgericht als Justizstelle getheilt. Ich behielt das Präsidium der ersteren und installirte alle übrigen Behörden. Graf Benzel Sternau erhielt das Referat im Kabinet, und Baron Albini das Ministerium der auswärtigen Geschäfte. Auch im Lyceum wurden einige Veränderungen vorgenommen, eine Lehrkanzel für die Botanik errichtet und durch Dr. Hoppe besetzt; dieses Studium war für die Seminaristen obligat, sonst freiwillig. Zu Donaustauf wurde eine Forstschule und in den Revieren Pflanzschulen eingerichtet, unter der Oberaufsicht des wackeren Forstcommissärs Oelschläger. Der Fürst Primas glaubte in der That an die der Stadt Regensburg im Reichsabschiede versprochene permanente Neutralität, und handelte dem gemäss, als wenn es ewig so dauern könnte. Diesen Glauben theilte ich nicht; ich konnte mich nicht überzeugen, dass Bayern den Wunsch, Regensburg zu besitzen, der gleichsam ein Volkswunsch geworden war, aufgeben würde, da Regensburg wirklich einen Staat im Staate bildete; auch zweifelte ich, dass Oesterreich in einem künftigen Kriege diesen Schlüssel von Deutschland (wegen seiner festen Donaubrücke) respectiren würde. Ich gerieth also mit mir selbst in Widerspruch, wie weit ich mich in diesen neuen Zustand der Dinge einlassen sollte, trieb jedoch meine Geschäfte und Studien nebeneinander fort. Eine galvanische Gesellschaft in Paris hatte mich zu einem correspondirenden Mitglied gewählt; ich machte jedoch keinen Gebrauch von dieser Auszeichnung.

1804.

Der Primas fuhr fort, auch für die Verschönerung Regensburgs zu sorgen. Der botanischen Gesellschaft liess er einen Garten in der Stadt einräumen, und übertrug mir, ihn zu einem botanischen Garten umzuschaffen. Die Aussenwerke von Regensburg wurden geschleift und die Räume zu Gärten verkauft. Der Hofgärtner Bode von Aschaffenburg kam nach Regensburg, um Pläne zu Promenaden zu entwerfen, auch für den Garten der Abtei Prüfening, die Baron Vrints erkauft hatte. Ein solches Treiben ist ansteckend: trotz allen meinen Gefühlen und innerer Ueberzeugung von dem Nichtbestande Regensburgs, trotz dem Aufsehen, welches die Arrestation von Moreau und Pichegru und die barbarische Ermordung des Herzogs von Enghien in ganz Europa machte, liess ich mich doch dahinreissen, mir ein geschleiftes Hornwerk vor dem Thor anzukaufen, um dort einen Garten anzulegen. Ich bin überzeugt, dass Socrates, als er sein homo sum, humani nihil a me alienum puto aussprach, zunächst an des Menschen Leichtsinn gedacht hat.

Am 23 April erfolgte die Huldigung der Stadt Regensburg; sie wurde mit einer Herzlichkeit, einer Ordnung und Sittlichkeit im allgemeinen Jubel begangen, wie ich wenig Volksfeste gesehen habe. Am 27 April wohnte ich der Vermählung des Fräuleins Louise Diede mit dem hannoverschen Obersten Freiherrn von Löw bei. Am 1 Mai reiste der Fürst Primas nach Aschaffenburg, und erlaubte mir ebenfalls, mich nach Italien 'zu begeben, wo ich Einiges wegen des zu Padua zu errichtenden Monuments zu bestellen hatte. Von dieser und der vorjährigen Reise habe ich in botanischer Hinsicht in den „Ausflügen in die rhätischen Alpen" in Hoppe's Taschenbuch, und später in meiner „Reise durch das südliche Tyrol in das nördliche Italien" Rechenschaft gegeben. Bei meiner Rückkehr traf ich den Grafen Bray in Botzen, wo wir sogleich eine botanische Excursion auf die Alpe Akerboden machten, die uns grosses Vergnügen gewährte. Nach Regensburg zurückgekehrt, beschäftigte ich mich mit der Anlage meines Gartens; ich hatte mir von dem Baumeister Sylva in Venedig eine Zeichnung sammt Grundriss für eine Villeggiatura fertigen lassen. Die Gründe zu diesem Gebäude wurden gegraben, und im Monat October der Grundstein in Anwesenheit des Fürst Primas, vieler meiner Freunde, auch meiner Cousine Louise Sternberg aus Prag, gelegt.

Der Fürst Primas war von Aschaffenburg aus zum Kaiser Napoleon nach Mainz gereist, um die Ergänzung seiner Dotation von dem Rhein-Octroi zu erhalten, die ihm versprochen war. Bei dieser Gelegenheit brachte er auch seine Ideen über die Vereinigung der Domcapitel Mainz und Regensburg zu einem Metropolitan-Capitel und eine kirchliche Einrichtung für Deutschland zur Sprache. Napoleon vertröstete ihn mit dem für Deutschland zu schliessenden Concordat, und lud ihn zu seiner Krönung in Paris ein, wo er unter des Kaisers Einfluss würde mit dem Papste und den Cardinälen selbst negociiren können. Der Primas, der viel Zutrauen zu Bonaparte's Glück und Macht gefasst hatte, war darüber sehr erfreut und machte Anstalten zu seiner Reise. Als Negociateur in geistlichen Sachen bestimmte er den Weihbischof Kolborn, als geistliche Begleitung den Domherrn von Mainz Grafen Hatzfeld, mich von Regensburg, als weltliche Begleitung den Hofmarschall Baron Frankenberg und Kammerherrn Grafen Boschi; am 12 November reisten wir ab. Consul Bonaparte, der Revolution Meister, Intestaterbe der Republik, die er begrub, seiner Uebermacht bewusst, war dahin gelangt, den Papst nach Paris zu bescheiden, um gleichsam als Ceremonienmeister mitzuwirken, während er sich die Krone selbst aufsetzte. Die Krönungsceremonie wurde mit grosser Pracht und militärischer Ordnung vollzogen. Die Feste liessen Anfangs wenig Zeit zu den Negotiationen, und die Cardinäle waren nichts weniger als eilig, um sie zu beginnen, denn ein deutsches Primat war ihnen von jeher ein Dorn im Auge.

1805.

Die Vereinigung der Capitel von Mainz und Regensburg zu einem Metropolitancapitel, und die Präconisation des Erzkanzlers als Erzbischof von Regensburg, da der Bischof Schroffenberg gestorben war, wurde von Caprara mit Unterstützung von Bonaparte negociirt. Der Papst fühlte sich selbst in einer unbequemen Lage, und die Cardinäle, am meisten darauf bedacht, so wenig als möglich abzuschliessen, zögerten so viel sie konnten, zur grössten Verzweiflung des stets eiligen Erzkanzlers. Endlich am 30 Januar wurde eine Art Consistorium gehalten, dem Fürsten Erzkanzler das Pallium vom Papst ertheilt, und am 4 Februar die Vereinigungsbulle für die beiden Domcapitel ausgefertigt, welche jedoch nicht ganz nach Wunsch ausgefallen war; von allem Uebrigen war weiter keine Rede. Cardinal Caprara hatte den Erzkanzler schon früher von diesen Umständen prävenirt, und dieser noch am 23 Januar dem Kaiser Napoleon eine Note über die Nothwendigkeit der Ernennung eines Coadjutors eingereicht und mir von dieser Note eine von ihm eigenhändig unterschriebene Abschrift gegeben. Da ich jedoch hinreichende Gelegenheit gehabt, den Geist in welchem diese Negotiation geführt wurde zu beobachten, bei welcher Niemanden Ernst war als dem gläubigen Kurfürst Erzkanzler: so schloss ich diese Abschrift in mein Schreibpult, ohne dass sie Jemand gelesen, bis nach 18 Jahren, wo ich sie als ein Actenstück der deutschen Kirchengeschichte, nebst dem lateinischen Aufsatz des Erzkanzlers und der päpstlichen Bulle, in Joh. Sever. Vater's Anbau der neuesten Kirchengeschichte abdrucken liess (Band II, 1822 S. 5). Die mir gewordene Gelegenheit, *Paris* wieder zu sehen, liess ich nicht unbenützt vorübergehen. Durch Alexander von Humboldt und General Rumford fand ich Gelegenheit, mit Laplace, Bertholet, Lacépède, Cuvier und den meisten Akademikern bekannt zu werden; die Botaniker Ventenat, Desfontaines, De Candolle, Du Petit-Thouars, Thouin besuchte ich öfter und erhielt, nach dem liberalen wissenschaftlichen Sinn der französischen Naturforscher, auch wenn sie nicht zu Hause waren, den Zutritt zu ihren Sammlungen und Bibliotheken. Bei Thouin machte ich die Bekanntschaft von Faujas de St. Fond, der mich in seine eigene Sammlung führte, um mir Pflanzenabdrücke besonders aus England zu zeigen. Ich erinnerte mich bei dieser Gelegenheit ähnliche in meines Bruders Sammlung aus seinen Kohlenwerken gesehen zu haben; wir sprachen darüber. Da brachte Faujas zwei deutsche Aufsätze über fossile Pflanzen mit dem Ersuchen, sie ihm zu übersetzen: es war die Flora der Vorwelt, 1 Heft, von Schlotheim, und ein Aufsatz von mir aus Hoppe's Taschenbuch über die fossilen Blätter von Rochesauve. Als er dieses vernahm, da wurden wir Freunde, als hätten wir auf einem andern Planeten schon zusammengelebt. Er drang nun in mich, in den Pariser Herbarien nachzusehen, ob ich keine analogen Farrenkräuter zu Schlotheims fossilen Farren finden könnte. Dies unternahm ich mit Vergnügen; und als ich meine Arbeit vollendet hatte, schrieb ich an Faujas, der meinen Brief in die Annales du Museum einrücken liess. Diese kleine Arbeit, und der Aufruf von Faujas, mich dem Studium fossiler Pflanzen zu widmen, war eigentlich die erste Veranlassung zu

meinen nachmaligen Forschungen in diesem Fache, welche jedoch
erst durch künftige Ereignisse bedingt werden mussten. Bei
Dupont beschäftigte ich mich viel mit der schwierigen Gattung
der Rosen. In Malmaison lernte ich die Kaiserin Josephine
kennen, welche die Botanik leidenschaftlich liebte und in Mirbel
einen sehr wissenschaftlichen Vorsteher ihres Gartens besass.
Sie erlaubte mir Setzlinge neuholländischer Pflanzen in ihrem
Garten zu wählen: dagegen verehrte ich ihr eine Centurie von
mir gesammelter deutscher Alpenpflanzen. Ich brachte von dieser
Reise mehr Ausbeute mit, als der gute Erzkanzler, dessen letzte
Note unbeantwortet blieb.

Ganz andere Gedanken beschäftigten schon damals Kaiser
Bonaparte's Geist. Eine Aeusserung über den Cordon gegen
das gelbe Fieber an den kaiserl. Botschafter Grafen Kobenzl,
die im Cercle in den Tuilerien so laut ausgesprochen wurde,
dass wir sie alle vernehmen konnten, machte das ganze diplo-
matische Corps aufmerksam. Beide Theile waren gerüstet, der
Krieg brach aus und endete mit der schmählichen Uebergabe
von Ulm. Für den Erzkanzler blieb er indessen nicht ohne
Folgen. Dieser hatte in einer Anwandlung von deutschem Patriotismus eine gegen Bonaparte gerichtete Note, gegen den
Rath seines Ministers Albini, zur Reichsdictatur bringen lassen,
welche auf Oesterreich einen sehr geringen Eindruck machte,
der guten Sache nichts nützte, ihn aber bei dem Kaiser Napoleon in Verdacht brachte.

Die päpstlichen Bullen wurden beiden Capiteln mitgetheilt.
Der Erzkanzler bearbeitete selbst, im Einverständniss mit den
Capiteln, den Amalgamationsplan und schickte ihn nach Rom,
wo er vermuthlich lange sanft ruhen wird. Am 1 Mai reiste
er nach Aschaffenburg, und am 27 Mai wurde mit den gewöhnlichen Ceremonien und im Beisein vieler Freunde und guten
Bekannten meinem Gartenhause das Dach aufgesetzt. Im Monat
September reiste ich nach Böhmen zu meinem Bruder. Wir
machten zusammen eine Excursion durch den Böhmerwald.

welche in Hoppe's Taschenbuch und Flora angezeigt ist. Den
26 October war ich in Regensburg wieder zurück.

Der zweite Theil der Campagne war nicht glücklicher als
der erste. Nach der Schlacht von Austerlitz wurde Kaiser
Alexander mit seinen Russen wieder nach Hause geschickt, erst
Waffenstillstand, dann der Friede zu Pressburg geschlossen, der
den Bonaparte zu einer Fabrik von Königen und zu neuen Spo-
liationen in den Reichslanden und österreichischen Provinzen
verleitete. Hätte Preussen nach dem Durchmarsch der französischen Heere durch die Markgrafthümer statt der Feder das
Schwert ergriffen, da es bei der Besetzung von Norddeutschland
durch die Franzosen sein künftiges Schicksal hätte ahnen können, so würde es sich, Oesterreich und dem deutschen Reich
viel Blut und Geld erspart haben: aber dann wäre Bonaparte
wahrscheinlich nicht nach Moskau gekommen und auf der Insel
Helena gestorben; und diese Lection scheint in dem Plan der
Vorsehung gelegen zu haben.

Bonaparte hatte während dieser Zeit auch eine Heirath für
seinen angeheiratheten Sohn Eugen Beauharnais negociirt; der
König von Bayern musste seine Königswürde und die Vergrös-
serung seines Staats mit einer Tochter aufwiegen. Die Königin,
welche Bonaparte herzlich hasste, setzte sich zwar entgegen:
allein sie war nur die Stiefmutter des Kindes, und musste den
politischen Gründen des Ministeriums weichen. Kaiser Napoleon reiste mit Eugen Napoleon von Wien gerade nach München,
und der Kurfürst Erzkanzler wurde dahin berufen, um das
Brautpaar einzusegnen; er reiste alsogleich ab. Bei dem ersten
Zusammentreffen zeigte sich der Kaiser sehr heftig wegen der
erwähnten Note; der Erzkanzler bestand darauf, dass seine
Würde als Erzkanzler und Bewahrer der Gesetze ihm solches
Benehmen zur Pflicht gemacht habe. Bonaparte, der ihn noch
ferner zu gebrauchen und zu missbrauchen im Sinne hatte, gab
dem Streit eine scherzhafte Wendung und schloss mit den Worten:
„Allons, il n'y a rien à faire avec Vous, Vous êtes un idéologue."

1806.

Zu der Einsegnung am 14 Januar liess der Primas zwei Domherren von Regensburg nach München kommen, Baron Fraunberg und mich. Die Trauung wurde in der Hofcapelle vorgenommen, der Primas hielt eine für Napoleon ziemlich schmeichelhafte Rede: ich stand dem Kaiser gerade gegenüber, fasste ihn scharf ins Auge und sah in seinen sich aufklärenden Gesichtszügen sehr deutlich, wie sehr ihm dieser Weihrauch behagte. Am folgenden Tag musste der ganze bayrische Adel nach einem von Bonaparte vorgeschriebenen Ceremoniell dem Brautpaar und ihm aufgeführt werden. Unter einem Thronhimmel stand ein Tisch, an welchem der Kaiser in der Mitte zwischen der Königin und der Braut, der König neben der Königin, der Bräutigam neben der Braut sassen. Vor diesem Tische mussten nun zuerst die Damen, dann die Herren vorbeidefiliren und fünf Knickse machen: es war eine der lächerlichsten Hof-scenen, der ich je (dem Himmel sei Dank! bloss als Zuseher) beigewohnt habe; ich dachte in China zu sein. Der König, damals noch Kurfürst, der alles Ceremoniell in den Tod hasste, wäre dabei beinahe eingeschlafen, hätten nicht ein paar Damen einander auf die Schleppe getreten, wodurch sie so aus dem Gleichgewicht kamen, dass sie beinahe unter den Tisch gerollt wären.

Nach dieser Episode erfolgte die Publication des Pressburger Friedens, der abermals einen Theil der Ruinen des deutschen Reichs niederstürzte, welche der Deputations-Abschied noch zur Erinnerung zurückgelassen hatte. Einem jeden unbefangenen Beobachter musste es klar erscheinen, dass so lange das Waffenglück sich nicht anders gestaltet, Deutschlands Constitution und hierarchische Einrichtung ganz in die Hände des Kaisers von Frankreich gegeben sei, der wohl kein anderes Interesse dafür hatte, als soferne es gerade seinen Plänen zusagte. Der Kurfürst Erzkanzler baute aber gerade auf dieses Alleinvermögen die Hoffnung, seine Ideen durchzusetzen.

Die Verhandlungen mit dem Nuntius della Genga (nachmaligen Papst Leo XII) über ein Concordat für Deutschland hatten sich zwar zerschlagen, aber der Erzkanzler hatte dem Nuntius wiederholt seinen Plan für die Combination des Metropolitancapitels und die Wahl eines Coadjutors übergeben, um sie nach Rom zu schicken und die Entscheidung zu urgiren; was er auch dem österreichischen und französischen Hofe anzeigte. In den letzten Tagen des Monats Januar liess mich der Erzkanzler zu sich rufen und erzählte, was er mit dem Nuntius Genga verhandelt, und dass er aus dem Domcapitel Mainz Grafen Friedrich Stadion, aus dem Domcapitel von Regensburg mich, zur Auswahl als *Coadjutor* vorgeschlagen habe. Ohne mich in eine Discussion einzulassen, erbat ich mir Bedenkzeit und Erlaubniss, schriftlich antworten zu dürfen. Ich besprach mich mit dem Grafen Stadion, der mit meinen Ansichten ganz einverstanden war, dass die Ausführung dieses Plans dermalen ganz unmöglich wäre, und gleich mir wünschte, den Erzkanzler von dieser Idee abzubringen. Ich verfasste nun eine Schrift, in welcher ich meine Ansichten über die damalige Lage der Dinge deutlich entwickelte, und schloss mit folgenden Worten: „Der Glaube an die Erhaltung der höheren Geistlichkeit im Sinne der älteren Reichsverfassung hat in meiner Seele keine tiefe Wurzel gefasst, der Glaube an Erhaltung einer *deutschen* Constitution wird mit jedem Tage stärker erschüttert. Ich habe Ew. Kurf. Gnaden nach Paris zu begleiten die Ehre gehabt, und bemerkte dort, wie wenig Unterstützung der deutsche Erzkanzler und Metropolitan von Rom zu erwarten habe. Ich hatte das Vergnügen, E. K. Gn. nach München zu folgen, und überzeugte mich dort, dass die Erhaltung des Kurfürsten Erzkanzlers, auf dessen Vernichtung von mehreren Seiten gedrungen wird, bloss auf der Persönlichkeit E. K. Gn. und Ihrem Verhältnisse zum Kaiser von Frankreich beruhe. Regensburg, nach seiner geographischen Lage, wird stets ein Gegenstand des Strebens für Bayern bleiben, wenn man auch diesen geheimen Wunsch dermalen nicht laut werden lässt. Der Kurfürst Erzkanzler, als Bewahrer der Gesetze, ist in einem anarchischen Zeitraum, wo alles sich den Gesetzen zu entziehen sucht, ein unbequemer Ueberrest einer nicht mehr vorhandenen Verfassung. Unter diesen Umständen, und gerade in dem Zeitpunkte, wo ein lückenvoller Friede für Süddeutschland und eine noch unvollendete Negotiation für Norddeutschland sehr nahe und sehr grosse Veränderungen in der deutschen Constitution erwarten lassen, da soll das Metropolitancapitel organisirt und ein Coadjutor ernannt werden, um die Möglichkeit zur Erhaltung einer Art Reichsconstitution anzubahnen?" etc. etc. Für den Fall, dass es dessen ungeachtet zur Ernennung eines Coadjutors kommen sollte, setzte ich noch als Bedingung hinzu, dass Bayern auf alle Ansprüche auf Regensburg für immer verzichte. Den 2 Februar übergab ich diesen Aufsatz; am 6 erhielt ich ihn wieder zurück mit einem Inscript, welches den Glauben und das Zutrauen des Erzkanzlers in alle seine Ideen hinreichend beurkundete. Ich liess es dabei bewenden, in der vollkommenen Ueberzeugung, dass keine weitere Rede mehr davon sein werde.

Während dieser Verhandlungen zogen die aus Oesterreich zurückkehrenden französischen Heeresmassen an · Regensburg vorbei, aber nicht gegen den Rhein, sondern um den preussischen Staat von allen Seiten zu umgeben und sich den Markgrafthümern zu nähern, welche Bonaparte Bayern bestimmt hatte. Dessenungeachtet behandelte der Kurfürst die Geschäfte des Fürstenthums Regensburg mit dem gleichen Vertrauen in die Zukunft. Nicht fern von dem Orte, wo Kepler begraben war, meinem Gartenhause gegenüber, sollte auf Subscription diesem grossen Astronomen ein Monument errichtet werden. Der Aufruf zu der Subscription, von dem Minister von Baden Baron Plessen, Landesdirector Rath Bösner und von mir unterschrieben, wurde am 1 Februar gedruckt, die Subscriptionssumme in kurzer Zeit ausgefüllt, am 2 April der Bauplan vorgelegt, genehmigt, der Bau des kleinen Tempels angefangen, die Büste von Kepler bei Döll in Gotha, das Basrelief bei Dannecker in Stuttgart bestellt und die Pflanzung nach dem Plan angelegt. Schon im entwichenen Herbste hatte der Erzkanzler mir einen Vorschlag zur Errichtung einer naturwissenschaftlichen Akademie in Regensburg abgefordert, den ich ihm auch vorgelegt habe; am 5 April erfolgte das Decret zu wirklicher Errichtung derselben. Da sich kein schicklicheres Local vorfand, als mein Gartenhaus, so äusserte er den Wunsch, es anzukaufen, wozu ich mich willig erklärte, jedoch unter der Bedingung, dass mir, so lange ich lebe, eine freie Wohnung darin vorbehalten bliebe.

Darüber schrieb ich am 19 März an meine Cousine Gräfin Louise Sternberg: „Depuis la capitulation d'Ulm les affaires ont rapidement changé de face; la paix malheureuse de Presbourg et les conventions de Vienne et de Paris avec la Prusse ont entièrement bouleversé notre situation. Toute l'Allemagne touche au moment d'une crise, qui changera toutes ses relations politiques; le Corps germanique doit nécessairement cesser de former une corporation et ne peut tout au plus rester qu'un état fédératif jusqu' à nouvel ordre; l'archichancelier de l'Empire par là même devient un hors-d'oeuvre d'une existence précaire, ainsi que la principauté de Ratisbonne. Charles Dalberg, par ses relations personnelles, la conservera peutêtre intacte pour les jours de sa vie, mais rien ne promet une existence prolongée. Sous ces nouveaux rapports la fantaisie de mon établissement, à laquelle je me suis laissé aller trop légèrement, devient une folie; j'ai donc pesé les circonstances et ralenti le travail. L'électeur aussi délicat que bon a jugé ma position, et convaincu, qu'en partie j'ai été entrainé par l'impulsion qu'il avait donné à toute Ratisbonne, calculant que je ne pouvais laisser l'entreprise non achevée, et voulant m'en procurer les moyens d'une manière loyale, sans pour cela aller audelà de ses facultés, me fit la proposition d'acheter cet établissement pour l'Académie des Sciences qu'il voulait établir et dont j'étais destiné à devenir président. Nous convînmes préalablement, que les payemens seraient faits à termes de 8 années par la caisse de réserve, que je m'oblige à terminer le bâtiment qui sera destiné aux séances, et qu'après l'avoir fini je produirai les comptes, que je conserverai la jouissance du jardin et le logement dans la maison à ma vie durante, et qu'après ma mort mes collections et ma bibliothèque deviendraient propriété de l'Académie. Sur ces bases l'Électeur dressera lui-même le contrat, et dans l'incertitude de l'avenir j'ai cru devoir m'y prêter" etc.

Während wir so an Regensburgs Verherrlichung arbeiteten, hatten die Unterhandlungen mit Norddeutschland eine schiefe Wendung genommen, und Kaiser Napoleon hatte neue Pläne ersonnen, zu welchen er den Erzkanzler missbrauchen wollte. Um diesen nun ganz in seine Hände zu bekommen, war es nöthig, ihn vorerst zu einer Handlung zu verleiten, welche seine Freunde von ihm entfernen und seinen deutschthümlichen Charakter verdächtig machen musste. Zu diesem Zwecke wurde eine eigene Intrigue eingeleitet. Gerüchte über die Zudringlichkeit von Seite Bayerns, seine Ansprüche auf Regensburg bei Kaiser Napoleon geltend zu machen, wurden ausgesprengt, um den Kurfürsten zu ängstigen. Er verwendete sich an den französischen Minister Hedouville, welcher mit dem Chevalier de Varicourt (Hofcavalier des Erzkanzlers, der seine französische Correspondenz besorgte) eigentlich die Intrigue führte. Dieser versicherte ihn zwar der Protection des Kaisers, machte ihn jedoch aufmerksam, dass er wegen der Capitelvereinigung und Coadjutorswahl weder von Rom noch von Wien eine Antwort erhalten habe. Als man nun die Imagination des Kurfürsten hinreichend erregt glaubte, trat Hedouville mit einem Vorschlag auf, der, wie er vorstellte, ganz ausschliesslich geeignet war, das Fürstenthum Regensburg für immer sicherzustellen. Formalia: pour déjouer toutes les intrigues de la Bavière et donner à l'empereur des Français un intérêt plus direct pour conserver Ratisbonne à l'archichancelier de l'empire, — nämlich, den Cardinal Fesch zum Coadjutor vorzuschlagen. Mit unbegreiflichem Leichtsinn erfasste der sanguinische Charakter Dalberg's diesen Vorschlag; in aller Stille wurde der französische Legationssecretär Fénélon als Courier nach Paris geschickt, die Benennung wurde angenommen und dem Erzkanzler ein Sicherstellungsdiplom mit gewaltigem Siegel von Napoleon zugeschickt.

Als diese abenteuerliche Handlung in Regensburg kund wurde, zogen sich alle deutschgesinnten Männer von dem Erzkanzler zurück; die beiden Capitel, denen diese Benennung mitgetheilt wurde, legten sie ad acta, da sie der erforderlichen Zustimmung von Rom ermangelte. Als ich in Geschäften zu dem Kurfürsten kam, so trat er mir ziemlich verlegen entgegen und rief: „wir haben einen Coadjutor, den Cardinal Fesch!" „Ich wünsche, dass es wohlbekommen möge!" antwortete ich; „auf jeden Fall ist es mir lieb, dass nicht ich es bin!" Der Primas fühlte sich unbehaglich in Regensburg, und zog sich auf das Schloss Wörth an der Donau zurück.

Meine Cousine Louise Sternberg besuchte mich in Regensburg, um meine neue Anlage, die ihrer Vollendung nahte, anzusehen. Wir reisten dann Anfangs Juli zusammen mit Freund Felix auf der Donau nach Wien, wo ich mich mit meinen Freunden Breuner, Graf Mercy, Franz Waldstein und den übrigen Botanikern Wiens zerstreute. Am 7 August war ich wieder zurück.

In dieser Zwischenzeit wurde der bonapartische Plan des Rheinbundes betrieben. Hedouville hatte abermals den Auftrag, den Erzkanzler zu bearbeiten; was er denn auch mündlich und schriftlich mit vieler Thätigkeit besorgte. Der Erzkanzler war unschlüssig und lebte in einem beständigen Fieberzustand: denn die Stimmen waren gleich getheilt und die seine bestimmte die Majorität. Allein in Wörth, von seinen Freunden getrennt, von der französischen Partei bestürmt, — unterzeichnete er, wie Dr. Faust, und war verloren.

Ich schrieb darüber am 7 August an meine Cousine Louise Sternberg: „Le 14 Juillet, si je ne me trompe, Napoléon a fait convoquer tous les ministres du sud de l'Allemagne, et leur présenta une pancarte de 40 articles, arrangée préalablement avec quelques-uns entre eux, avec ordre de signer. Les ministres firent quelques difficultés, leurs pleins pouvoirs ne leur donnant pas autant de latitude. On leur donna ordre de signer sauve ratification : ce qu'ils firent à l'exception de celui de Wurtemberg, qui s'excusa en disant que cela pourrait lui coûter la tête. Toute la pacotille fut envoyée à l'Électeur, qui pendant 48 heures en avait presque perdu l'esprit, à ce que son valet de chambre m'assura. Il refusa donc à Hedouville de signer. On le prit par son faible, en lui disant qu'il pourrait soulager le sort d'un millier de malheureux, déplacés par cet arrangement; on fit pleuvoir sur lui des lettres de la chambre de Wetzlar, qui sollicitait son entremise. Il céda, dans l'exaltation chimérique du bien qu'il pourrait faire à tant de malheureux, et dans l'espoir que ce serait lui, comme Primas, qui rédigerait la nouvelle constitution de la fédération" etc.

Bei meiner Rückreise von Wien erfuhr ich in Straubing, was vorgefallen war. Ich ging nach Wörth, um meine Ankunft anzuzeigen, fand den Kurfürsten mit verweinten Augen, unruhig und verstört; er vermied mit mir allein zu bleiben; ich kehrte nach Regensburg zurück.

Nach den Truppenmärschen und den politischen Verhältnissen zu urtheilen war ein Krieg mit Preussen unvermeidlich, und wenn dieser gelingen sollte, ein weiterer mit Russland wahrscheinlich. Der Erzkanzler reiste nach Frankfurt; ihm folgten der Minister Albini und Graf Benzel. Graf Thurn war immer kränklich; ich musste daher die Statthalterschaft übernehmen. Dies war mir, nach allem was vorgefallen war, und dem bedrohlichen Augenblick dem wir entgegen gingen, zu viel; ich hielt mich vielmehr nach meiner Denkweise und meiner Ehre verpflichtet, aus den politischen Geschäftsverhältnissen mit dem Erzkanzler zu scheiden, der durch seine letzten Handlungen das Zutrauen seiner ältesten Freunde verletzt hatte. Gewohnt, ihm meine Ansichten stets frei und offen mitzutheilen, resignirte ich meine Vicepräsidentenstelle am 17 September mit folgender Zuschrift:

„Hochwürdigster Erzbischof und Primas! Souverainer Fürst und Herr!"

„In vollem Vertrauen auf die ausgezeichnete Gnade, die mir Ew. Hoheit in jeder Gelegenheit angedeihen liessen, auf die hohe Freundschaft, mit der Sie mich auszeichneten, wage ich es zum erstenmal eine Bitte zu stellen, die mir die Gewalt der Umstände abnöthigt und deren Gewährung, so sehnlich ich sie wünsche, so zuversichtlich ich sie erwarte, mir sehr schmerzlich sein wird."

„Ew. Hoheit ist aus meinen biographischen Bekenntnissen, die ich bei einer anderen Gelegenheit mit Freimüthigkeit vorzulegen die Erlaubniss hatte, bekannt, welchen Weg die Vorsehung mit mir genommen hat, unter welchen Verhältnissen und zu welchem Zweck ich auf das Stillleben und die ausschliessliche Beschäftigung mit den Wissenschaften Verzicht geleistet habe, um unter der Firma Karl Dalberg mich den Geschäften des kleinen aber darum nicht minder interessanten Regensburger Staates zu widmen, der unter dem Fittig einer fortwährenden Neutralität, unter der Leitung eines sich nach gerechten und uneigennützigen Regierungsgrundsätzen dem Wohl des Staates hingebenden Fürsten, den möglichsten Grad von Wohlstand und Glückseligkeit zu erreichen versprach."

„Mit Eifer und Thätigkeit bestrebte ich mich mein Schärflein zu diesem edlen Zweck beizutragen, dessen Erreichbarkeit und Dauer in dem Reste einer wieder erstandenen mühsam errungenen Verfassung selbst gegründet und gesichert schien."

„Ein unglücklicher Zusammenklang von widrigen Umständen hat diese schönen Blüthen vor ihrer Reife abgestreift. Regensburg ist mit der Reichsconstitution und dem deutschen

Namen in die Kategorie eines überwundenen Volkes übergegangen, das von dem Ueberwinder unbedingt Gesetze annehmen muss; es trägt mit seinen nachbarlichen Provinzen ein gleiches Joch, ohne nur den geringen Vorzug zu geniessen, an eine Dynastie oder irgend eine bestimmte Regierungsfolge gekettet zu sein. Aus dem glücklichsten Völkchen ist es ein Spiel künftiger Ereignisse, des Zufalls, oder der Laune eines einzigen . . . . . geworden."

„In dem Augenblick, wo vielleicht Deutsche gegen Deutsche kämpfen müssen, um ihre eigenen Fesseln desto unauflöslicher zu knüpfen, empört sich das Gefühl eines jeden rechtschaffenen Mannes, und der durch so viele widrige Schicksale gebeugte Geist sehnt sich nach Ruhe und Erholung in dem Gebiete der Wissenschaften und der Natur. Nur in der Abstraction von den Menschen, an dem wärmenden Busen der unbezwinglichen immer gleichen Natur, in dem weiten Felde bestimmter Wissenschaften, kann in solchen Zeiten der gelähmte Geist sich erheitern, die erstarrten oder verdrängten Gefühle sich wieder beleben."

„Mehr als ein Anderer fühle ich vielleicht dieses Bedürfniss, das mich beinahe für alle Geschäfte unbrauchbar macht."

„Unter diesem Drang von Umständen, ohne meine Familienverhältnisse noch besonders in Anschlag zu bringen, werden mir es Ew. Hoheit nicht zur Ungnade aufnehmen, wenn ich um Enthebung von der L. D. Vicepräsidentenstelle die gehorsamste Bitte wage."

„Das Präsidium bei der geistlichen Sustentationscommission, als ein Geschäft wohlthätiger Fürsorge, bei welchem das Herz doch einige Befriedigung findet, werde ich, wenn es Ew. Hoheit gefallen sollte, mit Vergnügen beibehalten, so wie ich auf den Fall, dass in Rücksicht der Wissenschaften noch etwas Gedeihliches in Regensburg zu Stande kommen sollte, auf jeden Wink bereit sein werde, meine Dienste den Musen und dem Vaterlande zu weihen."

„In Anhoffnung einer huldreichsten Erhörung meiner
Bitte geharre ich in tiefschuldigster Hochachtung

Ew. Hoheit unterthänigst treugehorsamster

C. Gr. v. Sternberg.

Regensburg den 17 September 1806.

Der Kurfürst antwortete durch eigenhändiges Inscript:
„Hochgeborner · Graf, werthester Freund! „Wird es
besser gehen, wenn ich in diesen grausenvollen Zeiten meinem
Abscheu vor Geschäften nachgebe und meiner Stelle entsage?"
So fragte sich selbst der grosse Philosoph und treffliche wür-
tembergsche Minister Zilfinger, und blieb. Wenn es sein
kann, so entziehen Sie der guten Stadt Regensburg nicht die
wohlthätige Wirksamkeit Ihres hohen und edlen Geistes. Kann
es aber nicht sein: so muss ich freilich sagen „Herr! Dein
Wille geschehe!" und mit Dank annehmen, dass Sie das Su-
stentations-System und die wissenschaftlichen Anstalten (die
eigentlich beide Ihr Werk sind) fortsetzen wollen. Doch muss
ich inständig bitten, dass Sie das Vicepräsidium nicht sogleich
verlassen. Unser verehrungswürdiger Freund Graf Thurn ist
leider öfters krank, Albini abwesend, Hr. v. Eberstein, der
sich nach 3 Monaten entschlossen hat, die Stelle des Grafen
Benzel anzunehmen, ist in unsere jetzige Verfassung noch
nicht eingeweiht. Ich hoffe vor Ende October in Regensburg
zu sein. Ich bin mit grosser Hochachtung"

„Ihr Freund Karl."

Ich erkannte die Verlegenheit, in welcher sich der Fürst
befand, hielt es daher für Pflicht gegen meine Mitbürger, sie in
einem der schwierigsten Momente nicht zu verlassen. Die französischen Armeen waren wieder in Bayern, und wälzten sich wie
Schneelavinen gegen Regensburg heran. Marschall Soult mit
einem Corps von 27000 Mann, welche in drei Tagen durch Regensburg marschiren sollten, hatte sein Hauptquartier dort aufgeschlagen. Ich hatte allerdings in diesen drei Tagen, die ich

auf dem Rathhause zubrachte, keinen Augenblick Ruhe: doch es
ging schnell und ohne Unordnung vorüber. Als ich, aus Mangel
an Raum, die Artistes cordonniers (Schuhflicker) in dem Re- und
Correlationssaal auf dem Rathhause einquartierte, wo beinahe
zwei Jahrhunderte lang die Reichsabschiede geflickt zu werden
pflegten, sprangen mir die vicissitudines hujus mundi sehr ko-
misch in die Augen.

Meiner Cousine Louise Sternberg schrieb ich von Regensburg am 4 October: „Vous croyez que je ne me détacherai jamais, ni de mon souverain, ni des affaires, et pour cela Vous
voulez que je reste en place! Je ne me détacherai pas de sa
personne, puisque malgré ses torts politiques je ne connais pas
de meilleur mortel: mais je me détacherai bien de lui dans les
affaires, puisque sa manière de voir et d'agir, diametralement
opposée à la mienne, ne me convient pas, et que je ne vois
plus le moyen de faire le bien dans ce contraste d'opinions.
J'ai terminé honorablement ma carrière dans un moment difficile, où j'étais abandonné à moi même; j'ai la conviction d'avoir
fait mon devoir consciencieusement; je ne regrette pas d'être
resté jusqu' ici, et m' applaudis d'avoir pris mon parti précisément
dans ce moment. Vous finirez, je me flatte, de Vous ranger de
mon côté, quand l'expérience Vous aura prouvé, qu'un homme
tranquille, qui ne sert pas par ambition et qui ne manque pas
absolument de moyens, trouvera moyen de passer son temps
tout aussi utilement dans l'étude de la nature et avec les enfans
de Flore dans une douce retraite, qu'avec les actes de son bureau, et peut-être plus agréablement. On n'est presque jamais
jugé avec équité par ses contemporains; celui qui voudra se
donner la peine d'écrire ma biographie, quand je ne serai plus,
trouvera dans mes papiers de quoi éclairer et justifier ma con-
duite. Je quitte, puisque je condamne la manière d'agir politique de mon maître et que je ne vois plus de salut pour Ratisbonne telle qu'elle est placée aujourd'hui: mais l'homme bon,
bienfaisant, savant, actif, voulant le bien de l'humanité et tou-

jours disposé à la secourir, je l'aime et l'aimerai toujours. C'est
pourquoi en rompant mes liens formels, j'ai ménagé les relations
personnelles. J'ai rempli ce devoir de l'amitié en homme d'honneur. Je lui laisse le temps de pourvoir aux besoins de l'état
et de prendre ses mesures, pour qu'il ne resulte pas de lacunes
dans les affaires. Ma conscience est tranquille, et je me retire."
Durch die Schlacht von Jena (14 Oct.) war das Schicksal
von Norddeutschland entschieden. Der Erzkanzler kam nicht
nach Regensburg zurück, schickte aber aus Frankfurt einen Befehl, dass in der Domkirche ein Tedeum wegen der gewonnenen
Schlacht bei Jena abgesungen werden sollte. An demselben
Tag, den 15 November, schrieb ich zum zweitenmal um meine
Entlassung:

„Die Hoffnung Ew. Hoheit zu Ende des Monats October
in Regensburg wieder zu sehen, ist nicht in Erfüllung gegangen, und wird für die nahe Zukunft durch nichts verbürgt:
dagegen sind die traurigen Besorgnisse, die ich in meinem
Schreiben vom 17 September geäussert hatte, alle eingetroffen;
deren Folgen haben sie heute schon übertroffen."

„Unter diesen Umständen werden Ew. Hoheit die Wie-
derholung meiner Bitte um gnädigste Enthebung von der
Vicepräsidentenstelle bei der Landesdirection selbst als consequent erkennen."

„Für das Gebiet der Wissenschaften etwas leisten zu
können fühle ich noch Kraft in mir: allein ich muss hiezu
die Zeit benützen, wo die physischen Kräfte noch im Gleichgewicht mit dem moralischen Vermögen stehen. Naturhistorische Reisen von grösserem Umfang, die ich zu unternehmen
gedenke, wenn mir nicht alle Mittel dazu benommen werden,
fordern Musse und gehörige Vorbereitung."

„Wodurch dieser Drang nach entfernten Alpen in mir
entwickelt worden, wie er nun zu einem kategorischen Im-
perativ gediehen ist, dem ich kaum mehr widerstehen kann,
ist Ew. Hoheit schon bekannt. Es bleibt mir demnach nichts

weiter übrig, als um die gnädigste Gewährung meiner Bitte das wiederholt dringlichste Ansuchen zu stellen, und mich ferneren hohen Hulden und Gnaden anzuempfehlen."

Darauf antwortete der Kurfürst durch ein eigenhändiges Inscript von Frankfurt am 19 November: „Sie sind ein edler fürtrefflicher Mann, und sind sich selbst schuldig, Ihrer eigenen Ueberzeugung zu folgen. In Ihrem nun einzigen Beruf, als warmer Freund der Wahrheit und lichtvoller Beförderer der Wissenschaften, werden Sie der Menschheit nützen. Unerschütterlich fest besteht und bestehe unser Vertrag in Beziehung auf Wissenschaftsanstalten in Regensburg. Ich bin erfreut und stolz, mit einem so edlen Freund hierin gemeinsam zu wirken. Ich bin und bleibe, so lange ich lebe, der Ihrige von Herzen, Karl."

Die edle Art, wie mich der Kurfürst entliess, machte ihm Ehre und mir Freude. Am 26 November erschien ich zum letztenmal in dem Rath, und beurlaubte mich in einer kurzen Rede, die den Sprecher so wie die Zuhörer in grosse Rührung versetzte. Mein Zurücktreten aus den Geschäften erregte Sensation in Regensburg, wo ich auch als Geschäftsmann das Vertrauen der Einwohner genoss.

(Abschieds-Rede.) „Meine hochzuverehrenden Herren! Se. Hoheit der Herr Fürst Primas haben auf mein wiederholtes Bitten gnädigst geruht, mich der Vicepräsidentenstelle bei der Landes-Direction zu entheben, wie meine hochzuverehrenden Herren L. D. Räthe aus dem abzulesenden Gubernial-Inscript vernehmen werden."

„Mit Rührung blicke ich zurück auf die so manchen erfüllten Hoffnungen, deren ich bei Einweihung des Landes-Directoriums an dieser Stelle mit Begeisterung erwähnt habe."

„Dem festen Willen des Regenten, der thätigen Mitwirkung der Landesstellen verdankt sie der Staat und der Bürger, und ich freue mich, Genosse dieser Blüthen eines wieder auflebenden Gemeingeistes gewesen zu sein."

„Nie werde ich den schönen Bund vergessen, der uns vier Jahre lang zu dem gemeinsamen Zweck, für das allgemeine Beste zu wirken, verband."

„Mit tief gefühlter Erkenntlichkeit danke ich Ihnen, meine Herren, für die thätige Unterstützung in allen Geschäften, vorzüglich aber für das persönliche Zutrauen und die Anhänglichkeit, die Sie mir bei jeder Gelegenheit bewiesen haben."

„Diese Gefühle, stets von mir in vollem Masse erwiedert, werden auch ausser den Schranken des Collegiums nie verlöschen!"

„In dem thätigen Stillleben meiner künftigen Laufbahn, wozu mich angeborne Neigung und der Geist der Zeit mächtig zurückdrängt, werde ich nicht aufhören, den Zweck im Auge zu behalten, der mich einst an diese Stelle leitete; mit verschiedenen Mitteln unter veränderten Verhältnissen werde ich für das Beste Regensburgs, meines zweiten Vaterlandes, wo ich die glücklichsten Tage meines Jünglingsalters und 24 Jahre einer an Thaten überdrängten Zeit verlebte, so viel meine Kräfte vermögen, zu wirken trachten. Auch unter meinem Weinstock und unter meinem Feigenbaum werde ich die unveränderlichen Gesinnungen von Hochachtung und Freundschaft für Sie, meine Herren Directions-Räthe, bewahren, und jeden Tag segnen, der mir Mittel darbieten wird, Ihnen thätige Beweise meiner innigen Gefühle darzulegen. Möge auch mein Andenken nie in Ihren Herzen verlöschen!"

1807.

Während der Wintermonate beschäftigte ich mich vorzüglich mit dem Professor Placidus Heinrich von St. Emmeran mit galvanischen Versuchen zu Herstellung des Kalimetalls, worüber, so wie über den Galvanismus überhaupt, ich mit den Akademikern Ritter und Gehlen in München und mit meinem Bruder in

Correspondenz getreten war. So wie das Frühjahr herantrat, beschäftigte ich mich mit meinem Garten; die Zahl der Pflanzen war so herangewachsen und vermehrt, dass ich noch ein eigenes Haus für die Cappflanzen erbauen musste. Herr von Löw, der mit seiner Frau und dem Schwiegervater Baron Diede den Winter in Regensburg zubrachte, unterstützte mich mit Rath und That bei meinen botanischen Arbeiten. Frau von Löw war mit einer Tochter entbunden worden, die ich aus der Taufe hob; ihre Wiege war mit Blumen aus meinem Garten geziert. Baron Diede wurde immer kränklicher, hatte sich aber dennoch vorgenommen, seine älteste Tochter Gräfin Ranzau in Kiel zu besuchen.

Im Monat April erlitt ich und ganz Regensburg einen grossen Verlust durch den Tod des Baron Gleichen. Im Monat Mai reiste ich nach Prag, wo ich Dr. Johann Mayer, der für das Aufblühen der Wissenschaften in Böhmen so viel geleistet hatte, in einem sehr zerrütteten Gesundheitszustand fand, dem er auch im Monat Juni unterlag. Nach einem kurzen Aufenthalt reiste ich mit meinem Freunde Grafen Clam-Martinitz nach Teplitz und Karlsbad, und kam über Franzensbad wieder nach Hause.

Im Monat Juli wurde der Friede in Tilsit geschlossen, der Preussen auf eine Art einengte, dass man wohl vorhersehen konnte, dieser gewaltsame Zustand werde sich nicht lange erhalten können. Die Völker, besonders in Hessen und im Norden überhaupt, des gewaltsamen Druckes müde, fingen an daran zu denken, in einzelnen Gelegenheiten sich mit Gewalt demselben zu entziehen.

Kepler's Büste von Döll war angekommen; man erwartete nur noch das Basrelief, um das Monument aufzustellen und einzuweihen. Die Sitzungen der botanischen Gesellschaft wurden während des Sommers in meinem Garten abgehalten, wo ich bereits eine kleine botanische Handbibliothek aufgestellt hatte.

Im Monat September reiste ich mit Professor Duval nach München, und von dort mit Grafen Bray und Baron Fraunberg in die Grafschaft Werdenfels, um die Temperaturveränderungen eines Alpenbaches von seinem Ursprung bis zu seiner Ausmündung auszumitteln. Wir wählten die Partnach, die bei Garmisch in die Loisach fällt und am Zugspitz unter einem Schneeferner entspringt. Um 4 Uhr früh war die Temperatur des Wassers der Partnach an ihrer Ausmündung + 8, und um 8 Uhr Abends fanden wir das Wasser in der Quelle unter dem mit Eiszapfen behängten Gewölbe des Schneeferners + 3. Wir übernachteten im Freien unfern der Quelle am 14 September, bei einer Lufttemperatur von + 13, und verfolgten unsern Weg am andern Morgen über den Zugspitz nach der Loitasch in Tyrol, auf einem Pascherweg, der an Abgründen vorüberführte, die unsern Freund Fraunberg, der kein Botaniker und dem Schwindel unterworfen war, in einige Verlegenheit brachten. Wir kamen indessen, mit Alpenpflanzen reichlich versehen, über die Scharnitz wieder nach Garmisch zurück. Graf Bray hat von dieser Excursion in einer Reisebeschreibung Nachricht gegeben. Mein Bruder war in diesem Jahre in den Karpathen und den ungarischen Bergstädten gewesen; seine Reise ist ebenfalls in Druck erschienen. Für das künftige Jahr hatten wir uns in den Kärntner Alpen ein Rendez-vous gegeben; er wollte von Wien nach der adriatischen Küste und von dort über Bleiberg, ich aber über Salzburg dahin kommen. Ich hatte angefangen, eine Monographie der Saxifragen (Steinbreche) zu bearbeiten. Um diese zu vollenden, war es mir unerlässlich, diejenigen Arten, welche Wulfen in Jaquins Collectaneen und Miscellaneen beschrieben hatte, an Ort und Stelle aufzusuchen.

Nach meiner Zurückkunft besuchte mich meine Cousine, und erfreute sich des nun fertig gewordenen und meublirten Hauses. Der Comet, der in diesem Herbste besonders gut zu sehen war, wurde durch einen Reichenbach'schen Achromaten von der Plattform meines Daches an jedem heiteren Abend beobachtet.

Den 30 November war mein alter Freund Baron Diede auf seiner Rückreise von seiner Tochter in Hannover gestorben. So raubte mir dieses Jahr drei der bewährtesten Freunde: Gleichen, Mayer und Diede.

1808.

Als ich erfuhr, dass beide Familien, Ranzau und Löw, auf ihrem Gut Ziegenberg in der Wetterau angekommen waren, reiste ich im Monat Januar dahin, um den beiden Schwestern tröstlichen Beistand zu leisten. Charlotte hatte ich seit ihrer Vermählung mit Graf Ranzau nicht wieder gesehen. Die Bilder unserer jugendlichen Vorzeit gingen an uns vorüber, die Gegenwart mildernd; und 8 Kinder beider Familien, die, immer froh, Jedermann mit unwiderstehlicher Gewalt in ihre Spiele zogen, halfen die traurigen Wintertage erheitern. Nach kurzem Aufenthalt kehrte ich zu meinen Penaten zurück, besuchte jedoch auf der Rückreise den würdigen Professor Schreber in Erlangen, welcher das Wulfische Herbarium besass, um mich vorläufig mit den kärntnischen Alpenpflanzen, vorzüglich den Saxifragen, bekannt zu machen.

Diesen Vorsommer genoss ich recht eigentlich das Erntefest meiner glücklichsten Tage in Regensburg. Ich wohnte mit Freund Felix in meinem Garten, der nun vollendet, ganz meublirt und mit Pflanzen aller Zonen reichlich versehen war. Die meisten durchreisenden Fremden kamen ihn zu besehen; das allerkürzeste Lob desselben hat mich am meisten erfreut. Es kam ein Reisender zur Mittagszeit: der Gärtner beim Essen, Felix nicht zu Hause, ich allein im Flausrock im Garten beschäftigt. Er wünschte ihn zu sehen, ich führte ihn herum; er besah alles mit grosser Aufmerksamkeit, machte verständige Fragen, äusserte aber gar nichts bis ans Ende, wo er mit den Worten, die er gleichsam nur für sich aussprach: „Alles so sinnig!" von mir Abschied nahm.

Der grösste Theil der ehemaligen Reichstagsgesandten waren bereits von ihren Höfen zurückberufen, mehrere auch schon abgereist; von meinen Freunden waren noch einige zurückgeblieben, Graf Görz, seine Tochter Gräfin Schlitz, Herr und Frau von Löw und Andere. Mein Garten, der nahe an der Promenade lag, war nur durch eine Rollbrücke von ihr getrennt, die mittels einer zu tretenden Feder von selbst über den Graben rollte, um die Kommenden herein zu lassen. Botaniker kamen, sich Pflanzen zu holen, gingen in die Bibliothek, sie zu bestimmen, wo Freund Felix ihnen die Bücher schaffte; Baron von Löw zeichnete mit Meisterhand Blumen, seine Frau sass daneben und schrieb, die Kinder tobten im Garten, und mein kleines Pathchen wurde zum Dessert gebracht und mit Erdbeeren gefüttert. Dreimal die Woche hielt ich in meinem Gartensaal Vorlesungen über die Physiognomie der Pflanzen nach Alexander von Humboldt, die zahlreich besucht wurden. Am Abend nach der Promenade kamen die Freunde zum Thee, um den Abend im Kühlen zuzubringen, und wenn ein klarer Himmel die Gestirne in voller Pracht erscheinen liess, sie mit dem Reichenbachschen Sehrohr zu betrachten. Der Genuss eines wissenschaftlichen Treibens war mit jenem des geselligen Lebens im Kreise bewährter Freunde verbunden; er erfüllte ganz das Ideal, welches mir bei der Anlage dieses Gartens vorgeschwebt hatte. Die Aussichten für die Zukunft waren zwar nicht günstiger geworden. Die französische Armee hatte Besitz von Rom genommen und den Papst, der sich sehr standhaft zeigte, im Quirinalpalaste gleichsam gefangen gehalten; von einer Negotiation mit Rom konnte daher keine Rede mehr sein. Doch der Mensch, für die Gegenwart geschaffen, baut sich sein Haus auf die Lava des Vesuvs, die Herculanum überdeckte, und lebt ruhig zwischen den Trümmern der Vorzeit und der bedrohlichen Zukunft.

Dieses herrliche Leben währte bis zum 8 Juli, wo ich einen Brief von meinem Bruder erhielt, der mich auf den 15 nach Klagenfurt bestellte. Mit schwerem Herzen entriss ich mich meinen Freunden, die ich kaum hoffen konnte hier je wieder beisammen zu sehen. Ich reiste schnell über Salzburg und den Radstadter Tauern nach Klagenfurt, wo ich den 15 Juli ankam.

Da ich meinen Bruder nicht vorfand und keine Zeit versäumen wollte, so machte ich eine Excursion mit dem nachmaligen Bischof von Linz, von Hohenwart, damals Generalvicar in Klagenfurt, und Professor Host auf die Alpe Baba, und fuhr dann meinem Bruder nach Villach entgegen, wo wir uns trafen und die Villacher Alpen bestiegen. Wir schlugen dann unser Hauptquartier in Klagenfurt auf, und machten von dort bald allein, bald mit von Hohenwart, Excursionen in die verschiedenen Alpen. Mein Bruder schleppte Steine zusammen, welche die Boten kaum fortbringen konnten, ich trug meine leichtere Ausbeute selbst. Aus Kärnten wandten wir uns nach Steiermark und Oberösterreich, wo wir noch einige Abteien besuchten und Alpen bestiegen, und reisten endlich über Linz und Prag nach Březina, wo wir den 10 September ankamen.

Mein Bruder hatte diese ziemlich anstrengende Reise ohne alle Beschwerde überstanden; er erlitt nicht einen einzigen Anfall von dem ephemeren Fieber, das ihn seit 10 Jahren öfter überfiel, so dass ich ihn ganz getrost am 15 Sept. verliess und in meinen Garten nach Regensburg zurückkehrte. Die Gesellschaft hatte sich sehr vermindert; ich lebte jedoch in meinem Garten ganz vergnügt bis ans Ende des Monats, wo mir mein Bruder schrieb, dass ihn ein rheumatischer Schmerz an beiden Armen sehr quälte. Da ich wohl wusste, dass er, von ärztlicher Hilfe entblösst, sich selbst nach Büchern zu heilen pflegte, so schlug ich ihm vor, zu mir nach Regensburg zu kommen und sich von Dr. Schäffer behandeln zu lassen. Ich mochte nicht gern Regensburg so bald wieder verlassen, und war sehr neugierig auf die Zusammenkunft der Kaiser Alexander und Napoleon in Erfurt, zu welcher auch die Könige Deutschlands und der Fürst Primas berufen waren. Mein Bruder hatte sich indessen an Dr. Čermak in Prag gewendet, und von diesem erfuhr ich durch meine Cousine, dass sich das Fieber wieder eingestellt habe und alltäglich geworden sei, welches er für ein Zehrfieber hielt. Ich machte nun Anstalten abzureisen: doch ehe ich abfuhr, kam eine Estafette, dass er an einem Nervenschlag den 18 October plötzlich gestorben sei.

In Březina angekommen, fand ich meine Cousine und einen Geschäftsmann, Inspector Donhammer, der meinem Bruder sehr anhänglich gewesen. In die tiefste Trauer versetzt, fand ich mich zugleich in einer höchst unbehaglichen Lage. Mein Bruder hatte die letzten Jahre seines Lebens, den Sommer grösstentheils auf Reisen, den Winter in Wien zugebracht; alles war in seiner Wohnung, da ihn die Krankheit so bald nach seiner Ankunft überfallen, in der grössten Unordnung. Die Nothwendigkeit, die Güter zu übernehmen, mich in ein Meer mir fremder Geschäfte einzulassen, welche meine Gegenwart erheischten, und der mir geschaffenen behaglichen Existenz zu entsagen, erweckte einen inneren Kampf. Ich hatte das Entsagen des Wandererliedes von Göthe noch nicht gelesen; die nachgefolgten Begebenheiten haben mich, wenn auch etwas unsanft, diese grosse Kunst gelehrt, und ich habe mich sehr wohl dabei befunden.

Mein Bruder hatte gleich, als er die Herrschaft übernahm, den schönsten Platz gewählt, wo man eine treffliche Aussicht geniesst, um nahe an einem gemischten Laub- und Nadelholz-wald sich ein Wohnhaus zu bauen, und den Wald in einen Thier-garten zu verwandeln. Um geschwind zu diesem Genuss zu ge-langen, erbaute er vorerst ein kleines Haus von Holz, in welchem er wohnte, und fing dann erst an, eines von Stein anzulegen, welches bei seinen häufigen Abwesenheiten erst im letzten Jahre fertig wurde und noch nicht meublirt war, indessen das hölzerne Haus sich schon im schlechten Zustande befand. Meine erste Sorge richtete sich daher darauf, mir eine bequeme Wohnung zu verschaffen, einen Garten anzulegen und Pflanzenhäuser zu errichten. Indem ich mich nun in die Verwaltung eines Oeko-nomie-Gutes, welches auch Manufacturen besitzt, ein wenig ein-arbeitete, wurden auch Pläne gemacht, welche im nächsten Früh-jahr zur Ausführung gelangen sollten. Mit diesen Vorbereitun-gen wurden zwei Monate zugebracht.

Der Fürst Primas war indessen nach Regensburg zurückgekommen, und die Einweihung des Kepler'schen Monuments,
welche bis auf diesen Zeitpunkt verschoben war, sollte nun
Statt finden. Ich reiste daher nach Regensburg zurück, wo am
21 December, in Anwesenheit des Primas und vieler Anderer in
meinem Gartensaal eine Cantate abgesungen, und dann die Büste
Kepler's in dem Tempel aufgestellt wurde.

1809.

Die allgemeine Volksstimmung in Wien und die Bewegungen der französischen und Bundestruppen, besonders der bayrischen, liessen einen baldigen Friedensbruch voraussehen. Ich
musste in meinen Erbschaftsgeschäften nach Wien reisen; eilte
daher sie abzuthun, um noch so viel Zeit zu gewinnen, auch in
Regensburg Vorkehrungen zu treffen, ehe die Campagne eröffnet
wurde. Den 16 Januar traf ich in Wien ein, sah die grosse
militärische Kraftentwicklung, mit welcher man sich dort vorbereitete; und fest überzeugt, dass die perennirende Neutralität
Regensburgs von keiner Seite respectirt werden würde, beendete
ich meine Geschäfte so gut ich konnte, und war den 20 Februar
wieder in Regensburg.

Der Fürst Primas, der nun auch den Krieg als unvermeidlich erkannte und es redlich mit mir meinte, hatte indessen das
Geschäft in Betreff des Gartenkaufs in Ordnung gebracht. Ich
übergab ihm die Rechnungen und er mir den Kaufbrief; die
verfallenen Fristen wurden bezahlt, die übrigen in Termine ein-
getheilt; was freilich in der Lage, in welcher sich Regensburg
befand, etwas bedenklich erschien. Ich packte nun meine besten
Habseligkeiten zusammen, hinterlegte Einiges bei einem Hand-
lungshause, übergab meine zahlreiche Bibliothek und den Garten
meinem Freund Legationsrath Felix; und als ich vernahm, dass
die französische Armee die Festung Würzburg besetzte und die
bayrischen Truppen zur Armee gestossen waren, reiste ich am

24 März nach Böhmen, wo sich ebenfalls Kriegstruppen bewegten.

Am 11 April schritten diese Truppen über die Gränze, um von dieser Seite gerade nach Regensburg zu marschiren, welches, ehe sie davor kamen, bereits von französischen Truppen besetzt war; auch war von diesem Augenblicke an aller Verkehr und Postenlauf unterbrochen. Durch zurückkehrende Verwundete, später durch einen Theil der durch Böhmen über Pilsen und Budweis gegen Oberösterreich ziehenden Truppen, vernahm man wohl im Allgemeinen, dass Regensburg erst durch Capitulation von den österreichischen, dann mittels Sturm von den französischen Truppen genommen, geplündert und zum Theil verbrannt worden war: aber etwas Besonderes und Bestimmtes zu vernehmen war durchaus unmöglich. Da es mir bekannt war, dass die französische Armee, welche Regensburg stürmte, von der Seite von Abbach gekommen, und Napoleon sein Hauptquartier in der ehemaligen Karthause Brühl genommen hatte, so konnte ich wohl berechnen, dass der grösste Andrang durch meinen Garten gekommen sein werde, gab ihn daher für verloren: was aber aus meinem Hause in der Stadt geworden sei, welches der österreichischen Batterie auf dem Dreifaltigkeitsberge gegenüber stand, und wo ich noch meinen ganzen Keller und alle Möbeln, die ich nicht hatte mitnehmen können, zurückgelassen, konnte ich schlechterdings nicht erfahren. Und in dieser höchst peinlichen Ungewissheit blieb ich durch volle 5 Wochen bis zum 1 Juni, wo die zurückgehaltenen Briefe von Freund Felix und Anderen mir die detaillirte Beschreibung dieser grausen Tage brachten. Meine Imagination war durch die Unwissenheit so gespannt gewesen, dass die Wirklichkeit unter meiner Besorgniss zurückblieb. Ich dachte an die Beschreibung der Feuersbrunst in Schillers Lied von der Glocke: „er zählt die Häupter seiner Lieben, und sieh! es fehlt kein theures Haupt." Meine Pflanzensammlung, meine Bibliothek in der Stadt war ganz, jene im Garten zum Theil durch die Sorgfalt von Freund Felix gerettet;

ich athmete leichter. Mein Haus in der Stadt wurde von einer einzigen Kugel getroffen und nur mässig geplündert, da der gespendete Wein die Liebhaber zur Ruhe brachte. Mein Garten war aber gleichsam vernichtet: denn das Feuer der Batterien, welche die Bresche schossen, strich durch meinen Garten zwischen meinem Gartenhause und dem Kepler'schen Monument, und alle Bäume wurden auf Manneshöhe abgeschossen. Die österreichischen Jäger, welche sich Anfangs im selben hielten, wurden von den Franzosen angegriffen, zogen sich in die Stadt auf den Thurm nächst dem Petersthor, schleppten eine kleine Kanone hinauf, und beschossen nun mein Haus, welches die Franzosen besetzt hatten. Drei Regimenter Cavallerie und zwei Batterien marschirten durch den Garten; die Zäune wurden eingebrochen, die Gräben geebnet und alles niedergetreten. Auf dem Bivouac wurden alle Thüren, Jalousien, die Mahagonikästen und alles Holzwerk verbrannt; das Caphaus gerieth in Flammen, brannte ganz ab, und als die Stadt eingenommen war und das Militär in selbe einrückte, so plünderte der Pöbel dasjenige, was in dem leeren Hause noch verblieben war (14 April).

Dies war allerdings ein harter Schlag für mich; wenn ich es aber mit dem Verlust anderer Freunde und Bekannten verglich, die diese Gräuelscenen von Plünderung persönlich aushalten mussten, während ein Dritttheil der Stadt in Flammen stand und Niemand ans Löschen dachte, indessen jenseits der Stadt auch Stadt am Hof und Rheinhausen in Feuer aufgingen: so war meine Lage ohne Zweifel viel glücklicher.

Die feindlichen Armeen zogen am rechten Donauufer jenseits des Böhmerwaldes gegen Wien: wir hatten im Lande (Böhmen), wenn auch schwere Lasten zu tragen, doch persönlich nichts zu besorgen; ich ergab mich in mein Schicksal, und wandte alle meine Sorge darauf, mein neues Domicil (in Březina) so dankbar als möglich zu machen. Das Haus wurde eingerichtet, die Hutweide vor demselben rigolt, um sie in einen Garten umzuschaffen, die Landwirthschaft nahm mich in Anspruch.

Ich machte Bekanntschaft mit zwei Naturforschern, die in meiner Nähe wohnten, dem Bergmeister Lindacker und Markscheider Preissler; der erste war Mineralog und Botaniker, der zweite Entomolog. Mit diesen beiden befuhr ich meine Eisen- und Kohlenbergwerke, suchte diese in einen geregelten Abbau zu setzen, und wurde bei dieser Gelegenheit aufmerksam auf die Pflanzenversteinerungen, die ich zum ersten Mal auf ihrem natürlichen Fundort zu sehen bekam. Beide halfen mir die Mineraliensammlung meines Bruders in dem neueingerichteten Bibliothekzimmer aufstellen, wo sich ebenfalls mehrere Pflanzenabdrücke von Lepidodendron und Farrenkräutern vorfanden.

An dem Ufer der Donau wurde indessen mit wechselndem Glück fortgekämpft, die Schlacht bei Aspern von Erzherzog Karl gewonnen, Napoleon auf der Lobau in eine zweideutige Lage gebracht: doch verliess ihn seine Besonnenheit und sein Glück nicht, und seine gigantischen Träume, ein occidentalisches Kaiserthum zu bilden, wurden durch den Frieden und dessen Folgen nur noch bestärkt. Was ich und Andere damals darüber dachten, habe ich in einem Briefe vom 12 September aus Březina ausgedrückt:

„Il n'est pas aisé à répondre à Vos questions sur la lettre pastorale de Napoleon. Depuis Charles-Quint on attribuait à la maison d'Autriche le projet d'une monarchie universelle, et quoiqu'il soit douteux, si cette idée est parvenue jusqu'à Ferdinand III, et que très-certainement elle ne pouvait plus exister depuis la paix d'Utrecht, base de tous nos malheurs, ainsi que le prince Eugène en vrai prophète l'avait énoncé dans ses lettres: le cabinet de la Prusse s'est prévalu de cette chimère, pour amener la scission du nord et du sud de l'Allemagne, et les faibles princes de l'empire, toujours craintifs, ont donné dans le panneau. C'est cette desorganisation de l'empire, tel qu'il avait été institué par la paix de Westphalie, et la faiblesse morale du cabinet de Vienne, qui a donné la préponderance politique à la France, et a fait passer les anciens projets de Charles-Quint dans le cabinet de Louis XIV. Le luxe et la mollesse des Bourbons en rendait les effets moins à craindre: mais la révolution ayant déployée les forces de la nation Française, l'aventurier courageux, qui a su subjuguer la révolution et la nation, a saisi avec avidité les projets du cabinet de Versailles, pour les amalgamer par son Machiavellisme habituel avec les idées préexistantes de Charlemagne et de César. On peut retracer la tendance à l'idée d'un empire d'occident depuis 1800; elle n'a été contrebalancée que par la seule idée également gigantesque de détruire la préponderance de l'Angleterre dans les Indes, qui avait prédominée dans l'expédition en Egypte. La création de nouvelles dynasties est une imitation de Charlemagne, et la lettre apostolique, qui voudrait préparer les peuples à la réunion du titre de pontifex maximus avec celui de César, tient à l'histoire Romaine; des articles du Moniteur trop longs à copier pourraient servir d'appui à ce que j'avance. La lettre pastorale n'est autre chose qu'un coup d'essai, pour sonder l'esprit de la nation Française, la seule qu'il redoute. Si le nouveau clergé plie sans murmures, nous verrons bientôt s'élever un patriarche en France et un autre en Allemagne. Cette idée, qui n'est pas neuve pour les gens de lettres, trouvera de l'appui même dans les nouvelles dynasties des satrapes, dont elle étendra la puissance. On prêtera la main au schisme qui se prépare et qui pourrait nous ramener tous les malheurs du XV et XVI siècles et de la guerre de 30 ans, dont celle que nous faisons depuis 15 ans n'est qu'une nouvelle édition, basée sur la différence des lumières du siècle dans lequel nous vivons. Les effets d'une nouvelle révolution de cette nature sont incalculables: l'histoire en fournit des exemples, les modifications tiennent à l'esprit du siècle, les malheurs de l'humanité foulée restent les mêmes. Voilà comme on peut envisager l'état présent des circonstances, sans s'arrêter à ce qui se négocie à Altenburg, qui ne sera probablement pas bien concluant pour la marche générale des affaires. La nation Française sous Bonaparte est devenue ce qu'était la

nation Bohème sous Žižka; elle finira de même, après la mort
de ce commandant, par la scission des différens partis qui naî-
tront; jusque là point de salut. Oh la belle perspective!"
Am 11 December reiste ich endlich nach Regensburg, um
mit eigenen Augen zu schauen, und meinen letzten Abschied
von dort vorzubereiten. Ich kann nicht leugnen, dass der Anblick der noch in Schutt liegenden Gebäude von Rheinhausen
bis an die steinerne Brücke, und die Ansicht meines Gartens
und des von vielen tausend Kugeln durchbohrten leeren Garten-
hauses ohne Thüren und Fenster, in welchem ich im vorjährigen Sommer so glückliche Tage durchlebt hatte, einen tief be-
trübenden Eindruck auf mich gemacht habe. Als ich aber das
persönliche Leiden so vieler Freunde und Bekannten erfuhr und
mich z. B. mit der Situation des Grafen Rechberg verglich, dessen Frau während des Bombardements in die Wehen verfiel und
im Keller entbunden werden musste, indess das Feuer sich bereits der Gesandten-Gasse, wo er wohnte, näherte: so musste
ich mich glücklich schätzen, diesen Scenen entgangen zu sein.
Dem Grafen Rechberg, Directorialrath Bösner und einigen Bürgern, welche ihre Häuser während der Plünderung zu verlassen
den Muth hatten, verdankt der nicht verbrannte Theil Regensburgs seine Rettung. Graf Rechberg in seiner Verzweiflung bat
einen französischen General um einige Mannschaft zur Löschung,
welche auch bewilligt wurde; er setzte einen bayrischen Gene-
ralshut auf, den ihm ein bayrischer General anbot, der in seinem Hause war und vor Ermattung sich gelegt hatte, zog seine
Uniform des St. Georgsordens an, auf der mehrere Ordenssterne
gestickt waren, stellte sich an die Spitze der französischen Truppen, die ihn für den Kronprinzen von Bayern hielten, und führte
sie zum Feuer, wo er DR. Bösner mit den Spritzen, aber ohne
Menschen zur Bedienung, fand. Der Wind hatte glücklicherweise sich etwas gewendet, mit vieler Anstrengung wurde das
Feuer bezwungen, indess die meisten Generale und Officiere
sich vor Erschöpfung mit der Ordre zu Bette gelegt hatten, sie

zu wecken, wenn das Nachbarhaus in Brand gerathen würde, die gemeine Mannschaft aber betrunken auf den Strassen lag, oder im Innern der Häuser plünderte und tobte.

Der Fürst Primas war in Regensburg gegen mich persönlich äusserst freundschaftlich; er wurde aber bald mit den neuen Königen nach Paris berufen.

1810.

Wenngleich das Schicksal von Regensburg so, wie ich es lange vorhergesagt hatte, schon entschieden war, so fehlte indessen noch die formelle Uebergabe an Bayern, und bis dahin konnte ich meine Forderungen an das Fürstenthum Regensburg nicht geltend machen. Ich war zwar bei Gelegenheit der Durchreise der kaiserlichen Braut Marie Louise in München anwesend, hatte auch eine Audienz bei dem Könige, der mir stets gnädig und gewogen war, der Minister Montgelas war jedoch noch in Paris und in Geschäften nichts zu thun. Auch rief mich ein ganz anderes Geschäft nach Böhmen, indem auf meine Herrschaft das Sequester wegen meiner Abwesenheit gelegt worden war, ob ich gleich im Jahre 1809 dort gewohnt und einen Pass auf 5 Monate erhalten hatte, der noch nicht abgelaufen war. Se. Majestät der Kaiser war in Prag anwesend; ich erhielt Audienz und augenblickliche Zurücknahme dieser Massregel, liess mich in die ständische Versammlung einführen, und kehrte nach Regensburg zurück, wo ich mich mit der Herausgabe der Revisio Saxifragarum, die in Regensburg gedruckt wurde, beschäftigte.

Das Hauptquartier des Armeecorps des General Davoust, welches noch zu guter letzt Regensburg ausgesogen, setzte sich endlich in Bewegung, und General Campan übergab Regensburg, Stadt und Fürstenthum, an die kön. bayrischen zum Empfang abgeschickten Commissäre, mit allen darauf lastenden Forderungen. Nun war es Zeit, nach München zurückzukehren. Der Fürst Primas hatte gleich nach dem Unglück von Regensburg den rechtlichen Grundsatz „casum fert dominus" aufgestellt, und Se. Maj. der König von Bayern hatte ihn auch in Rücksicht meiner Forderung gebilligt: die Formalitäten der Ausgleichung bei den Dikasterien haben mich aber noch zwei Monate in München aufgehalten. Ich benützte sie zu einer Alpenreise mit Prof. Schrank und Oberbergrath Voith in die Gebirge nächst Tegernsee.

Nach Regensburg zurückgekehrt, resignirte ich das Präsidium der Sustentationskasse der überrheinischen Geistlichkeit, schickte dem Fürsten Primas meine Monographie der Saxifragen, und nahm von ihm Abschied. Er antwortete mit folgenden Worten: „Auch für mich ist dieses Jahr das schwerste meines Lebens. Wir können Beide sagen: dulcia linquimus arva. Bildung neuer Schöpfung in alten Tagen: gewisser Verlust, ungewisse Zukunft! Plurimum interest, in qua quis tempora inciderit!"

Diese Worte möchte ich auf seinen Grabstein schreiben! Er wäre in friedlichen und ruhigen Zeiten, wo er für ein kleines Land und für die Wissenschaften hätte ausschliesslich leben können, ein guter Fürst gewesen, der den Segen seiner Unterthanen und den lauten Beifall aller wissenschaftlichen Männer seiner Zeit in die Nachwelt hinüber genommen hätte: den Begebenheiten seiner letzten Zeit war er nicht gewachsen.

Als ich nun mit der Gegenwart gebrochen, alle früheren Lebensträume aufgegeben, von allen mir werthen Menschen und meinen geliebten Pflanzen, die in meinem Garten schon wieder neue Sprossen trieben, Abschied genommen: so schied ich von dem Orte, wo ich die schönsten und glücklichsten Jahre meiner Jugend, und, wie ich damals glaubte, auch die stürmischsten Tage durchlebt hatte, und folgte, im 50 Jahre meines Lebens, willig dem Schicksal, welches mich in meine Heimath zurückführte, um dort jene unabhängige Existenz zu finden, nach welcher ich seit dem Ausbruch der Revolution gestrebt hatte.

Meine Bibliothek und sämmtliche Habseligkeiten waren mir

bereits vorangegangen. Ich folgte ihnen im Herbste nach, und verwendete die Wintermonate dazu, mich in meiner neuen Wohnung gemüthlich einzurichten.

1811. 1812.

Von diesen zwei Jahren brachte ich die halbe Zeit in Wien zu, um ein Erbschaftsgeschäft meiner Cousine Gräfin Louise Sternberg zu betreiben. Die Naturwissenschaften wurden indessen nicht vernachlässigt, und der Umgang mit Grafen Franz Waldstein, Jaquin, Host etc. gewährte mir manche Erholung. Im Herbst 1811 besuchte mich Freund Felix, um meine Bibliothek in Březina, wie ehemals in Regensburg, aufzustellen; und im Juli 1812 zwangen mich eigene Geschäfte nach München zu reisen. Als ich diese beendet, besuchte ich meine alten Freunde, Grafen Rechberg auf seinem Gute Donzdorf im Königreich Würtemberg, die Familie Löw und Günderode in der Wetterau, Frankfurt, Heidelberg, die Fürstin Taxis in Tischingen, und das geliebte Regensburg, wo Graf Görz und Freund Thurn noch wohnten, und mein verödeter Garten sich wieder zu gestalten anfing.

Im September 1812 begleitete mich Freund Felix wieder nach Březina, und ihm folgte bald Professor Hoppe, der mit seiner Botanisirbüchse auf dem Rücken vom Untersberg die Fussreise bis dahin fortsetzte. Wir führten hier ein stilles glückliches Leben, indess im Norden Ströme von Blut flossen und Kaiser Napoleon seinem Wendepunkte entgegenging. Bis zum 4 December blieb Felix bei mir; dann reiste auch ich nach Prag, um den Winter mit meiner Familie in der Stadt zuzubringen.

1813.

Der in den Büchern der Weltgeschichte ewig merkwürdige Rückzug der französischen Heere aus Moskau hatte neue Combinationen veranlasst. Die bis zur Verzweiflung gedrückten deutschen Völker liessen sich nun laut vernehmen, zumal im Norden; der Austritt der russischen Armee über ihre Gränze war das erste Signal für Preussen; was weiter erfolgen würde, war noch unbestimmt. Mir wurde es unbehaglich in der Stadt, wo diese Begebenheiten, die den Krieg nothwendiger Weise nahe an Böhmens Gränzen führen mussten, das tägliche Gespräch ausmachten; ich verliess sie in der Hälfte März, und beschäftigte mich, mit Bergmeister Lindacker, vorweltliche Pflanzen in den Steinkohlenbergwerken, sowohl in meinen eigenen als jenen der Umgegend, zusammenzubringen und in einem besonderen Raum aufzustellen.

In den ersten Tagen des Monats Mai, als ich mich im Garten beschäftigte, vernahm ich aus der Ferne den nur zu bekannten Kanonendonner, der mich höchst unsanft berührte: es war die erste Schlacht bei Leipzig. Von nun an folgten die schon so oft erlebten unruhigen Tage: erst Vorbereitungen, dann Lieferungen, Einquartierungen und Durchmärsche von Truppen, Rekrutenstellungen, Ankunft des Königs von Sachsen mit ein paar sächsischen Regimentern, endlich ein Congress in Prag, den ich nicht die geringste Lust hatte zu schauen, so lebhaft auch die Stadt wurde. Der Unmuth, dass die Hütte, die ich

mir in dieser abgeschiedenen Gegend erbaut hatte, um still und
ruhig den Wissenschaften zu leben, auch zerstört werden könnte,
hatte mich ganz aus meiner Fassung gebracht. Der Congress
ging unverrichteter Dinge auseinander; die Russen überschritten
die Elbe, Kosaken zogen hier durch, Brod und Fourage mussten
täglich bis an die sächsische Gränze geliefert werden, und furchtbare Regengüsse machten sie ungeniessbar, ehe sie an Ort und
Stelle gebracht werden konnten. Die Ernte lag im Wasser, und
wenn ein Tag erschien, wo man sie hätte einbringen können,
waren keine Pferde zu Hause. Und in diesen Tagen liess sich
abermals der Kanonendonner aus einer anderen Gegend vernehmen, aus der Richtung nach dem Mileschauer Berge hin, den
ich von meinem Berge Hradišt sehen kann. Ich sass da oben,
und horchte mit der allergrössten Unruhe, bis er endlich schwächer werdend, zu meinem Trost verhallte; es war die Schlacht
bei Kulm (30 August), deren glücklichen Ausgang wir am zweiten
Tag vernahmen.

So sehr wir uns darüber freuten, so war die Unruhe dadurch nicht geringer geworden: die Sorge für die Verwundeten
und Spitäler; die Durchmärsche der Gefangenen, welche eine
böse Seuche mitbrachten und alle Dörfer ansteckten, wo sie
übernachteten, vermehrten die Sorgen, bis endlich am 17 und
18 October sich der Kanonendonner abermals, doch schwächer
als im Monat Mai und von mehreren Punkten her vernehmen
liess und immer schwächer werdend verhallte. Daraus schloss
ich, dass unsere Waffen vorrückten und den Sieg errungen
hatten, und da am selben Tage die Post nach Prag abging, so
verkündete ich die frohe Botschaft nach meinem Gehör, und genoss das Vergnügen am 21 October durch Estafette deren Bestätigung von Prag zu erhalten. Im ersten Ausbruch der Freude
bereitete ich ein kleines Fest mit Illumination und Feuerwerk
und gab einen Ball in der Ruine von Alt-Březina, wozu ich meine
Nachbarn und den Kreishauptmann gebeten.

Die drei gekrönten Sieger folgten ihren Armeen nach

Frankfurt, wo nach und nach die neuen Könige und königl. Hoheiten, deren Truppen sich mit oder ohne ihren Willen an die siegreichen Armeen angeschlossen hatten, sich einfanden, um bei dem allgemeinen Ablasstag ihr pater peccavi! zu sprechen, und mit einem „surge et noli peccare!" getröstet zu werden. Der einzige Fürst Primas blieb ausgeschlossen, weil er in seiner Verblendung sich kurz zuvor noch einmal von dem Minister Hedouville hatte verführen lassen, sein Fürstenthum Aschaffenburg und Frankfurt an den Vicekönig Eugen Napoleon zu cediren. Bei der Annäherung der Armeen zog er sich zurück in das Bisthum Constanz, ohne im geringsten für seine Subsistenz zu sorgen, und lebte dort im bischöflichen Seminar.

1814.

Der drückendsten Besorgnisse des nahen Krieges entledigt, kehrte ich mit neuem Muth zu dem gewohnten geschäftigen Leben wieder zurück, wozu mich mein immer sich erweiterndes kleines Museum anzog. Indessen waren unsere Waffen bis nach Paris gedrungen und ich nach Prag gereist, um das allgemeine Vergnügen über die günstigen Begebenheiten, die uns eine dauerhafte Ruhe vorzubereiten schienen, zu theilen. Im Monat April machte ich eine Excursion nach Irlbach zu meinem Freunde Grafen Bray, der dieses Gut in Bayern angekauft hatte, und gleich mir beschäftigt war, sein Haus und seinen Garten zu einer bequemen und angenehmen Ruhestätte für einen Naturforscher einzurichten.

Als ich nach meiner Zurückkunft erfuhr, dass Kaiser Franz nach Verbannung Bonaparte's nach der Insel Elba, Wiedereinsetzung der Bourbone und geschlossenem Frieden, einen öffentlichen Einzug in Wien zu halten gedenke, eilte ich mit meinem Vetter Grafen Klebelsberg dahin. Wer das gutmüthige, lebensfrohe, der Person des Kaisers aufrichtig zugethane Wiener Volk kennt, wird leicht die frohe Stimmung zu würdigen vermögen,

welche alle Stände durchdrang. Mehr als 20,000 Menschen
waren schon am Vorabend in Schönbrunn versammelt, um den
Monarchen ankommen zu sehen und mit Jubel zu begrüssen.
Am 16 Juni endlich, als der Kaiser und der Kronprinz zu Pferde,
von allen Garden begleitet, sich in solennem Zuge nach der
Stadt bewegten, da wogte die Menge auf allen Wegen und Strassen in froher Betäubung, doch ohne die geringste Störung im
Zuge zu verursachen, bis zu der St. Stephanskirche, wo ein feier-
liches Tedeum abgesungen wurde. Es war ein rührendes Schau-
spiel, das alle Anwesenden ergriff.

Nachdem alle Feste vorüber und einige Geschäfte geordnet
waren, setzte ich meinen Wanderstab weiter nach Gratz in
Steiermark fort, vorzüglich um die Einrichtung des Johanneums
genauer kennen zu lernen. Die Erfahrung, dass die wichtigsten
Sammlungen, welche man in einem Menschenleben zusammenzubringen vermag, oft von den Erben verwahrlost und zerstreut,
manchmal vollends in fremde Länder gelangen, wie die Sammlungen von Linné und Pallas nach England, hatte mich schon
oft besorgt gemacht, dass auch meinen Sammlungen einst ein
ähnliches Schicksal drohen könnte. Aus diesem Grunde war ich
Willens gewesen, sie der Akademie in Regensburg zu überlassen,
wenn sie nach dem Wunsche des Fürsten Primas zu Stande gekommen wäre: bei nun veränderten Umständen war ich aber
entschlossen, sie meinem Vaterlande zu widmen, und sprach darüber vorläufig auch mit dem Oberstburggrafen Grafen Kolowrat
Liebsteinský, der diesen Vorsatz mit patriotischem Eifer auffasste und bekräftigte. Das Johanneum, welchem Erzherzog
Johann seine Naturaliensammlung einverleibte, war damals noch
nicht ganz ausgebildet, doch schon bestimmt, mehrere Zwecke
zu vereinigen, welche in Prag, wo eine Universität und ein
polytechnisches Institut bestehen, schon erreicht sind. Es gab mir
jedoch Anleitung, welche Modalitäten bei Errichtung ähnlicher
Institute zu beobachten wären, worüber ich einen Bericht an
den Oberstburggrafen erstattete.

Einmal in die Alpen gedrungen, verfolgte ich meinen Weg in das Salzkammergut, bestieg von Hall die Schladminger Alpe, wo ich übernachtete, und wollte über das ausgedehnte Schneefeld die jenseits desselben damals noch unbestiegenen Kuppen des Torsteins erreichen: ich war aber kaum 300 Schritte vorgedrungen, als ein starker Wind mit Schneegestöber sich erhob, der ein weiteres Vorschreiten unmöglich machte. Ischl war damals noch kein Kurort, und die herrliche Gegend am Gmundner See, welche jetzt von so vielen Fremden besucht wird, nur dem Inland bekannt. Auch in naturhistorischer Hinsicht hatte man von den Formationen und Versteinerungen der Gosau und Umgegend keine Notiz genommen, über welche dermalen in London und Paris eifrig discutirt wird. Ich verfolgte meinen Weg über Salzburg, wo Dr. Hoppe, der jedes Jahr einen Theil des Sommers auf dem Untersberge zubringt, mich besuchte, nach Gastein. Die Kraft dieser Quellen zu entmüden, habe ich mehrmals erprobt, indem ich nach Alpenexcursionen von 12 Stunden durch ein genommenes Bad mich wieder so hergestellt fühlte, dass ich gleich wieder hätte Berge besteigen können. Meine Rückreise nahm ich über München und Regensburg, von wo mich Freund Felix nach Březina begleitete.

Im Monat October kam Prof. Dr. Hoppe und Hofgärtner Illing von Regensburg, dann der Fürst Lobkowitz'sche Gärtner Skalnik aus Prag zu mir nach Březina, um über die Fortsetzung der Pflanzungen in meinem Garten Rath zu pflegen. Da sowohl Dr. Hoppe als ich manches Seltene, wohl auch Neue, mitgebracht, und vier Mitglieder der Regensburger botanischen Gesellschaft sich hier zusammenfanden, so verfielen wir auf den Gedanken, das vorhandene Material zu verarbeiten und eine Sitzung abzuhalten; dies erfolgte am 31 October. Es wurde beschlossen, Denkschriften der Regensburger Gesellschaft herauszugeben, eine von Dr. Hoppe in der Gamsgrube am Heiligenbluter Tauern gefundene Pflanze als neue Gattung bestimmt, beschrieben und ihr, zu Ehren des Präsidenten der Gesellschaft Grafen Bray, der

Name Braya beigelegt, ferner viele seltene Pflanzen vorgezeigt und mehrere zweifelhafte berichtigt. Das Protokoll wurde in der Folge der Gesellschaft nach Regensburg zugeschickt, und von dieser in der nächsten Sitzung daselbst bestätigt. Dieses angenehme Zusammenleben gleiche Zwecke verfolgender Naturforscher wurde zu mehreren botanischen Erörterungen in den Gewächshäusern sowie im Freien benützt, bis der Schnee den Excursionen ein Ziel setzte, und meine Gäste ihrer Heimat wieder zueilten.

Ich war nun bedacht, für das erste Heft der Denkschriften einige Abhandlungen zu liefern: die erste, über den gegenwärtigen Zustand der botanischen Wissenschaft und die Nothwendigkeit, das Studium derselben zu erleichtern, vollendete ich den letzten December 1814, und schloss mit folgenden Worten (I, p. 38):

„Auf welchem Wege, wird man fragen, ist eine allgemeine Uebereinstimmung der Botaniker zu erzwecken? Ich antworte: auf dem nämlichen, auf welchem alle Gegenstände, über die kein Einzelner zu entscheiden das Recht hat, geschlichtet werden: durch einen Congress. Wir haben in öffentlichen Blättern gelesen, dass eben zu jener Zeit, wo die Mächtigen der Erde, die Befreier Deutschlands, die Befriediger Europa's, sich in Wien versammelten, um den Nationen eine dauerhafte Ruhe zu sichern, die Astronomen in Italien sich vereinigten, um verschiedene Gegenstände dieser so wichtigen Wissenschaft zu berichtigen: warum sollte ein ähnliches Unternehmen unter den Botanikern nicht möglich sein? Es ist vorauszusetzen, dass die Souveraine, die den ersten und grössten Zweck ihres grossmüthigen und einmüthigen Bestrebens so glorreich erreicht haben, nunmehr ihre ganze Aufmerksamkeit den Früchten des Friedens, den Künsten und Wissenschaften, der inneren Cultur, dem Ackerbau u. s. w. zuwenden, folglich auch ähnliche Unternehmungen unterstützen werden. Zum Orte der Versammlung müsste nothwendiger Weise ein solcher gewählt werden, wo grosse Botaniker, reichhaltige Gärten, zahlreiche

Bibliotheken und Herbarien vorhanden sind, z. B. Wien, Berlin, Göttingen, München etc. Die Zeit wäre der Monat September, wo die Botaniker, welche zugleich Vorsteher botanischer Gärten oder Professoren sind, leichter abkommen können."

1815.

Bevor diese Abhandlung in Regensburg gedruckt erschien, war leider Bonaparte schon aus Elba entflohen, in Frankreich gelandet, bei Waterloo geschlagen, die Alliirten zum zweitenmal in Paris, Napoleon nach St. Helena verwiesen, und alle Menschen mit ganz andern Gedanken beschäftigt. Meine Stimme verhallte im Sturme der bewegten Zeit: doch der Gedanke ging, wie keiner, der laut ausgesprochen worden, nicht verloren. Er wurde von Steudel im zweiten Hefte eben dieser Zeitschrift wieder aufgenommen und besprochen, endlich von Oken durch die Isis verbreitet und in einer grossartigen Form, durch die Versammlungen deutscher Naturforscher, verwirklicht.

Die hunderttägige Episode der Wiedererscheinung Bonaparte's in Frankreich und ihre Folgen haben mehr Unglück über Europa herbeigeführt, als die früheren langen Kriege. Man war bei dem Congress, nachdem die Beute getheilt und für die Herstellung des Gleichgewichts nach Möglichkeit gesorgt worden war, ernstlich beschäftigt, auch die treuen Völker zu belohnen, welche mit ihrem Gut und Blut zu dem Siege so wesentlich beigetragen hatten. Es wurde bereits über die Grundsätze der zu entwerfenden Constitutionen, der freien Schifffahrt auf den Flüssen, Einigung der Mautsysteme u. dgl. unterhandelt, — als die Flucht von Bonaparte, alle Gedanken zu schnellem Widerstande drängend, ein vorschnelles Abschliessen nur halberörterter wichtiger Fragen herbeiführte, und das Protokoll eilig von den abreisenden Gesandten unterfertigt wurde. Wie ich sowohl, als viele meines gleichen, die wahrlich weder Grund noch Lust hatten, den Monarchieen zu nahe zu treten, über die damalige

Zeit urtheilten, finde ich in einem meiner Briefe vom 2 Januar verzeichnet:

„Březina ce 2 Janvier 1815. Il n'y a pas de doute, qu'il existe un parti pour introduire des gouvernemens réprésentatifs en Allemagne; c'est cette idée, qui a fait marcher la moitié des · armées l'année 1813. Le gouvernement Anglais a été le prémier à la présenter dans le pays de Hannovre. Si les souverains et les ministres avaient le temps de réfléchir sur le passé et l'avenir, ils saisiraient cette idée, qui déjà est généralement repandue en Allemagne, et lui donneraient l'étendue mesurée (proportionnée), qu'elle doit recevoir, pour devenir salutaire à l'état, et n'attendraient pas, qu'elle leur fût octroyée par une réaction dangereuse, qui pourrait bien dépasser les bornes primitivement fixées dans les monarchies limitées par des États, cet ancien idéal d'un gouvernement solide, également satisfaisant pour les souverains comme pour les peuples. Comme ce sont les souverains, qui doivent prendre l'initiative de la nouvelle organisation, il ne leur sera pas difficile, de l'arranger de manière, qu'elle devienne une sauvegarde pour le trône et une garantie pour les nations. Mais si l'on n'y met pas la main soi-même, les faiseurs s'empareront de l'idée devenue populaire, et il peut en resulter un très grand mal. Malheureusement il parait, qu'on est encore à cent lieues de s'entendre sur les bases mêmes. On veut tout finir simultanément, et c'est la raison, pourquoi rien n'avance."

Dieses Jahr (1815), mit so grossen Hoffnungen begonnen und durch noch grössere Verwirrung getrübt, zeigte in seinem raschen Wechsel den auffallenden Typus der Antithesen des XIX Jahrhunderts. Bonaparte in sichere Gewahrsame der Engländer auf St. Helena und die Bourbone auf den unsicheren Thron von Frankreich gestellt, zogen die Heere mit grünen Reisern geschmückt, mit Kling und Klang nach Hause, und es war keine Rede mehr von Alle dem, was im vorigen Jahre so vielseitige Interessen erweckt hatte.

Ich benützte die wieder eingetretene Ruhe, im Laufe des

Sommers, zu einer Reise in das Riesengebirge, zu dem doppelten Zwecke der Botanik der Jetzt- wie der Vorwelt, mit welcher letzteren ich mich bereits ernstlich beschäftigte. Ich war nicht wenig überrascht, auf einem Gebirge, welches die Schnee-·linie noch lange nicht erreicht und nur wenige Alpenpflanzen beherbergt, die Saxifraga nivalis und den Rubus chamaemorus, Bewohner des äussersten Nordens, in der kleinen Schneegrube zu finden. Die Isothermenlinien der Temperaturen sind so vielen Inflexionen unterworfen, durch so mannigfaltige Nebenursachen bedingt, dass dadurch die unerwartetsten Erscheinungen hervorgerufen werden können. Das Steinkohlengebirge bei Schazlar bot mir mehrere Pflanzenabdrücke, welche in meinen Kohlenwerken nicht vorkommen, und die grotesken Formen des verwitternden Greensands in der bekannten romantischen Gegend von Adersbach beschlossen diesen Ausflug.

1816.

Nur zu sehr ist der Mensch geneigt, zu glauben, was er wünscht. Die allgemeine Stille, einer Ruhe ähnlich, welche nach den Stürmen der letzten Jahre eingetreten war, gab selbst mir die Hoffnung, dass jetzt eine neue Aera begonnen habe, welche lange Dauer verbürge. Nach gewöhnlich verlebtem Winter im Schooss meiner Familie nahm ich mir vor, meine alten Freunde und Bekannten, welche ich seit Jahren nicht mehr gesehen, der Reihe nach zu besuchen. Ich nahm meinen Weg über Frankfurt nach Ziegenberg zu der Frau von Löw, bereits Witwe, sah die Familie Günderode, reiste dann mit Frau von Löw längs dem Ufer der Lahn zu dem Minister von Stein nach Nassau und in das nahe Ems, dann über Heidelberg, Stuttgart nach Donzdorf zum Grafen Rechberg, endlich über München nach Regensburg, wo der ehemalige Fürst Primas privatisirte. Der König von Bayern, dem Aschaffenburg zugefallen war, und der dort alles in grösster Ordnung vorgefunden, hatte den Fürst Primas

unterstützt, bis die Arréragen, welche er noch von den Rhein-
zöllen zu fordern hatte, flüssig wurden und ihm seine Lage er-
leichterten. Er trug sein Schicksal mit Gleichmuth, ohne sich
eine Klage zu erlauben, noch auch von der Vergangenheit zu
sprechen. Als er meine Ankunft vernahm, liess er mich mit
mehreren Mitgliedern der botanischen Gesellschaft zu Tische
bitten, und erklärte uns, dass er der Gesellschaft, welche durch
die letzten Ereignisse ihren botanischen Garten verloren hatte,
einen andern Raum zu einem Garten erkaufen wolle; was auch
noch vor seinem Tode erfolgte. Die Erbauung des Glashauses,
die Dotirung und Einrichtung des Gartens hat er nicht mehr
erlebt. Er wohnte allen Sitzungen der Gesellschaft bei; die
letzte, vier Tage vor seinem Tode (5 Febr. 1817) wurde, da er
schon unwohl war, in seiner Wohnung gehalten. Das Glück
hatte ihm den Rücken zugekehrt, das Schicksal hat ihn vernichtet, die Natur ist ihm, wie er ihr, treu geblieben.

Freund Felix begleitete mich nach Březina; ihm folgten
bald Dr. Hoppe und Prof. Hornschuch, beide botanisirend von
Triest zu Fusse nach Březina gelangt. Es wurden abermals
viele seltene Pflanzen vorgelegt und bearbeitet, Materialien für
die zweite Abtheilung der Denkschriften gesammelt. Die Gesellschaft wurde durch die Ankunft eines Sohnes meines verewigten Freundes Grafen Breuner und Aloys Mayer's, nunmeh-
rigen Bergraths in Příbram, vermehrt. Wir unternahmen noch
eine Excursion nach Marienbad. Diese Quellen, seit Jahrhunderten bekannt, aber in einer ziemlich rauhen Gegend gelegen,
wo ausser einem Jägerhause kein Unterkommen zu finden war,
blieben lange unbenützt; dem Prälaten Reitenberger und dem
bekannten Dr. Reuss verdanken sie ihren gegenwärtigen Ruf.
Als wir sie besuchten, war noch alles in der ersten Entwicklung
begriffen. Wir kamen mit Steinen beladen zurück, und alle
meine Gäste zerstreuten sich, ihrem Berufe folgend.

Bergmeister Lindacker, sonst ein thätiger Theilnehmer an
meinen Arbeiten, kränkelte schon lange an einer Luftröhren-

schwindsucht. Er besass eine von ihm selbst gesammelte Mineraliensammlung, welche vieles Schätzenswerthe enthielt; da er aber die Gefahr seines Zustandes nicht ahnend, sich in keinem Falle lebend von seiner Sammlung getrennt hätte, so machte ich ihm den Vorschlag, sich pensioniren zu lassen, zu mir zu ziehen, seine Sammlung mit der meinigen zu vereinigen, und mir mit der Bedingung zu verkaufen, dass sie nach unserem Tode als „Sternberg-Lindacker'sche Sammlung" einem öffentlichen Institute in Böhmen gewidmet werden sollte; so lange er lebte, sollte er ihr Vorsteher bleiben. Diesem Vorschlag trat er bei, der Contract wurde ausgefertigt, der Kaufschilling bezahlt; doch ehe die Vereinigung bewerkstelligt werden konnte, war er schon, zu meinem grossen Leid, von uns geschieden. Die Sammlung war aber dem Vaterlande gerettet.

Dieses Jahr (1816) war überhaupt verhängnissvoll. Die Ernte hatte durch die anhaltende Nässe und Kälte fehlgeschlagen, die Kartoffeln waren ganz missrathen, alle Vorräthe im Lande waren durch die Lieferungen im Jahre 1813 und die Truppenmärsche 1815 erschöpft, und gerade in diesem Jahre wurde das Steuerbudget bedeutend erhöht. Ich hatte schon frühzeitig die Wahrscheinlichkeit eines gefährlichen Mangels vorhergesehen und meinem Wirthschaftsamt am 1 October den Auftrag ertheilt, in dem Erntebericht an das Kreisamt die Wahrscheinlichkeit einer Hungersnoth im Gebirge darzustellen. Die Herren Stände hielten über diesen Gegenstand einen Landtag und baten um einen Vorschuss zum Ankauf von Getreide: allein bevor in dem gewöhnlichen Zug der Geschäfte eine Antwort erfolgte, war im Gebirge bereits der Hunger ausgebrochen und das Land mit Schnee bedeckt. Se. Maj. der Kaiser stellte sich nun mit einer Summe von 200,000 Gulden in Conv. Münze an die Spitze eines Vereins, der in kurzer Zeit nahe an eine Million zusammenschoss und Getreide in Hamburg kaufte, welches freilich, bei schon hohem Schnee, theuer und mühsam herbei geschafft werden musste. Da man jedoch durch diesen Ankauf

die Sommersaat gedeckt hatte, so konnte einstweilen Gerste und
Haber vermahlen werden, und die Vorräthe wurden durch Etap-
pentransporte schnell in die am meisten bedrängten Gegenden geschafft. Der Genuss von Surrogaten führte wie immer im Frühjahr Nervenfieber herbei. Durch eine reichliche Ansaat von
Rübensamen in die Brache, welche bei günstiger Witterung
schnell gedieh, verschaffte man sich noch eine gesunde Nahrung
für die Erntezeit, so dass das bedenkliche Uebel zum grossen
Theil gemindert wurde. Ich hatte frühzeitig mir mehrere Fässer
Reis angeschafft; diese leichte und gesunde Nahrung schützte
die Reconvalescenten vom Nervenfieber gegen Rückfall, der gewöhnlich tödtlich ist.

1817.

- Auf meiner Reise durch Deutschland im verflossenen Jahre
hatte ich Gelegenheit zu bemerken, dass zwar die Völker, müde
von den langen Kriegsbeschwerlichkeiten, sich des Friedens erfreuten, aber doch nicht befriedigt waren, da von Alledem, was
sie hofften und erwarteten, noch nichts in Erfüllung gegangen
war, ob man gleich in manchen kleineren Staaten sich mit der
Idee einer Constitution beschäftigte. In Böhmen hatte eine ge-
segnete Ernte den Cyklus trüber Jahre geschlossen, das Volk
wieder ermuthigt.

Březina war zu einem ganz artigen Museum erwachsen, es
wurde auch von manchem Reisenden besucht: es lag jedoch zu
abseits, um an dieser Stelle gemeinnützig zu werden. Diese Betrachtung führte die Idee der Errichtung eines *National-Museums*
in mein Gedächtniss zurück. Meine Bibliothek und Naturalien-
sammlungen waren hinreichend, um einen Kern zu bilden, um
welchen sich, wie bei den Agaten und ägyptischen Kieseln die
concentrischen Ringe herumbilden konnten. Der Oberstburggraf
bemerkte aber mit Recht, dass nach der aussergewöhnlichen Anstrengung des vorigen Jahrs man noch ein Jahr mit dieser Idee
zurückhalten müsse. Ich liess indess die Sternberg-Lindackersche

Sammlung durch meinen Secretär Dr. Zelenka, einen jungen Mineralogen, in neuen Kästen aufstellen.

Für die Schriften der Gesellschaft der Wissenschaften in Prag, welche mich zu ihrem Ehrenmitgliede gewählt hatte, schrieb ich eine Abhandlung über die Pflanzenkunde in Böhmen, welche in dem sechsten Bande ihrer Schriften abgedruckt wurde. Zu gleicher Zeit bearbeitete ich auch die Commentare Matthiols über den Dioscorides, nach sieben verschiedenen Auflagen, auf die Benennungen des Linnéischen Systems zurückgeführt, welche in Leipzig gedruckt wurden.

Im Laufe des Sommers machte ich zwei Excursionen im Inneren des Landes: die erste in das Mittelgebirge, durch die Reihe der Klingstein-, Porphyr- und Basaltkuppen, welche der Umgebung von Teplitz einen so grossen Reiz verleihen; die zweite in die nördlichen Granite am Ufer der Moldau bei Worlik und in die merkwürdigen Ruinen von Klingenberg.

Am Schlusse des Jahres kehrte ich nach Prag zurück, wo mich mein Vetter Graf Franz Sternberg in sein kleineres Haus aufnahm, in welchem ich bis zu seinem Tode (1830) wohnte, und im Schooss dieser würdigen Familie, als ein angehöriges Mitglied derselben, viele angenehme Stunden verlebte.

1818.

Die exspectatio casuum similium, dieser reinpraktische Hausverstand, den wir verachtend den Hunden und anderen Thieren zugestehen, bei dem ich jedoch in vielen Fällen viel geschwinder als in der transcendentalen Philosophie Rath und Hilfe gefunden habe, liess mir keine Ruhe, meine Sammlungen gegen mögliche Zerstreuung zu schützen und dem Vaterlande zu sichern. Der lang vertagte Plan, ein *böhmisches Nationalmuseum* zu errichten, wurde wieder zur Sprache gebracht. Er konnte in einem Lande, wo die Industrie sich rasch entwickelte, nur vortheilbringend sein, da das Studium der sogenannten bestimmten Wissenschaften (sciences exactes) die Grundlage industrieller Bildung ausmacht, diese aber in dem polytechnischen Institute ohne zahlreiche Sammlungen und eine reich dotirte Bibliothek in allen Fächern der Naturwissenschaften nicht mit Erfolg gelehrt werden können. Nur ein Nationalmuseum, wo nebst zahlreichen Sammlungen aller Art auch die Bücher zu finden sind, die, dem Geist der Zeit folgend, alles Neue, was in diesen Fächern in Europa erscheint, sowohl Professoren als Schülern alle mögliche Aushilfe darbieten, ist zu einem solchen Zweck geeignet. Der Oberstburggraf, Graf Kolowrat, stimmte dieser Ansicht bei, und erliess am *15 April 1818* einen Aufruf „*An die vaterländischen Freunde der Wissenschaften,*" in welchem der Plan kurz entwickelt und zu Beiträgen eingeladen wurde:

„Die angenehme Ueberzeugung, dass in dem, von Sr. Majestät dem Kaiser meiner Leitung huldreichst anvertrauten Königreiche Böhmen alles gemeinnützige Schöne und Grosse gedeihet, und der mir von einigen Freunden des Vaterlandes und der Wissenschaften mitgetheilte Plan zur Gründung eines vaterländischen Museums für Böhmen, sind die Veranlassung dieses Aufrufs."

„Die Geschichte aller Völker bezeichnet Epochen, in welchen die, durch lange Stürme aufgeregte, nach aussen wirkende Kraft der Nationen bei wieder eingetretener Ruhe auf sich selbst zurückgeführt, die in dem Sturm der Zeiten verwahrlosten Musen wieder versöhnt, und Künste und Wissenschaften zur hohen Blüthe emporgehoben hat."

„Unsere vaterländische Geschichte zeigt uns, was Kaiser *Karl* der *Vierte,* Stifter der Prager Universität, und ihr erster Kanzler der fromme und gelehrte Erzbischof *Arnestus* für die Wissenschaften im Vaterlande geleistet haben, welche hohe Stufe von Ausbildung nach den Stürmen des XV und halben XVI Jahrhunderts unter der Regierung *Rudolphs* des *Zweiten,* an dessen Hofe sich die ausgezeichnetsten Gelehrten dieser Zeit aufhielten, Böhmen erreicht hatte, und wie für Künste und Wissenschaften das wahre goldene Zeitalter eingetreten war."

„Wem ist nicht im regen Andenken, wie nach geendetem 7jährigen Kriege unter der Regierung Marien *Theresiens* und *Josephs* des *Zweiten* ein erneuertes wissenschaftliches Streben seine Blüthen entfaltete, in welcher Epoche die Gesellschaft der Wissenschaften in Prag unter dem Oberstburggrafen *Karl Egon* Fürsten von *Fürstenberg*, und später die patriotisch-ökonomische Gesellschaft gestiftet wurde."

„Aber auch unter der jetzigen glorreichen Regierung *Sr.* *Majestät* des Kaisers *Franz* blieb das aufgeregte Streben der Nation selbst unter minder wohlthätigen Einflüssen der Zeit noch wirksam. Die böhmischen Stände begründeten ein *polytechnisches* *Institut*, das erste dieser Art in der österreichischen Monarchie, welches dem Staate bereits nützliche wissenschaftliche Zöglinge gebildet hat; durch Privatvereine wurde eine *Akademie* bildender Künste geschaffen, die mit einer bedeutenden Galerie und den nöthigsten Modellen zur Bildung junger Künstler ausgestattet ist, und ein *Conservatorium* der Musik errichtet, dessen Zöglinge schon mehrmal die Zufriedenheit des Publicums eingeerntet haben; Institute, welche auch des Beifalls und der Anerkennung höchsten Orts gewürdigt wurden."

„Alle diese Anstalten waren in ihrem Kreise so wirksam, als es die Zeitumstände gestatteten: allein noch so manches bleibt zu wünschen übrig."

„Noch besteht keine vollständige allgemeine böhmische Literatur-Geschichte, keine vollständigen böhmischen Denkmäler (*Monumenta Bohemica*), die doch zur Erläuterung der vaterländischen Geschichte so wichtig wären, keine vollständige Naturgeschichte Böhmens weder im Ganzen, noch über einzelne Zweige des Naturreichs, kein geognostischer Gesammtüberblick dieses, für die Geognosie so äusserst wichtigen Landes."

„Viele Materialien hiezu befinden sich in Böhmen verbreitet, aber zerstreut wie sie dermal sind, bleibt ihre Benützung äusserst schwer, beinahe unmöglich, und nur die Errichtung eines vaterländischen *Museums* kann diese einzelnen Materialien vereinen, und den Weg bahnen, jene Lücken auszufüllen."

„So lange alle Kräfte, nur auf eigene Erhaltung und Rettung des Staates vor fremder Bedrückung beschränkt, nach aussen wirken mussten, war die Gründung einer solchen Anstalt unmöglich: nun aber, da eine bleibende Ruhe errungen, und Hoffnung für eine bessere Zukunft vorhanden ist, scheint es an der Zeit zu sein, ein Werk auszuführen, welches in den österreichischen Staaten bereits in Grätz unter dem Namen Johanneum, in Pest mit der Benennung: National-Museum, und in Brünn als mährisch-schlesisches Landes-Museum wirklich besteht, und. wozu in unserem Vaterlande schon beträchtliche Anerbietungen sowohl an ganzen Sammlungen, als einzelnen Beiträgen von mehreren patriotisch denkenden Männern gemacht wurden."

„Da jedoch eine solche Anstalt auf einer sichern Grundlage beruhen, und ein Jeder, welcher hiezu mitwirken will, den Umfang derselben kennen muss: so theile ich hier die Hauptskizze von dem mir vorgelegten Plane zur Begründung des vaterländischen Museums für Böhmen mit."

„Das *vaterländische Museum* soll alle, in das Gebiet der National-Literatur und National-Production gehörigen Gegenstände in sich begreifen, und die Uebersicht alles dessen vereinen, was die Natur und der menschliche Fleiss im Vaterlande hervorgebracht haben."

„Insbesondere soll es bestehen:

1. Aus einer vaterländischen Urkunden-Sammlung.
2. Aus einer Sammlung von Abschriften oder Zeichnungen aller im Lande befindlichen Denkmäler, Grabsteine, Inschriften, Statuen, Basreliefs etc.
3. Aus einer möglichst vollständigen Wappen-, Siegel- und Münzsammlung des Vaterlandes oder deren Abdrücken.
4. Aus einer Sammlung von Landkarten und Plänen sowohl in geographisch-statistischer Hinsicht, als in Hinsicht des ältern Bergbaues in Böhmen.

5. Aus einem vollständigen Naturalien-Cabinet aller drei Na-
turreiche mit besonderer Hinsicht auf das Vaterland, so
dass nebst der allgemeinen Mineralien- und Petrifikaten-
Sammlung eine besondere topographisch-geognostische Sammlung der 16 Kreise Böhmens aufzustellen, und ausser dem
allgemeinen *Herbarium*, auch ein besonderes der *Flora* Böhmens, mit Beisetzung der böhmischen Benennungen zu sammeln wäre, welches sich von den Vierfüssern, Vögeln, Fi-
schen, Insecten etc. etc. ebenfalls versteht.

6. Aus einer Bibliothek, welche sich auf *Bohemica* im ausgedehntesten Sinne, und auf die sogenannten bestimmten Wissenschaften (*Sciences exactes*) beschränkt. Zu den ersten
gehören alle Bücher und Manuscripte, welche in böhmischer
Sprache geschrieben, von einem Böhmen verfasst, oder in
Böhmen aufgelegt sind, so wie jene, welche ihrem Inhalte
nach über Böhmen handeln; zu den letztern alle jene,
welche in das Gebiet der Mathematik und Physik einschla-
gen, und zwar: nebst den Hauptwerken auch alle, auf diese
Fächer Bezug nehmende Hilfsbücher und Zeitschriften des
In- und Auslandes. Endlich

7. Aus einem Producten-Saal, in welchem alle vaterländischen
Manufactur-Erzeugnisse, Kunstwerke und Erfindungen oder
deren Modelle aufgenommen werden."

„Die Aufstellung aller dieser Sammlungen erheischt ein ge-
räumiges Gebäude, dessen innere Einrichtung bedeutende Aus-
lagen verursacht."

„Die Erhaltung des Ganzen macht die Anstellung *eines*, in
der Folge auch *mehrerer* Aufseher (*Custoden*) und eines Dieners
unbedingt nothwendig."

„Die Erweiterung der Sammlungen, und die Anschaffung der
nöthigsten Hilfsbücher und fortlaufenden Zeitschriften erfordern
nicht nur einen beträchtlichen Fond zur Gründung dieses Instituts, sondern auch jährliche Zuflüsse zu dessen Erhaltung."

„Auch hiezu haben mehrere einzelne Vaterlands - Freunde

schon bedeutende Anträge gemacht, und es lässt sich mit Zuversicht erwarten, dass bei dem Patriotismus der Böhmen, welche durch thätige Mitwirkung für jedes gemeinnützige Unternehmen stets ihren hohen Sinn beurkundeten, eine Anstalt kräftig unterstützt werden wird, deren vorzüglicher Zweck es ist, die wichtigsten Kenntnisse für das praktische Leben zu erweitern, Verbesserungen in allen Zweigen der Industrie hervor zu rufen, und die inneren Schätze des Vaterlandes zur zweckmässigern Verwendung zu leiten."

„Es erübrigt daher nur noch anzudeuten, auf welche Art ein jeder Einzelne zur Begründung und Erhaltung dieses Instituts mitwirken kann."

„Entweder durch Entrichtung einer Geldsumme ein für allemal, oder durch Erklärung zu einer bestimmten jährlichen Gabe, endlich durch Beiträge der oben genannten Materialien, als: Bücher, Urkunden, Naturalien etc. etc. in Sammlungen oder einzeln."

„Alle, welche auf eine oder die andere Art zur Errichtung und Erhaltung dieses Instituts beitragen, werden als Stifter des vaterländischen Museums angesehen, und ihre Namen in das Errichtungsbuch zur Verewigung eingetragen."

Prag am 15 April 1818.

Franz Graf von Kolowrat,
Oberstburggraf.

Zu gleicher Zeit wurde ein provisorischer Ausschuss gebildet, welcher unter Vorsitz des Oberstburggrafen die Geschäfte führen sollte, bis die Sr. Majestät vorzulegenden Statuten ihre Sanction erhalten haben würden. Die Mitglieder dieses Ausschusses, Fürst Anton Isidor Lobkowitz, Graf Prokop Hartmann, Graf Franz Klebelsberg, Graf Franz Sternberg und ich, verwendeten sich zugleich in einem Schreiben an die Mitglieder des Vereins vom Jahre 1816/17, um sie zur Theilnahme einzuladen. Es zeigte sich sehr bald eine echtpatriotische Mitwirkung in allen Ständen, so dass nur noch *eine* Schwierigkeit übrig blieb,

114

nämlich ein schickliches Local auszumitteln, und dieses dem Zweck gemäss einzurichten.

Mitten in einer ansehnlichen Steinkohlenformation wohnend, wo ich Gelegenheit hatte Pflanzenabdrücke zu studiren und zu vergleichen, wurde ich immer mehr und mehr mit der Flora der Vorwelt bekannt. Markscheider Preissler und ein junger Zeichner, den ich in der Zeichenschule unterhielt, zeichneten die Abdrücke für das erste Heft, welches ich zu bearbeiten begann. Graf Bray, der mich in Březina mit seiner Familie besuchte, fand mich mitten unter meinen Steinen und Pflanzen, und erfreute sich meines thätigen Wirkens.

Das Leberübel, welches mich seit langen Jahren zwingt, die Karlsbader Quellen öfter zu besuchen, nöthigte mich auch dieses Jahr dahin zu reisen. Man findet dort fast immer Naturforscher, was zu Excursionen in die nahen Bergwerke von Schlaggenwald und Joachimsthal oder zu den Basaltgebilden leitet, und dadurch wird die Bedeutungslosigkeit des gewöhnlichen Badelebens auf eine angenehme Weise unterbrochen. Um mir auch im Franzensbade eine gemüthliche Unterhaltung zu verschaffen, nahm ich einen Bergknappen mit mir, um mir von dem problematischen Kammerbühl und dem sogenannten Egran bei Haslach eine ansehnliche Suite für die Sammlungen zu verschaffen. Als Nachkur machte ich eine Reise nach Donzdorf zu meinem Freunde Grafen Rechberg, trieb mich eine Weile auf der schwäbischen Alp herum, um Petrefacten aus der Juraformation zu sammeln, und kehrte über München und Regensburg wieder zurück.

1819.

Im Monat Mai kam Erzherzog Johann in militärischen Geschäften nach Pilsen. Ich besuchte ihn daselbst, als meinen stets gnädigsten Gönner; er bezeigte seinen Beifall dem wissenschaftlichen Wirken in Böhmen, und beschenkte mich mit einer in Steiermark neu entdeckten Pflanze. Bald nachher kam Oberstburggraf Kolowrat-Libsteinský zu mir nach Březina, die Naturalien und Bibliothek zu besehen, welche ich dem Museum bestimmt hatte. Ich geleitete ihn zu der alten Burg Libstein am Ufer der Mies, dem Stammschloss dieses Zweiges der Kolowrat'schen Familie, und weiter über Pilsen, Marienbad, Franzensbrunn, Karlsbad, Elbogen und Schlaggenwald, auf welcher Reise wir manches Seltene für das Museum erwarben. Dann wendete ich mich nach Irlbach zu Graf Bray, und reiste mit ihm nach Regensburg zu einer botanischen Sitzung, bei welcher ich meine für das erste Heft der Flora der Vorwelt vorbereiteten Zeichnungen vorlegte und Ritter von Martius seine Ansichten über Analoge der fossilen Pflanzen mittheilte. Mein ehemaliger Garten in Regensburg war jetzt in den Händen der Fürstin Taxis, gebornen Herzogin von Meklenburg, wieder in Stand gesetzt, und, ausser der Hinwegnahme meines Wappens und der Inschrift, welche sich auf seine frühere Bestimmung bezog, ganz in der ursprünglichen Form erhalten; auch war die Vegetation, ungeachtet der im J. 1809 bestandenen Feuerprobe der Kanonen, ausgezeichnet üppig.

Nach meiner Rückkehr nach Březina hielt ich mich nur kurze Zeit da auf, und reiste über Teplitz und Kulm nach Tetschen, um die Bildung der Braunkohle zwischen den Basalten und die Verhältnisse des auf dem säulenförmigen Basalt ebenfalls säulenförmig aufsitzenden Sandsteins am Kulmer Berg nächst Tetschen genauer zu erforschen. Nach wenigen Tagen Aufenthalt in dem herrlich am Ufer der Elbe auf einem Felsen thronenden Schloss, bei der gastfreundlichen Familie des Grafen Thun, unternahm ich eine Fussreise durch die sonderbar gestalteten Gruppen des Greensands auf der Herrschaft Kamnitz in die mit Basaltkuppen gekrönten Granitgebirge der Herrschaft Hainspach, und von dort durch die Lausitz zum Grafen Brühl nach Pfördten, Dresden, in die Kohlenwerke des plauischen Grundes, und über Freiberg und Dux wieder zurück.

Die Herbstmonate bis December wurden nun zur Verarbeitung des Zurückgebrachten verwendet; ein Tag jeder Woche blieb jedoch dem Jagdvergnügen vorbehalten, um den Körper in Uebung zu erhalten und den Reiz des geselligen Lebens zu geniessen. Die ökonomischen Geschäfte im Einzelnen überliess ich meinen Beamten: doch den Bestellungsplan und die Schafzucht hielt ich unter Controle; eben so überliess ich den Forstmännern den Wald, den Holzausweis machte ich aber selbst und controlirte die Culturen. Den Bergbau und den Betrieb der Eisenmanufactur, wo durch einen Fehlgriff ein wesentlicher Nachtheil erfolgen kann, hielt ich unter beständiger Aufsicht, und liess nichts unternehmen, ohne wenigstens die Pläne beurtheilt zu haben. Um aber auch meinen Beamten Gelegenheit zu verschaffen, sich auszubilden, legte ich den Grund zu einer Bergamts- und Wirthschaftsamts-Bibliothek, welche jährlich vermehrt wurde und nicht ohne Nutzen blieb.

1820.

Vom Monat Januar an lebte ich, bis die Eis- und Schneekruste abschmolz, in der Stadt, wo das wissenschaftliche mit dem geselligen Leben im Hause meines Vetters Grafen Franz Sternberg von selbst ineinanderfloss.

Im Frühling kam der kaiserliche Hof nach Böhmen, und beide Majestäten reisten nach Pilsen, wohin ich eilte, um meinen botanischen Freund, Leibmedicus Host, auf kurze Zeit nach Březina zu führen. Er musterte hier meine Pflanzen und die einheimischen Weiden, und ich brachte ihn wieder zurück zu der weiteren Reisebegleitung.

Im Monat Juli erschien das erste Heft meiner *Flora der Vorwelt*, gleichzeitig mit der ersten Bearbeitung desselben Gegenstandes von Adolph Brongniart. Nichts von einander wissend bei diesem Beginnen, waren wir jeder mit einem verschiedenen System aufgetreten. Ich eilte, vielleicht über Gebühr, vorzüglich aus dem Grunde, um auf diesen seit einem Jahrhundert

ganz vernachlässigt gebliebenen Zweig der Naturwissenschaft
aufmerksam zu machen und ein fleissigeres Sammeln der Materialien zu veranlassen, ohne welches es ganz vergeblich wäre,
jemals etwas Genügendes zusammenzustellen. In dieser Hinsicht
waren die beiden an und für sich noch höchst dürftigen Dar-
stellungen doch nicht ohne Folgen; denn seit jener Zeit ist man
in Europa wie in Nordamerika auf die Pflanzenabdrücke wirklich
aufmerksam geworden, und wir haben gegründete Hoffnung,
diesen äusserst schwierigen Zweig der Naturwissenschaft in geognostischer und botanischer Hinsicht, so weit der Blick aus der
Jetztwelt in die Vorwelt zu reichen vermag, aufgeklärt zu sehen.

Unwillkührlich musste ich dieses Jahr meist auf dem Lande
zubringen. Durch einen Sturz mit dem Pferde verursachte ich
mir eine sehr schmerzliche Spaltung des Knöchels am rechten
Fuss, die mich auf das Lager heftete. Ich lernte zwar sehr
bald auf Krücken gehen, um mir ohne fremde Beihilfe das
Nöthige zu holen: es währte aber doch beinahe drei Monate,
ehe ich längere Zeit fertig gehen konnte, und es blieb mir eine
Geschwulst zurück, die ich nicht sonderlich beachtete, die mir
aber jetzt bei höherem Alter beschwerlich wird.

1821.

Um mir Erleichterung in der Bewegung zu verschaffen,
reiste ich in das Teplitzer Bad, wo ich den vielseitig gebildeten
alten Grossherzog von Weimar antraf, der sich meiner bemächtigte, mich nach Weimar einlud, um die Bekanntschaft mit Göthe
zu vermitteln, welche durch Zufälligkeiten in Karlsbad mehre-
mal verfehlt worden. Es wurden mit Dr. Stolz, der eine auserlesene mineralogische Sammlung besass und das Vorkommen
der Mineralien im Leitmeritzer Kreise genau kannte, Excursionen in die Pyropformation u. dgl. unternommen, zu denen sich
der Grossherzog gesellte. Die Kurzeit ging angenehm vorüber;
und da die Bäder die Bewegung des Fusses erleichtert hatten,

so machte ich sogleich einen Versuch, reiste zu Wasser von Aussig, wo ich eine schöne Suite von Schabasiten erhielt, nach Tetschen, und von dort bald zu Wasser, bald zu Fuss, durch die bekannte sogenannte Schweiz nach Dresden. Graf Bray wohnte damals mit seiner Familie bei seinen Schwiegereltern in Laubegast, nicht ferne von Pillnitz. Wir versuchten einige Excursionen in die angenehmen Elbegegenden: aber das äusserst unfreundliche Wetter liess sie nicht ausführen, und so kehrte ich wieder zurück.

Der seit ein paar Jahren nicht vertilgte aber niedergehaltene Geist der Unzufriedenheit der Völker erhielt jetzt, durch die von Don Pedro freiwillig ertheilten Constitutionen in Portugal und Brasilien und durch den begonnenen Freiheitskampf der Griechen, an welchem damals, freilich nur mit Worten, die europäischen Völker mehr oder weniger Theil nahmen, wieder neue Anregung. Nur Wenige wussten damals noch`, was sie eigentlich wollten, aber Viele wollten nicht mehr, was sie hatten. Ich hatte meine Ansicht darüber schon in einem Brief vom 27 Mai ausgesprochen:

„Il y avait un moyen de préserver le monde des évènements, qui vont devenir son fléau et notre ruine. On a négligé une cure radicale et s'est borné à des palliatifs; la gangrène a gagné les extrémités, et présentement l'auteur se trouve embarrassé. Si l'année quinze on avait ajouté au principe de la légitimité des bases solides et uniformes pour dés monarchies limitées pour toutes les nations, les deux mondes seraient tranquilles. Maintenant ce sont les révolutionnaires anarchiques, qui ont pris le dessus, qui présentent des constitutions qui nous feront passer encore une fois par toutes les horreurs révolutionnaires, avant d'arriver à un terme moyen de concessions reciproques, qui seules peuvent mener à une nouvelle époque de tranquillité".

Das Interesse der Gegenwart verschlingt gewöhnlich jenes der Vergangenheit. Der Tod von Bonaparte auf der Insel

St. Helena machte in diesem Augenblick in Deutschland keinen grösseren Eindruck, als vor Jahren jener der grossen Katharina in Russland, deren Namen, so lange sie regierte, ganz Europa erfüllt hatte.

Das Domcapitel von Regensburg bestand bisher gleichsam in Vergessenheit, bis durch das kön. bayrische Concordat mit Rom ein eigentlich bayrisches Capitel an dessen Stelle gesetzt wurde; die Auflösung des alten wurde auf den 3, die Einführung des neuen auf den 4 November festgesetzt. Aus alter Verbindlichkeit mit dieser Corporation wurde ich eingeladen, bei dieser letzten Trennung zu erscheinen. Ob ich nun gleich seit dem Jahre 1810 nicht mehr in Regensburg residirte, so hielt ich es doch für schicklich, da ich alle Schicksale mit meinen Collegen getheilt hatte, mich auch diesem letzten nicht zu entziehen. Der 3 November war seit jeher der Tag gewesen, wo man ein Requiem für alle gestorbenen Domherren zu halten pflegte; man hätte keinen angemesseneren wählen können, um auch den noch lebenden ein Requiescant in pace! zu verkünden. Nach dem Gottesdienst versammelte man sich in der Sacristei. Die betreffende Stelle des päpstlichen Concordats und das königl. Rescript wurden vorgelesen: worauf der 75jährige Dompropst Graf Thurn und der 80jährige Domdechant Wolf Abschiedsreden hielten. Da sonst Niemand von den Anwesenden das Wort nahm, so sprach ich einige Worte des Dankes an unsere ehemaligen Vorsteher; und es trennte sich nicht ohne Rührung eine Corporation, welche sich unter mannigfaltigen Ereignissen neun Jahrhunderte hindurch erhalten hatte.

Am folgenden Tage reiste ich mit Grafen Bray nach Irlbach, und kam nach drei Tagen mit ihm wieder zurück nach Regensburg, um einer botanischen Sitzung beizuwohnen, zu welcher unser botanischer Senior Ritter von Schrank, Ritter von Martius, Dr. Zuccarini von München, Dr. Schultes aus Landshut, Apotheker Martius der Vater aus Erlangen und Oberbergrath Voith aus Amberg bereits angekommen waren. Ritter von Martius zeigte bei dieser Gelegenheit sein Prachtwerk über die brasilianischen Palmen, Dr. Hoppe die gesammelten Alpenpflanzen, Dr. Schultes seinen Reisebericht durch Deutschland, ich die Abbildungen für das zweite Heft der Flora der Vorwelt etc. Nach der Sitzung versammelten sich alle Mitglieder bei dem Präsidenten Grafen Bray zu einem Gastmahl, wo der Champagner reichlich floss und die Gäste ermunterte. So rasch wechseln bei dem Menschen Veranlassungen zu Trauer und zu Frohsinn!

1822.

Schon lange sehnte ich mich, *Göthe's* persönliche Bekanntschaft zu machen, den ich so oft in Karlsbad verfehlt, in Marienbad um einige Stunden versäumt hatte. Er war in späterer Zeit von dem Parnass, wohin ich, der ich nie einen leidlichen Reim ersonnen, mich nie wagte, zu der prosaischen Naturgeschichte, die keine Dichtung dulden darf, herabgestiegen und hatte sich mir dadurch genähert; wir waren nur um 11 Jahre im Alter verschieden, hatten dieselben wichtigen Weltbegebenheiten durchlebt und nicht unbeachtet gelassen, waren mit vielen ausgezeichneten Männern unserer Zeit in Verbindung gekommen: sämmtlich Berührungspunkte, welche Menschen schneller aneinander schliessen, die, wenn auch nicht persönlich bekannt, einander nicht mehr fremd waren. Marienbad bot hiezu die Gelegenheit, wo wir zusammen unter einem Dache wohnend, uns sehr bald näherten. Die Steine der Umgegend, welche sein Zimmer erfüllten, waren die ersten Vermittler; bald aber wurden die wichtigeren Momente unserer beiderseitigen Lebensfahrt durchgesprochen, die Gegenwart überblickt, und wir fühlten, dass wir uns näher angehörten. Wir speisten Mittags und Abends an demselben Tische, fuhren öfter zusammen spazieren, und blieben nach dem Nachtessen noch stundenlang auf seinem Zimmer. Als Frau von Lewezow ihn über diese neue Bekanntschaft befragte, antwortete er: Wir haben beide den Donnersberg (Mileschauer Berg bei Teplitz) bestiegen, ein jeder von einer andern Seite, auf verschiedenen Wegen, sind aber beide glücklich auf der Zinne angekommen. In den letzten Tagen kamen auch noch Ritter von Berzelius und Dr. Pohl hinzu, der unlängst aus Brasilien zurückgekommen war. Göthe reiste voraus nach Eger, ich machte noch eine Excursion mit Berzelius und Pohl nach Königswart zu den dortigen Quellen, wir gaben uns aber ein Rendez-vous auf dem Kammerbühl, wo wir auch am folgenden Tage zusammen trafen. Berzelius, welcher die vulcanischen Gebilde der Auvergne bereist hatte, war erstaunt über die Aehnlichkeit des Kammerbühls mit jenen Gebirgen, und erklärte ihn für vulcanischen Ursprungs. Den andern Tag speisten wir zusammen bei Göthe im Gasthof zu Eger, wo Berzelius mehrere chemische Untersuchungen mit Erstaunen erregender Gewandtheit vollführte. Ein Bund gegenseitiger Anhänglichkeit war geschlossen.

Als die Abschiedsstunde schlug, reiste ich mit Dr. Pohl über Regensburg, wo sich Freund Felix zu uns gesellte, nach München. Der Zweck dieser Reise war, ein Einverständniss zwischen Dr. Pohl, Martius und Spix zu Stande zu bringen, damit die brasilianischen Naturseltenheiten nicht als Doubletten unter verschiedenen Namen erscheinend, die Wissenschaft noch mehr erschweren. Eine gemeinschaftliche Herausgabe wäre wohl noch wünschenswerther gewesen, aber diese war nicht zu erzielen. Dr. Pohl reiste nun zurück nach Wien, das brasilianische Cabinet aufzustellen, und ich mit Felix in die Braunkohlenwerke von Hering in Tyrol, wo ausgezeichnete Abdrücke von Fächer-Palmen vorkommen. Furchtbare Gewitter, welche die Wege überschwemmten und Brücken wegrissen, zwangen mich umzukehren und mein ruhiges Březina aufzusuchen.

Bald nach meiner Heimkunft besuchte mich mein Vetter Graf Franz Sternberg auf seiner Rückreise aus der Eifel, und brachte mir Versteinerungen und Laven aus der Eifel für meine Sammlung mit. Ein Lavastück wollte nicht in das Format passen,

ich suchte es zu verkleinern: die Laven sind aber gewöhnlich
sehr zähe; ich wendete in der Ungeduld grössere Gewalt mit
weniger Besonnenheit an, verfehlte den Hieb, und zerschmetterte
mir das obere Glied des Daumens an der linken Hand. Mögen
andere Mineralogen sich hieran ein Beispiel nehmen. Als mich
drei Wochen später Dr. Buckland aus Oxford, der mit Grafen
Breuner auf den Continent gekommen war, in Březina besuchte,
war ich bereits wieder bei der Hand. Wir machten mehrere
kleine Excursionen in die nahen Kohlenbergwerke; er brachte
mir Zeichnungen von Pflanzenabdrücken, und nahm von hier
einen Molch mit, den er glücklich lebend nach Oxford brachte.

Ich war bereits mit dem Verpacken meiner Bibliothek und
meiner Sammlungen beschäftigt, um sie nach Prag zu versenden:
denn die Statuten waren von Sr. Majestät dem Kaiser bestätigt.
Und da das gesammelte Geld nicht hinreichte, um ein eigenes
Haus für das Museum zu erkaufen: so miethete die Gesellschaft
unaufkündlich das untere Geschoss eines ehemals Graf Sternberg'schen Hauses auf dem Hradschin, welches der Privatgesellschaft patriotischer Kunstfreunde eigenthümlich angehört, und
liess es zu ihren Zwecken vorrichten. Als sich so nach und
nach meine raumbeschränkten Zimmer lichteten und die geleerten
Schränke mich angähnten, wurde mir unheimlich zu Muthe, als
wäre ich bei gesundem Körper beerbt worden. Doch so ungern
ich mich von diesen treuen Lebensgefährten trennte, die mir in
den trübesten Augenblicken des Lebens Trost und Zerstreuung
gewährt hatten, so reute mich mein wohl überdachter Vorsatz
dennoch nicht, da er dem Vaterlande nützlich werden musste,
— aber ich folgte den Kisten nach Prag.

Hier, in einer allgemeinen Versammlung sämmtlicher Mitglieder des Museums im Gubernialgebäude am 23 December 1822,
legten der provisorische Ausschuss sammt seinem Präsidenten
ihre Stellen nieder, und wurden ein neuer Präsident in meiner
Person und acht neue Ausschussmitglieder gewählt, welche dann
unter sich den Fürsten August Longin Lobkowitz, Sohn des in

der Zwischenzeit verstorbenen Fürsten Anton Isidor, zum Ge-
schäftsleiter, und Grafen Franz Sternberg zum Kassier ernannten. In der ersten Ausschusssitzung übergab ich sodann
eine förmliche Donatio inter vivos meiner sämmtlichen naturhistorischen Sammlungen und aus meiner Bibliothek sämmtliche
Fächer der sogenannten bestimmten Wissenschaften (sciences
exactes) und die Bohemica. Ich schmeichle mir, durch diese
Entäusserung meinem Vaterlande einen Dienst geleistet zu haben,
dessen Erfolge ich nicht erleben werde. Denn nur durch ein
solches Institut war es möglich, die Bruchstücke unserer Geschichte zu sammeln und aufzubewahren, und ein neues Leben
in den Naturwissenschaften zu erwecken. Möge die kraftvolle
Jugend, die nun emporstrebt, auch den Gedanken auffassen, dass
der Werth und das Glück der Nationen auf der Grundlage ihrer
Intelligenz und Moralität beruht!

1823.

Die Umsiedlung meiner Bücher und Sammlungen veränderte
insoferne meine Lebensweise, dass ich nun länger in Prag verweilte, um die Gestaltung des Museums zu überwachen und über
die Fortschritte desselben in den allgemeinen Jahresversamm-
lungen Rechenschaft zu geben.

Die Fortsetzung der Flora der Vorwelt nöthigte mich einige
Jahre nach einander grössere Reisen zu unternehmen, um jene
Formationsverhältnisse genauer kennen zu lernen, in welchen die
Floren verschiedener Vegetationsperioden auftreten. Ich begann
in diesem Jahre mit der Steinkohlen- und der Salzformation und
was eben auf dieser Bahn sich darbot, wie die Steinkohlenlager
bei Rosic in Mähren, die Kalkformation, in welcher sich die
Slauper und Macocha-Höhlen auszeichnen, dann wieder die Kohle
bei Polnisch-Ostrau, die berühmte Salzformation von Bochnia und
Wieliczka, die Karpathen-Sandsteine mit Abdrücken von Fucoideen
und die verschiedenen Kalksteine in der Umgegend von Krakau,

welche verwickelte Verhältnisse darbieten, über die sich die
Geognosten damals noch nicht gleichmässig aussprachen. Von
einer Bergkuppe bei Krakau, wo viele Menschen damals beschäftigt waren Kosciuszko ein Monument zu errichten, konnte
ich die hervorstossenden Kuppen des Jurakalksteins in der
Umgegend gut übersehen, und da mehrere Steinbrüche eröffnet waren, auch Petrefacten sammeln. Von da wendete ich
mich über Dziekowitz und Myslowic, wo schöne Marmorblöcke
gebrochen werden, in die Zink- und Steinkohlenformation Ober-
schlesiens, welche von Kalk begleitet wird und in dieser Hinsicht von jener in Niederschlesien abweicht. Ich besah die
Gruben und Manufacturen von Königshütten, Gleiwitz, Zabrzeg,
Rybnik, die Bleibergwerke bei Tarnowic etc., welche ihre gegenwärtige Vervollkommnung den Einsichten des Ministers Baron
von Redern verdanken. In Bresslau besuchte ich Professor
Rhode, welcher zwei Hefte mit Abbildungen fossiler Pflanzen
herausgegeben hatte. Ich fand den guten Mann von der Gicht
befallen, in seinem Lehnstuhl unbeweglich, dabei aber sehr lebhaft, und eben darum ganz in Verzweiflung, dass er nichts her-
beiholen und vorzeigen konnte; ich musste ihm versprechen, am
folgenden Tage wieder zu kommen. Da fand ich ihn dann an
derselben Stelle, aber etwas beweglicher; auf Tischen und Stühlen
waren die Abdrücke ausgelegt, worunter sich ausgezeichnete und
seltene befanden. Die lebhafte Einbildung hatte ihn jedoch ver-
führt, Dinge zu sehen und abzubilden, welche gar nicht vorhanden waren, zumal Blumen auf den Kohlen und dem Todtliegenden, welche er im zweiten Hefte abgebildet hatte, die er
aber, als er sie mir vorzeigen wollte, selbst nicht mehr finden
konnte; er vergass bei dieser Beschäftigung seine Leiden. Ich
vermochte nicht, ihm seinen Trost zu rauben: als ich aber selbst
von Waldenburg nach Neurode reiste, liess ich mich durch seinen
Bruder, der dort Schichtmeister war, an dieselben Stellen begleiten, woher er seine Blumenstücke erhalten. Doch wir suchten
vergebens, es liess sich im Todtliegenden nichts Aehnliches

finden, und die Blumen auf der Kohle, die wir fanden, waren nichts als Formen, durch Schwefelkies auf Kalk hervorgebracht, und gar keine Abdrücke.

Diese Scene bei Professor Rhode erinnert mich an eine ähnliche, die ich in Karlsbad erlebte. Goethe hatte dem Steinschneider Miller daselbst, mit welchem ich in früherer Zeit mehrere Excursionen in die Umgegend gemacht, einen Katalog zu seiner Sammlung der Gesteine der Karlsbader Umgegend geschrieben, mit welchen Miller Handel trieb. Als er schon nahe an 80 Jahre gränzte, wurde er von einem Schlagfluss gelähmt und konnte das Bett nicht mehr verlassen. Ich besuchte ihn in diesem Zustande; er sass in seinem Bette, zwei Bretter mit Steinen lagen quer über dasselbe, auf dem Stuhl neben dem Bette Göthe's gedruckter Katalog, kleine Zettelchen mit Ziffern und eine Schaale mit Pappe. Er hielt den Hammer und schlug wohlgemuth und getrost die Steine in das Format der Sammlung, und klebte die Zettelchen darauf, ohne sich weiter über seinen Zustand zu beklagen, als dass seine Tochter nicht alle Steine zu finden wusste, deren er bedurfte. Diese beiden Männer sind bald nachher, mitten in ihrer Lieblingsbeschäftigung und treu ihrem Berufe, heimgegangen.

Ich verfolgte meinen Weg längs der schlesischen Kohlenformation, welche sich mit ihren Porphyren und dem Todtliegenden über Nachod tief nach Böhmen herein erstreckt. Da ich aber noch gar nichts von einer Herausgabe der Brasilianer Naturalien vernommen hatte, so reiste ich über Chrudim nach Wien, erwartete die Zurückkunft des Kaisers Franz und übergab ihm ein Promemoria, um diese Herausgabe zu motiviren. Se. Majestät schienen zwar mit dem Vorschlag ganz einverstanden zu sein: da aber keine bestimmte Entscheidung erfolgte, so kehrte ich wieder nach Böhmen zurück.

Mein Freund Graf Franz Waldstein war zu meiner grossen Betrübniss in diesem Jahre gestorben: doch kamen nach seinem Wunsche die Plantae rariores Hungariae, welche er herausgegeben

und wir so oft zusammen durchgesehen hatten, als ein classisches
Herbarium in das Museum. — Moriar, sed non omnis. —

1824.

Im Monat April dieses Jahres kam der Hof nach Prag.
Wie gewöhnlich, besahen die höchsten Herrschaften alle Institute, Ihre Maj. die Kaiserin auch das böhmische Museum. Eine
besondere Aufmerksamkeit widmete sie der Sammlung fossiler
Pflanzen, welche mit den Abbildungen in meiner Flora der Vorwelt genau verglichen wurden. Bald nach dem Johannisfeste
verliess der allerhöchste Hof wieder Böhmen, und S. Maj. der
Kaiser ertheilte mir die Geheimen-Rathswürde.

Die Bekanntschaft mit Göthe, der von ihm und dem Grossherzog geäusserte Wunsch, nach Weimar zu kommen, bestimmten
mich meine zweite naturhistorische Reise mit Weimar zu beginnen. Ich nahm den Weg über Jena, wo ich von den Professoren sehr freundlich aufgenommen wurde. Der Grossherzog
lebte in Eisenach, die Grossherzogin war auf einem Sommerauf-
enthalt, ich meldete mich daher gleich bei meiner Ankunft bei
Göthe. Seine Wohnung war im Inneren gleich italienischen
Villen ausgestattet, vom Fuss der Treppe herauf mit Gegenständen der Kunst geziert, die Zimmer mit Zeichnungen und Ge-
mälden; nach dem Geschmack der erwarteten Gäste wurde auch
Ein oder das Andere hinzugefügt, für mich z. B. waren meteorologische Tabellen, die neuesten geognostischen Karten etc. vorbereitet. Ueberhaupt fand man bei diesem so vielseitig gebildeten allgemein verehrten Veteran stets das Neueste und
Wichtigste aus allen Fächern der Literatur, was in Europa erschien, gleichwie Sammlungen aller Art aus dem Gebiete der
Naturwissenschaften, so wie der Künste und des Alterthums:
das Bedeutendste aber war der Besitzer selbst. Ich lernte in
diesem Hause bei Tische oder in der Abendgesellschaft die interessantesten Männer und Frauen Weimars kennen. Die Gärten

des Grossherzogs bei dem Lustschlosse Belvedere gehörten unter
die pflanzenreichsten in Deutschland, einzelne Pflanzen-Exemplare
von Casuarinen, Araucaria etc. von besonderer Grösse. Die
Frau Erbgrossherzogin, welche meine Familie von Prag aus
kannte, wo sie im J. 1813 einige Zeit mit ihrer Schwester sich
aufgehalten hatte, behandelte mich besonders als einen Freund
von Göthe mit zuvorkommender Freundlichkeit. Der Grossherzogin Mutter aufzuwarten hielt ich für Pflicht; ich besuchte sie
auf ihrem Lustschloss an der Saale zu Dornberg, und wurde auf
das Leutseligste aufgenommen. Im Vorbeigehen machte ich
noch einen Besuch bei der Familie Ziegeser in Drakenburg und
kehrte wieder nach Weimar zurück, um noch die letzten Tage
bei dem verehrten Freunde zuzubringen.

Ich eilte nun über Erfurt, wo ich den Botaniker Bernhardi
in seinem reich ausgestatteten botanischen Garten aufsuchte,
nach Gotha, die ausgezeichnete Petrefactensammlung des Präsidenten von Schlotheim genau durchzusehen; er war der Erste
in der neueren Zeit, der die Naturforscher auf die Pflanzenabdrücke aufmerksam machte. Zwei Tage brachte ich in der reich-
haltigen Sammlung zu, welche einen grösseren Raum verdiente,
auch hier hatte ich Gelegenheit, sämmtliche Naturforscher kennen
zu lernen. Da mein Reiseplan ziemlich ausgedehnt war, und ich
fast überall alte Bekannte hatte, die ich nicht umgehen konnte,
so musste ich eilen. Ich nahm meinen Weg über Völkershausen,
wo B. von Stein wohnte, dessen Gemählin ich als Kind gekannt
hatte; mit ihm machte ich eine Excursion auf das Rhöngebirge.
Die Hochebene besteht aus einem schwankenden Moorgrund, auf
Basalten ruhend und von Basaltkuppen umgeben; die wenigen
nassen Ränder bestehen aus Wiesen, welche an die Bewohner
der Thäler verpachtet sind, und nach alter Sitte zu gleicher
Zeit gemäht werden. Wir trafen gerade in diese heitere Zeit.
Schon von Weitem, wie auf den Alpen, wurden wir mit Jauchzen
empfangen; die Männer mähten das Gras, die Jungen zerwarfen
die Schwaden, die Mädchen bildeten Scheiben, grössere sammel-

ten sie in Schober; Frauen und Kinder sassen um die angezün-
deten Feuer und bereiteten das Mittagsmahl; allenthalben in
diesem rührigen Treiben herrschte Munterkeit und Frohsinn, und
der herrlichste Sonnenschein belebte das freundlich ländliche
Gemälde. Ich sammelte einige Moorpflanzen, und wir zogen
herab in ein enges Thal, wo unlängst ein Bergsturz ein Braunkohlenlager entblösst hatte. Die Lage war in etwas unheimlich.
Der Basalttuff war über den plastischen Thon herabgerutscht,
und hatte das enge Thal beinahe ausgefüllt, so dass kein anderer
Raum übrig blieb, als derjenige, den sich der Waldbach neuerlich durch den Schutt gebahnt hatte. In der Höhe standen aber
noch Basaltsäulen, von denen schon mehrere herabgerollt waren.
Ich begnügte mich mit wenigen Exemplaren der Kohle und
suchte das Weite, bevor eine solche Säule in Bewegung gerieth,
der man nicht leicht hätte ausweichen können. Nach einem
kurzen Aufenthalt bei meinen Freunden begleitete mich B. von
Stein in das Bad Lieberstein, wo der Herzog von Meiningen anwesend war, und mich in die auserlesene Grotte führte, welche
durch Zufall entdeckt und in welcher vorweltliche Knochen gefunden worden waren. Sie ist nun bequem zugänglich, zu grossem
Genuss der Badegäste; auch sind alle Anlagen in reinem Geschmack der englischen Gartenkunst gestaltet.

Nun zog ich über Wilhelmsthal nach Eisenach, wo ich den
Grossherzog von Weimar noch zu treffen hoffte: er aber war
zu dem Fürsten Metternich nach dem Johannisberg abgereist.
Ich beschränkte mich daher auf die Untersuchung der blauen
Kuppe, wo man unlängst bei dem Chausséebau Basaltgänge im
bunten Sandstein entdeckt hatte. Zwei solche Gänge streichen
wagerecht; der dritte erhebt sich gerad aufwärts, wie ein Schorn-
stein; er war nun ganz entblösst, hatte aber die ganze Höhe
der Kuppe nicht erreicht, noch auch, wie man mir sagte, die
wagerechte Lage des Sandsteins über derselben gestört; auch
war der Sandstein nächst den Basaltgängen nicht merklich geändert.

Von da wendete ich mich zu dem Meissner, der wegen
seiner herrlichen Aussicht und des Vorkommens der Braunkohle
zwischen den Basalten sehenswürdig ist. Um den Sonnenunter-
gang eines heitern Sommertages nicht zu versäumen, ersuchte
ich im Gasthofe mir einen Wegweiser zu der höchsten Kuppe
zu verschaffen. Ein munterer Knabe, Enkel des Gastwirths, bot
sich an und nannte mich bei meinem Namen. Ueberrascht, hier
einen Bekannten zu treffen, erfuhr ich, dass der Vater des
Knaben mehrere Jahre als Steiger bei meinem Nachbar Grafen
Wurmbrand gedient hatte und alle Sonntage in die Kirche nach
Radnitz gekommen war, wo er mich oft gesehen. Wir wallten
nun freundlich zusammen zu der Kuppe, wo wir noch zu rechter
Zeit anlangten, um das herrliche Panorama, das man von hier
überblickt, in der schönsten Beleuchtung zu sehen. Bei meiner
Rückkehr meldete ich mich noch bei den Bergamtsvorstehern,
wo ich die freundlichste Förderung meiner Zwecke gefunden
hatte. Das Gebirge besteht aus buntem Sandstein; über demselben, an der Sohle der Kohle, ein weisser etwas veränderter
Sandstein in losen Blöcken, gleich jenen in der Gegend von
Karlsbad und jenseits Elbogen. Die Braunkohle ist bald erdig,
bald fester; nur da, wo sie mit den Basalten in nähere Berührung tritt, ist dieselbe in eine Art Stangenkohle umgeändert,
der englischen Cannelkohle sehr ähnlich; Basaltkuppen und
ziemlich verwitterte Diorite steigen an der Rückseite des Berges
hervor.

Göttingen, welches ich von der Kuppe so deutlich erblickt
hatte, zog mich nun vorzüglich an; ich erreichte es in wenigen
Stunden. Es war natürlich, dass ich vor Allen dem würdigen
Veteran der Naturgeschichte, Blumenbach, meine Huldigung erwies. Seine Sammlungen wie seine Worte waren gleich lehr-
reich: was mich aber am meisten freute, war, dass er mich in
seinen abendlichen Familienzirkel aufnahm, in welchen auch seine
ausgezeichneteren Schüler den Zutritt genossen; eine hier allgemeine, das Studium sehr fördernde Sitte. P. Hofmann öffnete

mir sein reichhaltiges grösstentheils selbst gesammeltes Mineralienkabinet; allenthalben erfuhr ich die bereitwilligste Förderung meiner Belehrung.

Den Kohlenformationen folgend, befuhr ich die Kohlenlager von Almende, wo ebenfalls Basaltgänge durch die Kohle durchbrechen und einige Veränderungen hervorbringen, besah den Tagabbau der Braunkohle an der Ringkehle und sammelte Bruchstücke der dort versteinerten Baumstämme. In Kassel nahm sich meiner der damalige Bergcleve Schwarzenberg an; er geleitete mich freundschaftlich durch das Ahnenthal, um mir die Basaltgänge in dem Kalkgebirge nachzuweisen, eine damals noch weniger gekannte Erscheinung, welche die vulcanische Theorie von dem Hervortreten aus dem Schiefer bestätigte, auf welcher nun die viel höher ausgebildete Theorie der Erhebung der Gebirge durch die ungeschichteten Urgebirgsmassen sich festgestellt hat. Die Braunkohle am Habichtswald hat wenig Auszeichnendes; doch bieten sich auf dem Wege bis auf die Wilhelmshöhe beobachtungswürdige Erscheinungen und viele Versteincrungen dar. Das alte Ritterschloss, von dem verstorbenen Kurfürsten erbaut, ahmt die Bauart des XVI Jahrhunderts ziemlich getreu nach, und enthält im Innern auch Manches aus früheren Jahrhunderten.

Um nach so viel Anstrengung mir einige Ruhe zu gönnen, reiste ich nun über Marburg, Giessen und Butzbach nach Staaden zu Frau von Löw, wo ich einige Tage ausruhte. Der zweite Theil meiner Reise ging über Montabaur, Koblenz, Ehrenbreitstein, nach Köln und Bonn. Hier wurde ich von dem Präsidenten der Karolinisch-Leopoldinischen Gesellschaft, Nees von Esenbeck, mit dem ich schon früher in Briefwechsel gestanden, gar freundlich aufgenommen. In dieser neu aufkeimenden Universität war alles in geistiger Aufregung lebendig und thätig, die Sammlungen über Erwarten reich und geordnet. Durch die Bekanntschaft mit Grafen Beust und Bergrath Nöggerath erhielt ich allen erwünschten Vorschub zu meiner weiteren Reise in die Kohlengebirge um Saarbrück; einstweilen machte ich Excursionen nach Eschweiler, Aachen und der Umgegend. Nach Köln zurückgekehrt, widmete ich der alten Stadt, dem ehrwürdigen Dom und allem Sehenswerthen in der Nähe einige Tage, und machte einen Absprung nach Neuwied, um die Sammlung zu sehen, welche der Fürst von seiner Reise aus Brasilien mitgebracht hatte; sie ist vorzüglich im ornithologischen Fache sehr interessant. Die Mühlsteinbrüche in den trachitischen Gebilden um Andernach und Niedermennich, und der durch Leopold von Buch berühmt gewordene Laacher See mit seiner Umgebung, fesselten meine Aufmerksamkeit und verschafften mir schöne Exemplare Hauyne; und da mich der Weg nach Trier nahe an der Eifel vorüberführte, so konnte ich mir eine kleine Abweichung nicht versagen, auch ein paar Maare (mit Wasser ausgefüllte runde oder elliptische Vertiefungen, die für Krater gehalten werden) zu besuchen.

In Trier fand ich bei H. Steininger freundliche Aufnahme; er geleitete mich zu den meisten Ausgrabungen römischer Bauten, worunter ein zwar nicht grosses aber sehenswürdiges Amphitheater. Seine Sammlung bot vieles Merkwürdige der Umgegend dar. Nun verliess ich die Mosel, um der Saar entgegen zu reisen. Die Gegend um Saarburg ist reizend; die grosse Steinkohlenablagerung, die ich eigentlich suchte, findet sich aber erst in der Nähe von Saarbrück. Ich meldete mich bei dem Bergamt und wurde sehr angenehm überrascht, bei diesem eine ausgezeichnete Sammlung von Pflanzenabdrücken der Umgegend zu finden. Der erste Vorsteher des Bergamts von Sello veranstaltete sogleich eine Bergreise nach Wellesweiler, um mir die beiden aufrecht stehenden Siryngodendron zu zeigen, welche Nöggerath beschrieben. Seit jener Zeit sind in den Kohlenwerken von Buštěhrad in Böhmen ebenfalls zwei ähnliche aufrechte Stämme entdeckt worden, von denen der eine höher und von grösserem Durchmesser ist als jene. Ich besuchte mehrere Baue dieser ausgedehnten Ablagerung, aus welcher jährlich an zwei Millionen Centner Kohle auf der Saar in die Mosel verschifft werden. Besonders reich an ausgezeichneten Pflanzenabdrücken sind aber die kön. bayrischen Gruben von St. Imbert, von denen Nau mehrere beschrieben hat. In einer Privatsammlung bei H. Stum fanden sich ebenfalls mehrere noch nicht bekannt gewordene Abdrücke; überhaupt liesse sich aus jener Gegend noch eine reichliche Nachlese erwarten.

Der wissenschaftliche Zweck meiner Reise war nun erreicht; die gesammelten Gegenstände wurden verpackt und abgeschickt. Dankbar für die liberale Unterstützung meiner Zwecke, reiste ich ohne ferneren Aufenthalt zu Grafen Bray nach Irlbach, und mit ihm nach Regensburg zu einer botanischen Sitzung, welche am 20 September abgehalten wurde. Ich las in derselben einen Aufsatz über die Verschiedenheit der Pflanzenabdrücke in aufeinander folgenden Formationen, welche mehrere Vegetationsperioden darstellen; er wurde in der Flora Nr. 44 (28 Nov. 1824) abgedruckt. Am 24 Sept. war ich in Březina zurück, emsig beschäftigt die gesammelten Erfahrungen für das vierte Heft meiner Flora der Vorwelt zu benützen. Der Winter blieb, wie immer, den gewöhnlichen Beschäftigungen gewidmet.

1825.

Die Sammlungen des Museums erweiterten sich zusehends, besonders jene der fossilen Pflanzen. Sie wurden zugleich rückwirkend, indem sie zu neuen Entdeckungen Veranlassung gaben, welche in den Verhandlungen des Museums angezeigt wurden. Die böhmische Gesellschaft der Wissenschaften verlor ihren Präsidenten, Minister Grafen Chotek; an seine Stelle wurde der Oberstburggraf Graf Kolowrat gewählt, und seine Einführung in einer öffentlichen feierlichen Sitzung (am 14 Mai) gab den anwesenden Mitgliedern Gelegenheit, kleine Vorträge abzulesen. Der meinige, über einige Eigenthümlichkeiten der Flora Böhmens und die klimatische Verbreitung der Pflanzen der Vorwelt und Jetztwelt, wurde gleich den übrigen im ersten Bande einer neuen Folge der Gesellschaftsschriften, und später mit einigen Vermehrungen in Bezug auf Pflanzengeographie in der Flora abgedruckt.

Im Monat Juni reiste ich nach Gratz in Geschäften, und verband damit eine naturhistorische Reise in das mir noch unbekannte Littorale. Der Weg über Idria in die bekannten Adelsberger Höhlen, das Vaterland des Proteus anguineus, über den rauhen Karst in den anmuthigen Hafen von Triest, gewährte manche interessante Ausbeute. In Triest beschäftigte mich hauptsächlich die Botanik, zumal der Algen, deren Kenntniss für die Botanik der Vorwelt unerlässlich ist, da eine lange Periode von den Juraschiefern aufwärts, bis zu dem Greensand in Deutschland, Italien und England, sehr viele Abdrücke von Fucoideen darbietet. Von Triest nahm ich einen selten betretenen Weg über Görz an dem Ufer des Isonzo herauf, und über den Predil in die Bergwerke von Raibel und Bleiberg, wo Leopold von Buch unlängst auf das Vorkommen der Dolomiten aufmerksam gemacht hatte; dadurch wurden viele Naturforscher in jene Gegend angezogen, die noch jetzt in den geognostischen Verhandlungen in London und Paris darüber Vorträge halten. Ueber Klagenfurt wandte ich mich nach Wien, um die Herausgabe der Brasilianer Naturalien in Erinnerung zu bringen, worüber am 30 November die allerhöchste genehmigende Entschliessung erfolgte.

In der Zwischenzeit hatte meine Cousine, Gräfin Francisca Sternberg (geb. Gräfin von Schönborn, Gemahlin des Grafen Franz Sternberg), die ich bei meiner Zurückkunft von Wien noch lebend fand, ihre Leidenstage geendet (20 Oct.). Es war eine hochgebildete Frau, liebende Mutter und Gattin, biedere Freundin. Ich verblieb bei der trauernden Familie.

1826.

Mehr als ich wünschte, wurde ich in Geschäfte verwickelt, welche mich in der Stadt zurückhielten, oder in die Ferne trieben, so dass ich in der besseren Jahreszeit nur in kurzen Zwischenräumen das Landleben geniessen konnte. Nach dem Tode des Grafen Malabaila Canal, welcher bis zu seinem 84 Lebensjahr die Stelle eines Präsidenten der ökonomischen Gesellschaft im Königreiche Böhmen mit gleichem Eifer bekleidet hatte, wurde ich zum Präsidenten dieser Gesellschaft gewählt, und liess es mir angelegen sein, durch Herbeiziehung neuer und thätiger Mitglieder ihren Wirkungskreis auszudehnen.

Der Ausschuss des Museums beschloss, an der Stelle der Verhandlungen, eine Monatschrift der Gesellschaft des Museums herauszugeben, und stellte zu diesem Zweck den durch seine geschichtlichen Arbeiten rühmlich bekannten H. Palacký als deren Redacteur auf; ich nahm auch daran Antheil, und lieferte für das erste Heft einen Aufsatz über die Einführung der Kartoffel nach Europa.

Die Herausgabe der Brasilianer Naturalien erforderte meine Anwesenheit in Wien, um mich mit Dr. Pohl, Custos, am Brasilianer Museum, ins Einverständniss zu setzen und alles einzuleiten, was zu der Herausgabe der neuen oder seltenen Pflanzen Brasiliens nöthig war. Kaum war ich zurückgekehrt, so kam der Grossherzog von Weimar nach Prag und lud mich wieder nach Weimar: dies war aber in diesem Jahre nicht auszuführen, da ich meines Leberübels wegen schlechterdings nach Karlsbad reisen musste und später einen andern Plan vorhatte.

Es waren nämlich seit mehreren Jahren in Leipzig, Frankfurt am Main und Würzburg Versammlungen deutscher Naturforscher abgehalten und deren Verhandlungen in der Zeitschrift Isis (von Oken) abgedruckt worden. Die Nützlichkeit dieses Instituts zu schneller Verbreitung neuer Entdeckungen und Beobachtungen, zur Vermittlung persönlicher Bekanntschaften unter den Aerzten und Naturforschern und zur Beseitigung unfreundlicher Reibungen bei Verschiedenheit der Ansichten war einleuchtend; es liess sich erwarten, wenn die Regierungen, welche sich bis dahin nur tolerirend gezeigt hatten, wirklich

schützend und fördernd eintreten wollten, dass diese Vereini-
gungen in sehr vielen Beziehungen dem Studium der Naturgeschichte in hohem Grade förderlich werden mussten. Dies zu
vermitteln, schien mir ein zeitgemässes Unternehmen: doch bevor ich mich darüber aussprach, hielt ich es für zweckmässig,
einer solchen Versammlung selbst beizuwohnen; wozu sich die
schicklichste Gelegenheit darbot, indem in diesem Jahre die
Versammlung in dem nahen Dresden Statt fand. Am 17 September traf ich dort ein: in der ersten Sitzung begegnete ich
sogleich vielen Bekannten, durch deren freundliches Benehmen
ich sehr bald viele neue mir sehr werthe Bekanntschaften machte.
Es wurden mehrere Vorträge von entschiedenem Werth gehalten; die beiden Prinzen Friedrich und Johann besuchten die
Sitzungen, die Regierung nahm Antheil an diesem geistigen
Wirken, es wurde der Gesellschaft ein ländliches Fest, mit einer
Schiffahrt auf der Elbe in einem Badeorte gegeben, welchem der
würdige Minister Graf Nostiz vorstand. Alle Anwesenden fühlten sich begeistert, es sprach sich ein Gemeingeist in den rein-
sten Absichten für das Naturstudium aus, der mich hoch erfreute.
Der erste Schritt zur Erfüllung meiner geheimen Wünsche war
gethan: doch schien es mir nothwendig, um ganz Deutschland
zu vereinen, dass auch Berlin und Wien zu dem Verein herbeigeführt werden müssten. Ich beschränkte mich jedoch vorerst,
was ich in Dresden beobachtet, nach Wien mitzutheilen, und
schloss das Jahr in Březina, wo ich heuer nur sehr kurze Zeit
zugebracht hatte.

1827.

Es hatte sich in Prag eine Actiengesellschaft gebildet, um
eine Eisenbahn von Prag nach Pilsen zu erbauen. Der Zweck
war gewiss sehr gut: denn es vereinigen sich in Pilsen mehrere
Hauptstrassen aus Deutschland, die dortigen Märkte geben ansehnliche Frachten, welche bei wohlfeileren Frachtkosten sich
noch bedeutend mehren würden, längs der Bahn befinden sich

viele Steinkohlen und viele Wälder, welche ihr Holz nach der Hauptstadt bringen können, dann Eisen- und Vitriolöl-Fabriken etc. Ein langer Friede und ungestörte Ruhe der Völker, deren lange Fortdauer man sich versprach, hatte viele Theilnehmer verleitet, die Zusammenbringung der nöthigen Fonds als sehr leicht anzusehen. Sie wählten mich zum Präsidenten dieser Gesellschaft. Da ich das Unternehmen als dem Lande und der Hauptstadt insbesondere für wahrhaft nützlich anerkannte, so hielt ich es auch bei minder sanguinischer Hoffnung dennoch für meine Pflicht, die Stelle anzunehmen, und verwickelte mich dadurch in einen neuen Geschäftskreis, dessen Ausdehnung ich nicht richtig geschätzt hatte.

Da ich nun weniger in Březina lebte, so wollte ich mir dort wenigstens eine künftige Ruhestätte bereiten. Ich liess auf einem Hügel, den ich aus meinen Fenstern sehen kann, nächst dem Friedhof der Pfarre Stupno, wohin Březina eingepfarrt ist, eine Gruft und eine Kapelle darüber mit einem Peristyl in jonischer Ordnung- erbauen und mit allen Pinusarten, welche unter dieser Breite gedeihen, Thuja und Juniperus, von denen ich die meisten vom Saamen erzogen, umpflanzen, und in die Nische über meinem Grabgewölbe ein vorweltliches Lepidodendron aufstellen. Daran werden die Naturforscher mein Grab erkennen.

Um meinen im vorigen Jahre gefassten Plan durchzusetzen, die Gesellschaft der Naturforscher von München, wo sie sich diesmal versammeln sollte, nach Berlin zu führen, unternahm ich schon im Monat Mai eine Reise, mit welcher ich, wie gewöhnlich, mehrere Zwecke verband. Ich begann mit Baireuth, wo die Petrefactensammlung des Grafen Münster mich besonders ansprach. Sie gehört unter die ausgezeichnetsten, welche dermalen bekannt sind, und ist nach den Formationen in Suiten gereiht, wodurch allerdings die Uebersicht der Gattungen gestört, in geognostischer Hinsicht jedoch der Vortheil erreicht wird, dass man die Versteinerungen einer jeden Formation genauer kennen lernt. Der Besitzer, mit seiner Sammlung und der Petrefactenkunde wohl vertraut, weiss über ein jedes Exemplar Rechenschaft zu geben, wobei die Ansicht derselben in ein lehrreiches Gespräch übergeht. Ich fand hier mehrere alte Bekannte aus der früheren Zeit, wo ich noch in Regensburg gelebt; Erinnerungen lange vorhergegangener Begebenheiten, welche den Menschen in seine Jugendjahre zurückführen, machen mehr oder weniger Jedermann zu einem laudator temporis acti, weil man die Jugendjahre gewöhnlich fröhlicher verlebt, als das Alter; und wir möchten vielleicht noch einige Gründe mehr dafür anzuführen haben.

In Bamberg genoss ich das Vergnügen, bei meinem 36jährigen Freund Baron Fraunberg, dermalen Erzbischof von Bamberg, zu wohnen; Frau von Löw, unfern bei einer Freundin auf Besuch, gesellte sich auch zu uns. Wir bestiegen die Altenburg, wo nach Raumer Otto von Wittelsbach Kaiser Philipp ermordete. Man geniesst von dieser Höhe eine ganz vorzügliche Aussicht in die Flussgebiete des Mains und der Regnitz; die alte Burg Giech auf dem fernen Gebirge verschönert das Naturgemälde. Die ehrwürde Domkirche von Bamberg, von K. Heinrich und Kunigunde 1004—1010 erbaut, deren Grabmal hier noch erhalten ist, wurde durch den Vandalismus der Secularisation ganz verunstaltet: der gegenwärtige König, der Kunst und Alterthum zu schätzen weiss, lässt sie wieder in den früheren Zustand zurückführen. Ueber die ältesten Einwanderungen der Slawen oder Wenden in die Diöcesen von Würzburg und Bamberg konnte ich in dem hiesigen Archiv keine Auskunft erhalten. Das Verzeichniss der windischen Pfarreien in der Würzburger Chronik scheint die Namen nicht richtig angesetzt zu haben; in einigen Dörfern findet man noch eine von der Landessitte abweichende Tracht bei dem Frauenvolk, die sich jener der Slawen in Kärnten und Illyrien nähert. Der Director der hiesigen Naturaliensammlung H. Lindner, ehemals Mönch in Banz, der diese Sammlung auf eigene Kosten aufgestellt, ver-

mehrt und erhalten hat, verdient allgemeine Anerkennung und
Dank. Wenn sie auch nicht streng wissenschaftlich geordnet
ist, so ist doch viel Seltenes vorhanden, und was man begehrt,
wird leicht gefunden, worauf es doch hauptsächlich ankömmt.
Wer sich mit der Liasformation und ihren wundersamen Versteinerungen bekannt machen will, darf Banz und dessen Umgebungen nicht übergehen. Eine solche monographische Sammlung einer Formation, wie jene des Prinzen von Birkenfeld,
wird schwerlich anderswo gefunden werden. Sie ist dermalen
schon so allgemein bekannt und berühmt, dass ich nichts weiter
darüber zu sagen brauche.

In Koburg hielt ich mich nur kurz auf, um einige Freunde
und Bekannte zu sprechen, und eilte, von Regen verfolgt, über
Gotha nach *Weimar.* Als ich dahin gelangte, war der Grossherzog, der mich dahin eingeladen hatte, bereits nach Teplitz
abgereist; er hatte aber der Grossherzogin aufgetragen, mich
bei Hofe zu bewirthen. So angenehm nun auch meine Wohnung
am Eingange des Parks war, so war mir diese Auszeichnung
doch nicht ganz willkommen, weil sie mir den Umgang mit
Göthe in etwas erschwerte. Gleichwohl musste ich die gast-
freundliche Aufnahme sowohl von der Grossherzogin als der
Erbgrossherzogin dankbar erkennen: es fand sich denn doch
Gelegenheit, täglich mit dem verehrten Freunde einige Stunden
zuzubringen und Spazierfahrten vorzunehmen. Ich theilte ihm
meinen Plan wegen der Versammlung der Naturforscher mit: er
billigte meine Ansicht, und ermuthigte mich recht sehr, eine
nähere geistige Verbindung zwischen Süd- und Norddeutschland
im ausgedehntesten Sinne zu vermitteln. Wir fuhren eines Tages zusammen nach Tiefurt, dem Lustschloss und Garten der
Herzogin Amalie, Mutter des Grossherzogs, wo Göthe seine
Jugendjahre in Gesellschaft von Wieland, Herder, später auch
Schiller etc. verlebt hatte. Herr von Knebel, sein ältester Freund,
hatte diese nun 50jährigen Bäume gepflanzt; die Bilder der
Vorzeit zogen an seinem Geist vorüber: hier hatte Wieland

gesessen, dort Herder einen Aufsatz gelesen, da wurde ein Stück von Göthe aufgeführt; es verjüngte sich die Zeit um ihn her, er sprach mit Wärme herrliche Worte; ich werde diese Stunden nie vergessen. Am folgenden Morgen schickte er mir das neueste Heft von Kunst und Alterthum mit folgender Aufschrift:

„Wenn mit jugendlichen Schaaren
Wir beblümte Wege gehn,
Ist die Welt doch gar zu schön:
Aber wenn bei hohen Jahren
Sich ein Edler uns gesellt,
O wie herrlich ist die Welt!"

Matthisson war nach Weimar gekommen. Nachdem wir zusammen im Belvedere gespeist hatten, kam man Abends bei Göthe in Gesellschaft zusammen, wo mehrere Damen, Madame Schopenhauer, Kanzler Müller, Medicinalrath Froriep etc. beisammen waren, und die geistreiche Schwiegertochter Göthe's als Frau von Hause das Gespräch in stets lebhaftem Gang zu erhalten wusste; Göthe ging ab und zu, ohne sich einkreisen zu lassen. Bei Gelegenheit, als ich die Bibliothek besuchte, überraschte mich Göthe daselbst, um mir die Schatzkammer zu zeigen, und führte mich dann in sein Haus im Park, welches ihm der Grossherzog geschenkt. Es liegt in einer anmuthigen Gegend, ist im Inneren einfach aber bequem eingerichtet und von aussen ganz mit Rosa turbinata bepflanzt, welche bis unter das Dach heraufgezogen wird, so dass er eigentlich mitten in einem Rosenbusche wohnt. Hieher zieht er sich manchmal ganz allein zurück, um ungestört seinen Studien nachzuhängen.

Die Zeit drängte, ich musste scheiden. Noch einmal besuchte ich die Grossherzogin, welche nach Dornberg gereist war; dort sah ich die Hofdame Gräfin Amalie Eglöfstein wieder, die ich schon früher mit ihrer Tante in Karlsbad gekannt, eine sehr gebildete liebenswürdige Dame und ausgezeichnete Künstlerin; ich sah mehrere Gemälde von ihr in ihrem Atelier, und das Portrait der Grossherzogin, welches sie aus dem Gedächtniss geistreich und gelungen dargestellt hatte. Im Vorbeireisen besuchte ich meine guten Bekannten in Jena, und fuhr nach Köstritz, wo viele fossile Knochen gefunden worden, von denen Baron von Schlotheim mehrere beschrieben hat. Dr. Schottin, Bezirksarzt daselbst, zeigte mir seine merkwürdige Sammlung derselben, und geleitete mich zu den Gypsbrüchen, wo die meisten entdeckt worden waren. Die hier friedlich nebeneinander oder übereinander liegenden Knochen von vorweltlichen Hyänen, Elephanten, unzähligen Geweihen einer kleinen Rennthierart, von jetztweltlichen Füchsen, Mäusen, Maulwürfen etc. und Menschenknochen, sind hier offenbar nicht auf ihrer ursprünglichen Lagerstätte, sondern eingeschwemmt, sind aber zum Theil in röthliche mit Gyps und Kalk gemengte Breccie eingehüllt, und kleben an der Zunge. Es ist Schade, dass diese Brüche grösstentheils eingestürzt sind, so dass es schwer möglich ist, etwas Ganzes aus denselben zu erhalten.

In Leipzig besuchte ich vor Allem Tilesius, der die Reise um die Welt mit Admiral Krusenstern gemacht hat, und Prof. Schwägrichen im botanischen Garten, der reich an Pflanzen und gut gepflegt ist. Die Anlagen um die Stadt, die ich im Jahr 1793 vom Bürgermeister Miller anlegen sah, haben sich wundervoll erhalten, wie man es nach einer Völkerschlacht wie jene vom Jahre 1813 kaum hätte erwarten sollen. Dies Beispiel allein wäre hinreichend, um unser Jahrhundert auf vortheilhafte Art zu charakterisiren. In dem ehemals Reichenbach'schen, nun Gerhard'schen Garten steht ein kleines Monument dem Fürsten Poniatowsky zu Ehren, der hier ertrunken; seine Leiche ist provisorisch in der Domkirche zu Krakau im Grabe Johann Sobiesky's deponirt. Wenn ich an die Zeit mich erinnere, wo ich ihn in der Blüthe seiner Jugend unter Kaiser Joseph in österreichischer Uniform gesehen hatte, — welche Reihe von Begebenheiten liegt hier nicht dazwischen, die alle in meine Lebenszeit fallen!

In Halle wurde ich von Prof. Germar und v. Keferstein

freundlich aufgenommen und gleich am ersten Abend in einen Piknick von 20 Professoren eingeführt, dem der hochwürdige Niemeyer präsidirte, — eine erwünschte Gelegenheit, schnell bekannt zu werden. In der mineralogischen Abtheilung der Universitätssammlungen, unter Aufsicht des Prof. Germar, fand ich mehrere seltene Abdrücke aus der Gegend von Wettin und Lebegin, unter Anderem ein Lepidodendron aus dem Todtliegenden, wodurch mir jene ohnehin eigene Kohlenformation noch interessanter wurde. Mit Herrn von Keferstein, dessen zahlreiche selbst eroberte Petrefactensammlung vorzügliche Erwähnung verdient, machte ich eine kleine Excursion in das Thal der Saale, am folgenden Morgen aber eine grössere mit Prof. Germar längs der Porphyrformation an der Saale nach Wettin in das Steinkohlengebirge. Die Kohle scheint hier ganz bestimmt dem rothen Sandstein untergeordnet und von den Porphyren begleitet zu werden, wie die Kohle im westlichen Böhmen, nur dass sie hier viel reicher ist. In der Bergamtskanzlei fanden sich auch hier zahlreiche und wohlerhaltene Abdrücke, zumal von Farrenkräutern. Auf der Rückreise besuchten wir die Porphyrkuppe Petersberg und die Ruine der im J. 1025 erbauten Abtei St. Cyriak. Diese Kuppe ist ein wahres Panorama: der Brocken gewinnt in dieser unübersehbaren Fläche die Gestalt eines hohen Berges; in Westen allein ist der Schkreis durch das Harzgebirge begränzt. Bei dem Berghauptmann von Feldheim, wo ich auch die Bekanntschaft des Oberberghauptmanns Gerhard zu machen Gelegenheit fand, ergaben sich mir in den geognostischen Karten und der mineralogischen Sammlung die besten Aufschlüsse, um die bereiste Formation in ihren Verhältnissen genauer kennen zu lernen. Die Sammlung der Farrenkräuter bei Prof. Kaulfuss, der leider viel zu früh den Wissenschaften entrissen wurde, gewährte mir viel Vergnügen. Prof. Sprengel fand ich nicht im Garten, hatte aber Gelegenheit, seine Bekanntschaft bei einer Abendgesellschaft zu machen.

An dem eigentlichen Ziel meiner Reise, in *Berlin*, angelangt, suchte ich sogleich mein Anliegen zu betreiben. Ich besprach mich vor Allem mit Baron Alexander von Humboldt, den ich schon vorlängst in Paris gekannt, mit Bar. Leopold von Buch, Prof. Lichtenstein etc. und da ich allenthalben eine günstige Stimmung gewahr wurde, so trug ich dem Minister von Altenstein den Wunsch vor, einige Naturforscher aus den kön. preussischen Staaten zu der heurigen Versammlung nach München zu senden, um die Vereinigung der Naturforscher von Süd- und Norddeutschland zu beschleunigen, und mir den Weg zu bahnen, auch den Osten hinzuzuführen: es würde in diesem Falle gewiss, wenn Se. Maj. der König es genehm hielten, Berlin zum künftigen Versammlungsort gewählt werden. Der Minister übersah mit gewohntem Scharfblick augenblicklich die wesentlichen Vortheile, welche den Naturwissenschaften aus einem so allgemeinen Zusammenwirken entspringen könnten, und übernahm es, Sr. Maj. dem König, der diese Wissenschaften ohnehin seiner besonderen Aufmerksamkeit würdigt, darüber einen Vortrag zu machen. Ich war nun ganz beruhigt, und widmete die noch übrige Zeit, um Berlin, das ich zum erstenmale besucht hatte, näher kennen zu lernen. Zu einer Sitzung der königl. Akademie geladen, in welcher der Geschichtschreiber Raumer und der unlängst aus Aegypten zurückgekehrte Prof. Ehrenberg als Mitglieder eingeführt wurden, vernahm ich mehrere wichtige Vorlesungen, gleichwie auch wenige Tage später in der Jahressitzung des Gartenvereins in Schönfeld. Ein reger Sinn für Künste und Wissenschaften waltet in Berlin; er findet sich nicht bloss in den öffentlichen Anstalten, er ist allgemein verbreitet. Die Garten- und Blumencultur wird, trotz einem wenig lohnenden Boden, aufs höchste getrieben. S. M. der König selbst auf seiner Pfaueninsel bei Potsdam besitzt eine der zahlreichsten Rosen- und Georginen-Sammlungen und eine lebende zoologische Sammlung in den verschiedenen Abtheilungen der Menagerie. Die Sammlungen der Akademie sind sehr reich; sie verdanken einen grossen Theil ihres Zuwachses der Industrie der dabei angestellten Mitglieder,

vorzüglich Dr. Lichtenstein, der durch den eingeleiteten Tausch
und Verkauf der Doubletten ohne grossen Aufwand eine sehr
grosse Vermehrung der Sammlungen erzielt hat. Der botanische
Garten ist ebenfalls sehr reichlich ausgestattet, und scheint es
noch viel mehr zu sein, weil alle Pflanzen in einem einzigen geräumigen Local zusammengehalten werden. Garteninspector Otto
hat durch seine wiederholten Reisen nach London und Paris
vieles Neue herbeigeschafft. Unter den Ausflügen in die Umgegend hat mich jener nach Sans-souci, dem Lustschlosse
Friedrichs II, besonders ergötzt; es wird selbes ungeändert in
jenem Zustand erhalten, wie man es bei Friedrich's Tode vorfand. Ich hatte in meiner frühesten Jugend so viel von dem
alten Fritz gehört, dass mich eine jede Kleinigkeit interessirte.
In der Bibliothek findet man mehrere seiner gedruckten französischen Poesieen mit ziemlich insolenten Randglossen von Voltaire's Hand. Friedrich und Maria Theresia lebten in einer Zeit,
über welche erhaben, sie Grosses ohne Geräusch zu gestalten
vermochten. Plurimum interest, in qua quis tempora inciderit.

Auf meiner Rückreise fand ich in Dresden einen Brief, der
mir die Nachricht brachte, dass die jüngste Tochter meines Vetters
Grafen Franz Sternberg tödtlich krank darniederlag. Ich reiste
sogleich ab, kam des Nachts durch Teplitz, und da ich dort
keinen Brief vorfand, eilte ich nach Prag. Der Grossherzog von
Weimar, der in Teplitz war, nahm es mir übel, in dem Wahne,
ich hätte mich dort nicht aufhalten wollen, weil er mich in
Weimar nicht abgewartet hatte. Wir haben uns zwar durch
Briefe wieder verständigt: doch thut es mir leid, dass ich ihn
vor seinem Ende nicht mehr wiedergesehen habe. Meine Cousine
Francisca genas wieder.

Ich hielt mich nur kurze Zeit in Březina auf, besuchte den
Minister Grafen Kolowrat in Meierhöfen, Fürsten Metternich und
Grafen Mercy in Königswart, und reiste über Regensburg nach
Irlbach zum Grafen Bray, um mit ihm nach München zu der Ver-
sammlung der Naturforscher zu gehen. Mir folgten Freund Felix

und Prof. Hornschuch aus Greifswalde, der mir die Nachricht
brachte, dass wirklich Naturforscher von mehreren kön. preussischen Universitäten nach München geschickt worden waren. Mit
gutem Muthe reiste ich ab, und als ich bei Eröffnung der Versammlung in den Saal trat und B. Leopold von Buch, Lichtenstein, Heyne, Nees von Esenbeck und mehrere andere Bekannte
von Berlin und Breslau erblickte, war ich vollkommen getrost.
In der dritten Sitzung wurde auch wirklich per unanimia Berlin
zum Versammlungsort, Bar. Alexander von Humboldt zum Präsidenten, Prof. Lichtenstein zum Secretär für das nächste Jahr
gewählt. In den Sitzungen wurden viele Vorträge gehalten, auch
von mir einer über die fossilen Knochen Köstritz, der mit allen
übrigen in der Isis abgedruckt wurde. Die Minister Armanns-
berg und Lentner besuchten die Sitzungen. Am 23 Sept. liess
der König die noch anwesenden Mitglieder zu einer Marschalls-
tafel einladen, 114 an der Zahl waren noch da, der Hofmarschall
Baron Gumpenberg führte den Vorsitz. Nach Tische kam der
König herab in den Saal, und sprach mit der grössten Leutselig-
keit mit den meisten fremden Naturforschern.

Mit Hornschuch und Felix kam ich nach Regensburg zurück,
und machte mit ihnen eine Excursion in die Juraschiefer bei
Kelheim, um Fischabdrücke zu holen, und nach Neu-Kelheim,
in die grossen Steinbrüche, woher der König die grossen Stein-
massen zu seinen Bauten bezieht; eine zweite in die Gegend
von Stauf, wo die Juraformation endet und das Urgebirge anfängt, von einem einzigen Porphyr durchbrochen, auf dessen
Rücken der König sein Walhalla aufzubauen beschlossen. Prof.
Hornschuch begleitete mich nach Březina und Prag, wo wir
endlich schieden. Die Vereinigung von Nord- und Süddeutschland war gelungen; jene mit dem Osten sollte, wie ich hoffte,
im künftigen Jahre vermittelt werden.

1828.

Stets mit meinem Plane beschäftigt, reiste ich schon im April nach Wien, wo ich ohnehin einiges wegen Herausgabe der brasilianischen Pflanzen zu besorgen hatte, und benützte diese Gelegenheit, um vorbereitend einzuwirken, damit einige Naturforscher aus den österreichischen Staaten nach Berlin geschickt würden, wodurch die Wahl des Ortes für das künftige Jahr unfehlbar auf Wien gefallen wäre. Alexander von Humboldt kam später nach Prag, auf seiner Reise nach Obřistwy, um die Sammlung hetrurischer Vasen in der Verlassenschaft General Koller's zu besehen, welche der König von Preussen dann auch wirklich erkauft hat. Ich folgte Humboldt nach Teplitz, um mit ihm das Nöthige über die Versammlung in Berlin und den wahrscheinlichen Antheil, den die österreichischen Naturforscher daran nehmen würden, zu besprechen. Dann eilte ich nach Březina, wo ich Grafen Bray, Frau von Löw mit ihrer Tochter und Freund Felix erwartete. Sie kamen auch alle am bestimmten Tage zu meiner grossen Freude: wir hatten aber kaum einige frohe Tage zusammen zugebracht, als mich ein Rothlauf an beiden Beinen überfiel. Sehr gestört durch diesen unangenehmen Zufall, bat ich meine Gäste nach Prag zu gehen, wohin sie ohnehin auf einige Tage reisen wollten, und hoffte sie in Kurzem wieder abholen zu können. Geschwind genesen wollend, liess ich mich verleiten, ein Mittel anzuwenden, den Rothlauf zu vertreiben: er verging auch wirklich in 48 Stunden. Es trat aber an dessen Stelle ein sehr heftiges Fieber, welches nur gerade so viel Besinnung zurückliess, mich mit Felix, der zurückgeblieben war, in den Wagen zu werfen und nach Prag zu reisen, um ärztliche Hilfe zu suchen. Drei Monate lang wechselten alle möglichen Formen des Fiebers, welches aus einem gastrischen in ein Tertian-, Quartan- und alltägliches Fieber überging. Alle specifischen Fiebermittel, China in allen Formen, Chinin, Quassia, brachten keine andere Wirkung hervor, als dass sie die Form,

und diese meistens in eine schlechtere veränderten; am Ende
siegte meine nicht leicht zu verwüstende Natur. Die Versammlung der Naturforscher hatte mir die Ehre erwiesen, von meiner
Krankheit Notiz zu nehmen: aber was ich vorbereitet hatte,
blieb unerfüllt. Frau von Löw hatte lange gezögert, konnte aber
das Ende der Krankheit nicht abwarten. Meine Familie, die mir
viel Liebe erzeigte, musste mich ebenfalls verlassen, da die
zweite Tochter Erwine sich mit dem Grafen Wallis vermählte.
Meine Cousine Louise, welche wie eine Schwester für mich gesorgt, und der treue Freund Felix blieben zurück; und nun, da
meine geistigen Kräfte den physischen voraneilten, lieh er mir
die seinigen, um mir vorzulesen, meine Correspondenzen wieder
anzuknüpfen, und mir nachzuhelfen, wo mein Gedächtniss nicht
ausreichte. Erst bei Eintritt des harten Winters reiste er nach
Regensburg zurück, als ich schon im Stande war, einige Geschäfte zu treiben. Diese Treue werde ich ihm ewig danken.

1829.

Von den ersten Tagen meiner Krankheit blieb mir keine
deutliche Besinnung zurück, von den späteren eine höchst unan-
genehme, indem zahllose Ideen ohne Zusammenhang mir durch
den Kopf strömten, von denen ich keine festzuhalten vermochte,
bis sie endlich zwischen Wachen und Schlummer gleichsam in
Phantasmagorien ausarteten. Später wurde ich so schwach, dass
als ich wieder zu gesunden Ideen gelangte und diese nur in kurzem Briefe in Zusammenhang bringen wollte, ich schwindelig
wurde und mich wieder hinlegen musste.

Mit dem Anbruch des Frühjahrs stellten sich die physischen
Kräfte wieder her und der verfehlte Plan behauptete wieder seine
Rechte: allein er war in diesem Jahre nicht mehr auszuführen,
da Heidelberg zum Versammlungsort der Naturforscher gewählt
worden war, und ich den Sommer zur Herstellung meiner Gesundheit verwenden musste. Zu Ende März, bei der allgemeinen

Versammlung des Museums, da die sechs Jahre meines Präsidiums vorüber waren, legte ich diese Stelle nieder, wurde aber auf neue sechs Jahre wieder gewählt. Ich fühlte zwar die Schwäche, welche mir zurückgeblieben war, und jene des höheren Alters, die ihr folgen musste: doch hielt ich es für Pflicht, dem ehrenvollen Vertrauen der Gesellschaft zu entsprechen, so lange mir die Kräfte nicht ganz versagen würden, und dankte mit gerührtem Herzen.

Ende April reiste ich nach Březina, das ich seit 8 Monaten nicht gesehen hatte. Meine Unterthanen bezeigten mir beim Wiedersehen freudige Theilnahme, die Landluft und mässige Bewegung thaten mir wohl: doch war mir streng geboten, Karlsbad zu gebrauchen, wohin ich im halben Juni reiste. Ich wohnte unter einem Dach mit meinem Freunde Grafen Rechberg, was mich sehr erfreute: allein, sei es dass er bei grosser Hitze die Kur ohne Beirath eines Arztes im Trinken und Baden zu rasch betrieben, dieser Genuss bekam ihm so übel, dass er das Bad verlassen musste; mir aber that er unendlich wohl, so dass ich am Ende der Kur schon wieder Berge ersteigen konnte. Nach Březina zurückgekehrt, fühlte ich die wohlthätigen Folgen täglich mehr.

So vermochte ich nun im Monat September die Reise nach *Heidelberg* anzutreten, wohin die Versammlung der Naturforscher für dieses Jahr verlegt worden war. Ich gesellte mir den Custos der mineralogischen Abtheilung des Museums, Herrn Zippe bei, und reiste nach Regensburg, wo ich mit der Familie Bray und Budberg ein paar angenehme Tage verlebte. Meinen Weg nahm ich dann über Monheim, um Dr. Schnitzler's Sammlung aus den Juraschiefern von Solenhofen zu besehen, welche insbesondere durch ihre vielen Fucoideen mir überaus merkwürdig wurde. In Donzdorf fand ich Grafen Rechberg noch sehr leidend. Wir besuchten einen Doctor in Göppingen, um dessen merkwürdige Sammlung aus dem Lias bei Boll und dem Jurakalk zu sehen, und machten eine Excursion auf den Staufenberg, wo wir bei dem Pfarrer eine recht artige Localsammlung der Versteinerungen jener Gegend vorfanden. In Stuttgart machte uns Dr. Jäger mit den Versteinerungen des Keupersandsteins der Umgegend bekannt, über welche er schon in München bei der Versammlung und später in Heidelberg Vorlesungen hielt. In der Sammlung von Karlsruhe befinden sich vorzüglich viele Pflanzenabdrücke aus Oeningen, welche unserer gegenwärtigen Flora angehören. Die Versammlung in Heidelberg wurde dadurch besonders merkwürdig, dass auch mehrere Fremde aus England, Frankreich, Holland, aus der Schweiz, aus Polen und Russland dazu kamen; sie wurde, wie gewöhnlich, am 18 September eröffnet. Dr. Lichtenstein war über Wien nach Heidelberg gekommen, und erzählte viel von den zahlreichen Sammlungen und Anstalten jener Hauptstadt; allgemein wurde der Wunsch ausgesprochen, sich auch einmal in Wien versammeln zu dürfen. Von den persönlichen grossartigen Gesinnungen meines Souverains überzeugt, getraute ich mir die Erfüllung dieses Wunsches voraus zu verkünden. Ein anhaltendes Regenwetter entzog uns zwar den Genuss eines heiteren Sonnenblicks auf dem alten Schlosse, wo die Botaniker eines Tages, bei frohem Mahl versammelt, den Entdecker der Pflanzenmetamorphose, Göthe, hoch leben liessen: doch störte dieses Wetter unsere muntere Laune nicht, und der Tag, wo wir den Schwezinger Garten besuchten und bei dem Gartendirector Zeyher speisten, war wenigstens stundenweise erträglich.

Den Tag nach geschlossenen Sitzungen traf Graf Franz Sternberg mit seinen zwei Töchtern, Christiane und Francisca, letztere nun Braut des Fürsten Joseph Lobkowitz, in Heidelberg ein: wir verlebten da noch einen Tag unter dem Parapluie zusammen. Dann nahm ich den Weg über Darmstadt nach Frankfurt, um die dortigen durch Rüppel's Reise in Aegypten ansehnlich vermehrten Sammlungen zu sehen. Die Suite von Antilopen, Gazellen, Füchsen etc. ist besonders merkwürdig, und die männliche und weibliche Giraffe wahre Zierden des Saals. Unerwartet

fand ich hier die Fürstin Taxis mit ihrer Tochter Fürstin Ester-
hazy; ich blieb ein paar Tage, während mein Gefährte Custos
Zippe sich in Mainz aufs Dampfschiff begab, um eine Rheinfahrt
zu machen. Zu Staden bei Frau von Löw trafen wir wieder zusammen und verfolgten unsern Weg im schrecklichsten Koth,
fanden am 8 October schon Schnee im Spessart, und kamen über
Würzburg nach Bamberg, wo wir ein paar Tage bei dem Erzbischof rasteten. Hier fand ich einen alten Bekannten, den ehemaligen würtembergischen Minister am Reichstag, Freiherrn von
Seckendorf, in seinem 82 Jahre noch so munter und geistreich,
wie ich ihn vor 40 Jahren gekannt. Meinem Reisegefährten zu
Liebe reiste ich über Banz und Baireuth, um ihn die beiden vor-
züglichen Sammlungen sehen zu lassen; beide hatten sich seit
zwei Jahren bedeutend vermehrt.

Bei meiner Zurückkunft nach Březina säumte ich nicht
den in Heidelberg ausgesprochenen Wunsch nach Wien zu berich-
ten, und S. M. der Kaiser ertheilte alsobald die Erlaubniss, dass
sich die Gesellschaft der Naturforscher in Wien versammeln
konnte.

Im Monat November reiste ich nach Prag, um der Vermählung meiner Cousine Francisca Sternberg mit dem Fürsten Joseph
Lobkowitz beizuwohnen.

1830.

Dieses für ganz Europa verhängnissvolle Jahr wurde es
auch ganz besonders für mich. Gleich jedem Winter seit vielen
Jahren wurde mein Vetter Graf Franz Sternberg von einem trockenen Husten befallen, dem er nie ernste ärztliche Hilfe entgegensetzte, da er gewöhnlich im Frühjahr von selbst verging. Getäuscht
durch die jährliche Erscheinung dieses Uebels, ahnte auch ich
keine nahe Gefahr. Er hatte eben dem böhmischen Museum seine
reiche und auserlesene Sammlung böhmischer Münzen geschenkt,
wir ordneten zusammen dieses Geschäft, und ich reiste auf wenige Tage nach Březina. Als ich zurückkam, war er verblichen

(8 April), — der treue Freund, der liebevolle Vater, hochgeschätzt von allen Ständen, eine Zierde des Vaterlandes, — seine Kinder und Freunde in tiefste Trauer versetzt; ich theilte sie mit verwundetem Herzen, auch mit einem Rückblick auf mich selbst, dessen angenehmes Familienleben mit dem seinen beendet war. Er hatte keinen männlichen Erben, die Majoratsgüter gingen an einen andern Familienzweig über, die verheiratheten Töchter folgten ihren Männern, das Haus wurde geschlossen.

Ich reiste nach Wien, um über Absendung einiger Naturforscher zur Versammlung nach Hamburg Rücksprache zu nehmen und Verhaltungsbefehle zu erhalten. Bei meiner Zurückkunft fand ich auch meine Cousine Gräfin Louise Sternberg sehr leidend und beinahe erblindet. Ich musste, meiner Gesundheit wegen, welche durch alle diese Trauerfälle sehr erschüttert war, nach Karlsbad. Dort fand ich Leopold von Buch und Prof. Seeström, mit denen ich einige Excursionen machte, welche mich erheiterten. Nach vollendeter Kurzeit reiste ich auf einige Tage nach Weimar, den verehrten Freund Göthe zu besuchen, mit dem ich die meiste Zeit in häuslichem Kreise seiner geistreichen Schwiegertochter und seiner Enkel verlebte. Auf meiner Rückreise erfuhr ich die Ankunft des Fürsten Metternich und Grafen Kolowrat in Prag, und reiste dahin.

Indessen hatten die Julitage in Paris den äusseren und inneren Frieden Europa's erschüttert, die Course herabgedrückt und alle grösseren Unternehmungen, darunter auch unsere (Pilsner) Eisenbahn, in Verlegenheit gesetzt. In Erwartung des Erzbischofs von Bamberg, der von Marienbad aus mich in Březina besuchen wollte, kehrte ich dahin zurück, um ihn zu empfangen. Die Revolution in den Niederlanden trat nun hinzu, um die Verwirrung zu vergrössern und den Geist der Völker zu erregen.

Für mich war die Reise nach Hamburg heuer unerlässlich. Indem ich mich aber dazu vorbereitete, erhielt ich von dem Arzte meiner Cousine Nachricht, ihr Zustand sei bedenklich geworden. Ich eilte nach Prag, fand sie sehr schwach; nach acht

Tagen war auch diese Gespielin meiner Jugend und letzte Verwandte aus meiner Zeit zur Ruhe gegangen und liess sich in meiner neuen Gruft begraben.

Mit diesem Stachel im Herzen, reiste ich mit dem Custos Dr. Presl nach Hamburg ab. Ich nahm meinen Weg über Leipzig, wo ich gerade ankam, als die Affen der Brüssler Revolution mit der Demolirung des letzten Hauses fertig worden waren, Bürger und Studenten die Thore bewachten. In Berlin konnte ich mich ebenfalls nur kurz aufhalten, um zu rechter Zeit anzulangen. Baron Jaquin, Astronom Littrow etc. aus Wien waren (in Hamburg) bereits angekommen, und wurden in der dritten Sitzung zu Vorstehern bei der im künftigen Jahr in Wien abzuhaltenden Versammlung der Naturforscher gewählt. Die Stadt Hamburg, um der Gesellschaft ein Vergnügen zu bereiten, hatte das holländische Dampfschiff Wilhelm I gemiethet, die Naturforscher nach Helgoland bringen zu lassen. Ich machte die Fahrt mit, und obgleich uns bei der Rückfahrt ein ziemlich starker Sturm viel Unbequemlichkeit verursachte, so werde ich mich doch stets mit Vergnügen daran erinnern. Die Gräfin Ranzau, Schwester der Frau von Löw, die ich seit 20 Jahren nicht wieder gesehen, gab mir ein Rendez-vous bei ihrer Tochter, ebenfalls an einen Grafen Ranzau verheirathet, in Itzehoe: ich eilte dahin, fand aber bloss die Tochter mit Mann und drei Kindern von demjenigen Alter, in welchem sie mit ihren Schwestern gewesen, als ich sie in Regensburg gesehen hatte: so wachsen die Generationen ineinander! Zwei Tage später kam Gräfin Ranzau Mutter, und führte mich nach Seeburg nächst Kiel, ein ihr gehörendes Haus und Garten nächst dem Hafen. Zwar gönnte uns der Himmel nicht einen reinen Sonnenblick, um die anmuthige Gegend in ihrer Klarheit zu überschauen: doch war es hell in unserm Innern, und die Tage der Vergangenheit, welche in der Erinnerung an uns vorübergingen, verschönerten alles um uns her. Freunde aus der Stadt, Bekannte aus der Versammlung brachten die Abende mit uns zu, welche

im geistreichen Gespräch nur zu schnell vorüberflossen. Die Rückreise am Ufer des Plöner Sees, über Eutin, Lübeck, Ratzeburg,
wurde uns durch das widerlichste Regenwetter sehr verküm-
mert: doch blieb uns von Holstein, die abscheulichen Wege
abgerechnet, ein angenehmer Eindruck zurück. In Berlin besuchten wir das neuerbaute Palmenhaus, das durch neue Ankäufe in Paris bedeutend vermehrt worden war; doch noch viel
herrlicher wird jenes auf der Pfaueninsel werden, welches der
König zu bauen begonnen. Auch die Vermehrung an höchst interessanten Gegenständen, welche die Mineraliensammlung durch
die letzte Reise nach Sibirien von Alexander von Humboldt,
Ehrenberg und Gustav Rose erhalten, wurden nicht übergangen;
doch die Zeit drängte. In Dresden hielt ich mich nicht auf;
das abgebrannte Rathhaus machte mir einen widerlichen Eindruck. Die französische Juli-Revolution hatte einen politischen
Zweck, die Menschen, die sie an- und ausführten, wussten was
sie wollten: aber das imitatorum servum pecus in Deutschland,
von Fremden besoldet, kannte keinen andern, als die Lust an
Ausschweifungen und Aufregungen, denen auch Privatrache sich
zugesellte. Noch nie hatte sich selbst der deutsche Pöbel so
sehr herabgewürdigt, als in dieser letzten Zeit.

Geist und Körper sehnten sich nach Ruhe; ich fand sie in
meinem einsamen Březina, wo ich unter gewohnten Geschäften
im Stillleben mich wieder erholte. Die Rückkehr nach Prag,
zu ganz veränderten Lebensverhältnissen, wurde mir schwer,
doch erheischten sie die vermehrten Familiengeschäfte und die
Gesellschaften, denen ich vorstand. Die ökonomische Gesellschaft hatte ihren Wirkungskreis dadurch erweitert, dass sie
auch einen Schafzüchterverein bildete und für den pomologischen
Verein nahe an der Stadt ein Gartenland erkaufte, um eine
Baumschule und Weinschule anzulegen. Für die erstere wurde
die Röslerische Baumschule in Podiebrad erkauft. Im zweiten
Bande der neueren Schriften dieser Gesellschaft habe ich einen
Aufsatz über die Einführung des Mais in Europa eingerückt.

1831.

Der Winter verging unter mancherlei unangenehmen Geschäften. Die Revolution in Polen und der daraus entstandene Krieg, das Umsichgreifen der Cholera-Krankheit und die Aufstellung von Cordonen, die gespannte politische Lage von ganz Europa, wirkten unwillkommen auf alle Geschäfte ein. Ich eilte die persönlichen zu enden, und reiste Anfangs April nach Wien. Ich fand bereits alles zum Empfang der Versammlung der Naturforscher vorbereitet, und freute mich zum voraus dieser Verschmelzung des Osten mit Nord- und Süddeutschland; aber nachdem diese Versammlung bereits angekündigt war, rückte der Krieg in Polen näher an Oesterreichs Gränzen, die Cholera nach Ungarn, und ein Land nach dem andern wurde durch Cordone abgeschlossen. Ich erwartete besorgt in meinem Březina die Dinge, die da kommen sollten: da überfiel mich ebenfalls die damals herrschende Influenza auf sehr unsanfte Weise mit einem Krampfhusten, der meine Reisepläne störte. Allmählig wurden alle Communicationen durch Contumazanstalten so abgeschnitten, dass die auswärtigen Naturforscher selbst den Wunsch äusserten, es möchte die Versammlung auf das künftige Jahr verschoben werden. Dieses erfolgte auch wirklich, da die Cholera, in ihrem Zug von Osten nach Westen fortschreitend, Wien immer mehr bedrohte. So sehr es mir leid that, meine Wünsche zum zweitenmal vereitelt zu sehen: so musste ich doch die Gründe anerkennen; und in der That ist die Cholera am 14 September, vier Tage vor dem gewöhnlichen ersten Sitzungstag, mit grosser Heftigkeit in Wien ausgebrochen. Alles war nun mit Voranstalten gegen diese Seuche beschäftigt, und ich entschloss mich ruhig zu Hause zu bleiben, um solche auch auf meiner Herrschaft zu besorgen.

Adolph Brongniart war indessen mit seiner Geschichte der fossilen Pflanzen bis zum fünften Hefte vorgerückt, ich aber hatte vieles gesammelt, was ihm unbekannt geblieben war, und stimmte mit seinen Ansichten nicht immer überein. Ich benützte daher die ländliche Abgeschiedenheit, um mit Musse ein Supplementheft zu meiner Flora der Vorwelt vorzubereiten, welches besonders reich an Fucoideen aus den Formationen zwischen dem Jurakalk und den untersten Greensandlagern, einige nähere Aufschlüsse über diese Formationen darbieten dürfte. Doch auch darin wurde ich durch die strengen Massregeln der bayrischen Desinfections-Anstalten gehindert, welche sich zwischen mir und meinem Kupferstecher Sturm in Nürnberg befanden. Indessen verfolgte die Cholera ihren Weg, und erreichte endlich Prag selbst. Das vollendete zweite und letzte Supplement meiner Revisio saxifragarum konnte bei so viel störenden Einflüssen nicht versendet werden. Ich blieb ruhig auf meiner Hochebene; und da ich mich mit meinen gewöhnlichen naturhistorischen Studien wegen der noch vorwaltenden Hindernisse nicht hinreichend beschäftigen konnte*), so wählte ich mir einen andern einheimischen Gegenstand: die Geschichte des Bergbaues und der Berggesetzgebung in Böhmen, welche noch niemals im Zusammenhange bearbeitet worden war.

1832.

Es ist wohl etwas spät, an seinem 72 Geburtstage eine neue Arbeit in einem andern Fach zu beginnen: doch da sich mir Materialien und Zeit darboten, so fasste ich Muth und nährte die Hoffnung, dass wenn ich auch nicht dazu gelangen sollte, mein Werk ganz auszuführen, diese Vorarbeit wenigstens einen Anderen wecken könnte, dasselbe zu vollenden.

---

*) *Anmerkung des Herausgebers.* Eben in dieser Musse des Jahres 1831 hat der Graf auch an die letzte (dritte) Bearbeitung seiner Autobiographie Hand angelegt und dieselbe auch bis hieher vollendet. Die noch weiter folgenden Aufzeichnungen zu den Jahren 1832 bis 1837 scheinen mit den Begebenheiten fast gleichzeitig in das Originalmanuscript eingetragen worden zu sein.

Vier Monate, vom November an, habe ich ununterbrochen hier auf meinem Waldschloss in Březina allein zugebracht (vier Jagdtage ausgenommen, wo ich einige Gäste geladen hatte): und kann es ehrlich sagen, ohne eine Viertelstunde Langeweile empfunden zu haben. Die Sonntage ausgenommen, wo ich nach Radnitz in die Kirche fahre und mit meinen dort wohnenden Beamten die ökonomischen Geschäfte abthue, dann eine Fahrt in der Woche zu meinem Bergmeister, um die Bergbaugeschäfte zu ordnen, bin ich stets zu Hause, besuche Morgens die Warmenhäuser im Garten, der übrige Tag ist dem Lesen und Schreiben gewidmet; doch mit Auswahl verschiedener Materien, um den Geist nicht zu ermüden. Denn ich habe die Erfahrung gemacht, dass ein zu langes Beharren bei einerlei Gegenstand den Kopf weit mehr angreift, die Nerven erregt und den Schlaf benimmt, als wenn man Gegenstände wechselt. Diese Methode habe ich befolgt und mich wohl dabei befunden.

Die Cholera in ihrem ungeregelten Gang sprang ganz unerwartet schon im Monat December (1831) in meine Nähe: drei Ortschaften, eine Stunde von meiner Gränze entfernt, wurden davon heimgesucht; zwei Aerzte, darunter einer von Radnitz, wurden zur Besorgung der Kranken dahin beordert. Ich zählte auf die Luftreinigung durch die vielen brennenden Steinkohlenhalden, vielen Vitriolölfabriken und viele Feueressen, und blieb ruhig zu Hause. Eine junge Frau aus einem meiner Dörfer, nur eine Viertelstunde von meinem Březina, gebürtig aus einem der drei inficirten Dörfer, ging zu dem Begräbniss ihres Vaters und ihrer Muhme, die an der Cholera gestorben waren, dahin, ihre Schwester begleitete sie zurück: beide verfielen der Cholera am folgenden Tag; es wurde schnell ärztliche Hilfe gebracht, und behandelte sie derselbe Arzt; beide genasen. Nach sechs Wochen war die Krankheit in allen drei Dörfern erloschen, im Ganzen waren 31 Personen gestorben und die Gegend wurde wieder frei. Im Monat Mai war Prag und das ganze östliche Böhmen ziemlich frei von der Seuche; im südlichen und nördlichen Böhmen zog sie von Dorf zu Dorf. Ich reiste nach Prag und im halben Juni nach Karlsbad. Im halben Juli brach die Cholera im Pilsner Kreis ziemlich heftig aus; ich reiste über Eger und Marienbad nach Březina zurück. Von Süden über Westen bis Norden war meine Herrschaft von Cholerakranken in 10 Dörfern und zwei Städten (Pilsen und Rokycan) umgeben. Es starb eine durchreisende Frau in Radnitz an der Cholera und wurde da begraben: Niemand wurde angesteckt. Täglich kamen Fuhrleute aus den angesteckten Ortschaften auf mein Kohlenbergwerk, um Kohle zu laden: Niemand wurde angesteckt. In fünf Wochen war die Krankheit in der Gegend vorüber. Die Aerzte und Nichtärzte haben viel unnütze Worte über das Contagiose und nicht Contagiose dieser Krankheit verschwendet und nichts erwiesen, weil sich merkwürdige Beispiele für und wider beide Meinungen anführen lassen, wie dies wohl auch bei Masern und Scharlachfieber oft der Fall ist. So viel habe ich mir aus Erfahrungen abstrahirt: die Empfänglichkeit für Ansteckung ist individuell verschieden; ich kann den Fall anführen, dass von drei Kindern, die in einem Bette schliefen, eines an der Cholera starb, die beiden andern gesund blieben; aber auch den Fall, dass ein Knabe aus einem fremden Dorfe, der in ein Dorf in die Schule kam, wo die Cholera herrschte, diese Krankheit nach Hause brachte und daran starb, aber sonst Niemanden ansteckte. In geschlossenen Räumen, engen Strassen, niederen Wohngebäuden, wo mehrere Menschen zusammenwohnen, hat sich die Krankheit am schnellsten verbreitet, doch auch nicht ohne Ausnahme. Menschen, die viel im Wasser arbeiten, Wäscherinnen, Kattunfärber, sind verhältnissmässig mehr gestorben, als von anderen Gewerben. Arme, schlecht wohnende und genährte Menschen mehr als solche, die von Fleischkost leben, Schweinefleisch ausgenommen. Von einer Ansteckung durch blossen Umgang in freier Luft ist mir kein Beispiel bekannt. Furcht und Besorgniss hat aber manche Menschen umgebracht.

Da in Wien die Cholera beinahe erloschen war, so wurde

die Versammlung der Naturforscher angesagt. Die Krankheit zeigte sich zwar Ende August wieder, zumal in den Vorstädten: wir waren aber mit ihr schon ziemlich bekannt und achteten sie nicht mehr so besonders gefährlich; ich reiste dahin. Die Süddeutschen, zu welchen sie noch nicht gelangt war, liessen sich sowohl durch Besorgnisse vor der Krankheit, als wegen der Unbequemlichkeit der Contumazanstalten abhalten; Norddeutsche und Aerzte aus allen vier Welttheilen kamen da zusammen. Wir waren 400 an der Zahl; der grosse Zweck der Annäherung des Nordens mit dem Osten wurde vollkommen, mit dem Süden nur zum Theil erreicht. Die Fremden sahen und erfuhren, was sie früher nicht hatten wissen können, dass in der österreichischen Monarchie wohl so viel in den Naturwissenschaften gearbeitet wird, als irgendwo, wenn man gleich nichts davon im Auslande vernimmt, weil die Oesterreicher schweigsame Menschen sind. Es wurden der Gesellschaft viele Ehren erwiesen, worüber der Secretär der Versammlung, Astronom Littrow, einen recht schicklichen Bericht erstattet hat. Das wissenschaftliche Band ist geschlossen und wird hoffentlich gute Früchte bringen: aber der verehrte Freund, mit welchem ich diesen Zweck mehrmals besprochen, der einen so lebhaften Antheil an dieser Vereinigung genommen, Göthe, war nicht mehr unter uns. Ehrenvoll wurde auch sein Name, mit Cuvier vereinigt, von den Naturforschern ausgesprochen, als sie den ausgezeichneten Vorangegangenen ein Lebehoch in die unbekannte Natur nachriefen. Hoch wird er im Andenken Aller leben, die mit ihm lebten und nach ihm leben werden: die Lücke wird aber so bald nicht ausgefüllt sein; für mich bleibt sie unausfüllbar.

Auf meiner Rückreise beschäftigte ich mich in Iglau, Deutschbrod und der ganzen Umgegend mit den stummen Zeugen des ungeheuern Bergbaues, welcher im XIII und XIV Jahrhunderte daselbst getrieben worden. Ich sammelte auch später in Archiven, und wo ich sonst Gelegenheit fand, Nachrichten zu meiner Geschichte der Bergwerke, um sie in den Wintermonaten bis halben Januar, die ich in Březina zubrachte, zu ordnen; es ist aber das Material noch immer nicht hinreichend, um die Redaction beginnen zu können. Bald nach meiner Zurückkunft ertheilte mir S. Maj. der Kaiser das Commandeurkreuz des Leopoldordens, als ein Merkmal, wie ich glaube, der allerhöchsten Zufriedenheit mit der so heiter und anständig ausgefallenen Versammlung der Naturforscher; in welcher Rücksicht mich diese Auszeichnung ganz besonders erfreute.

1833.

Meinen 73 Geburtstag verlebte ich abermals ganz still in meinem Březina. Ich hatte im verflossenen Jahre einen herben Verlust durch den Tod des Grafen Bray erlitten, der auf seinem Landgute in Irlbach gestorben war. Vierzig Jahre waren wir im wissenschaftlichen Briefwechsel gestanden, viele frohe Stunden hatten wir zusammen verlebt und die fata utriusque fortunae, die in unserer bewegten Zeit sich so häufig einfanden, mit einander getheilt. Sit sibi terra levis! Das ist das traurigste Loos des Alters, dass man am Ende unter einer Generation vereinsamt, die unsere frühere Zeit nicht gekannt hat, unsere Erinnerungen nicht theilen kann!

Graf Bray hatte die Uebersetzung des 5 Heftes der Flora der Vorwelt gleich den früheren übernommen, konnte sie aber nicht mehr vollenden; das Manuscript kam zurück. Indessen war viel Neues in diesem Fach erschienen, das Bisherige muss überarbeitet werden. Die deutsche Auflage wurde in Prag gedruckt, das 5 und 6 Heft mit 26 Kupfertafeln, grösstentheils Fucoideen und Calamiten, erschien zur Ostermesse; es enthält zugleich eine Revision der bisher in diesem Fache erschienenen Schriften. Die Pflanzen werden in botanischer Form nach Familien, Gattungen und Arten aufgestellt: doch sind dieses Alles nur Versuche, die noch manche Umwandlungen erleiden werden, wenn wir nur erst mehrere und bessere Exemplare besitzen werden.

Der Ausbildung dieses wissenschaftlichen Zweiges steht vorzüglich entgegen, dass die Sammlungen theuer und schwerfällig
sind; unbemittelte Botaniker können sich kaum daran wagen.
Tausend getrocknete noch so seltene Pflanzen wiegen nicht mehr,
als ein grosser gut ausgesprochener Abdruck: will man solche
erhalten, braucht man mehrere Menschen zur Arbeit; indess der
Botaniker hundert Pflanzen mit der Wurzel auszieht und in
seiner Büchse nach Hause trägt, bedarf man hier einer Kiste
oder mehrerer Menschen, um die Steine nach Hause zu schleppen,
und kleine Bruchstücke geben selten genügenden Aufschluss.
Will man welche aus entfernten Gegenden beziehen, so kosten
die Transporte ein schmähliches Geld. Andere Botaniker von
Ruf hält der Ehrgeiz zurück, sich an die Bestimmung zu wagen,
weil es noch nicht möglich ist mit vollkommener Beruhigung
ein Urtheil auszusprechen. Ich habe Letzteres gewagt, und
denke, wenn nur Diejenigen Steine gegen mich aufheben, die
bei Bestimmung von Naturalien sich *nie* geirrt haben, dass mein
Körper ziemlich unversehrt bleiben wird. Mehreres und in besseren Exemplaren als Andere kann ich mir aber verschaffen,
weil ich mehr darauf verwenden kann.

Im Monat Mai unternahm ich eine ökonomische Reise über
Wien nach Altenburg in Ungarn, auf die Herrschaften Sr. kais.
Hoheit des Erzherzogs Karl, dessen Oberbeamter (in Ungarn
Regent genannt) eine ganz vortreffliche Wechselwirthschaft ein-
geführt hat. Der Bericht über diese Reise wurde in die Schrif-
ten der k. k. ökonomischen Gesellschaft in Böhmen eingerückt.

Im Juli hielt ich mich wie gewöhnlich in Karlsbad auf, wo
mich Freiherr Leopold von Buch besuchte. Von dort machte
ich eine kleine Reise durch den Leitmeritzer Kreis, besonders
den Schaalthier- und Fischversteinerungen zu Liebe, ohne besonderen Erfolg.

Da Se. Maj. der Kaiser und die Kaiserin Prag und Böhmen
mit ihrem Besuch beglückten, so kehrte ich nach Prag zurück,
und verweilte daselbst bis zu höchstderen Abreise. Es war diese

Erscheinung eine doppelt erfreuliche, da es sich sehr deutlich zeigte, dass unser Volk die Segnungen des Friedens, das ruhige Wohnen unter seinem Weinstock und unter seinem Feigenbaum zu würdigen versteht. Die Ankunft des Kaiserpaares war ein herrlicher Triumphzug, von 20000 Menschen begleitet, die ohne militärische Zucht und ohne polizeiliche Mitwirkung die natürliche Polizei gut gesitteter Menschen selbst ausübten, und stets den langsam fortschreitenden Wagen begleitend, voreilend, nachlaufend, nirgends ein Hinderniss erregten, so mit dem Wagen auf dem Schlossplatze ankamen, sich aufstellten, dann als Ihre Majestäten auf den Balcon heraustraten zu danken, ihr Vivat ertönen liessen und ruhig wieder abzogen.

Ich hatte nun nur wenig Zeit übrig, mich in Březina umzusehen und meine Reise nach Breslau zur Versammlung der Naturforscher anzutreten. Die acht Tage der Versammlung gingen schnell vorüber: unter vielen alten Bekannten fand ich hier auch Alexander von Humboldt und Robert Brown. Die zoologische Sammlung und die der vergleichenden Anatomie, unter Aufsicht des Medicinalraths Otto, verdienen vorzügliche Aufmerksamkeit. Da am vorletzten Tage das Wetter heiter geworden, so wurde eine kleine Reise in die Bäder und Steinkohlenwerke in Vorschlag gebracht; der Secretär der Gesellschaft, MR. Otto, stellte sich an die Spitze, und es folgten am ersten Tage mehr als 30 Naturforscher. Wir schlugen unser Hauptquartier im (Salzbrunn)bade auf, wo uns der Localbadearzt (Zemplin *) und mehrere der Angestellten von Waldenburg mit ihren Frauen gar freundlich aufnahmen und bewirtheten. Am folgenden Morgen fuhren wir bei Altwasser in den schiffbaren Fuchsstollen auf vorbereiteten Schiffen mit Musik ein, bis zu einer in der Kohle ausgehauenen sehr zierlichen Grotte, wo wir abstiegen und mit einem reichlichen Gabelfrühstück bewirthet

---

*) Die Namen „Salzbrunn” und „Zemplin” sind im Original in bianco gelassen.

wurden. Mangel an reiner Luft (Wetter in bergmännischer
Sprache) gestattete uns keinen langen Aufenthalt. Wir besahen
Altwasser, die dortige technische Anstalt und Naturalienhand-
lung von Hrn. Vieweg, die manches Interessante an Conchilien,
Pflanzenversteinerungen und Abdrücken etc. darbot, dann die
Kohlenformation mit ihren Begleitern, die sich über Tag sehr
gut ausnimmt, und fuhren zu dem ganz herrlich gelegenen Schloss
des Baron von Hochberg, Reichenstein, wo wir im Gasthof zusammen speisten und den ganzen Nachmittag in den herrlichsten
Spaziergängen zubrachten. In der Ruine fanden wir Gesellschaft
und verweilten, bis der volle Mond die Schlucht beleuchtete, wo
wir dann in unser Hauptquartier zurückkehrten. Am dritten Tag
fuhren wir schon in etwas verminderter Gesellschaft nach Waldenburg, um die Sammlungen von Pflanzenabdrücken des Bergamts und jene des Markscheiders Boksch zu besehen. Hier war
ich in meinem Element, und sah mitunter manches Neue, oder
bessere Exemplare als ich bisher gekannt; es ergab sich daraus
ein Stichhandel gegen meine Flora der Vorwelt, der beiden
Theilen nützlich sein wird. Nachmittag fuhren wir nach Char-
lottenbrunn: die Gesellschaft begab sich noch weiter, um eine
schöne Gegend zu beschauen, ich blieb bei dem dortigen Apotheker, der mich schon in Breslau eingeladen hatte, seine Sammlung anzusehen; ich fand auch hier einiges Seltene, und erhielt
auch durch gütige Mittheilung einige mir angenehme Exemplare.
In Waldenburg nahmen wir Abschied von der Familie des Berg-
hauptmanns, der uns so viel Freundschaft erwiesen, und kehrten
in unser Hauptquartier zurück. Am vierten Morgen trennte sich
die Gesellschaft nach allen Seiten; es blieben blos MR. Otto,
Prof. Agassiz aus Neufchatel, Hofrath Hermann und Sohn aus
Magdeburg, Custos Zippe und ich. Wir nahmen Abschied von
dem wackeren Badearzt in Salzbrunn, und machten einen Abstecher in das romantische Gebirge bei Adersbach in Böhmen.
Ein wonnevoller Tag machte diese Excursion höchst angenehm,
und so auch unsere Rückreise nach Landshut. Hier trennte

11

auch ich mich von der Gesellschaft, die am folgenden Morgen
die mir bekannte Schneekoppe besteigen und nach Warmbrunn
herabgehen wollte, während ich über Trautenau und Jičin meine
Rückreise nach Prag antrat. Diese Fahrt durch die schlesischen
Porphyre, die mit dem rothen Sandstein nach Böhmen herein-
streichen, in die Sand- und Basaltgebilde um Jičin, ist ausneh-
mend interessant. Prof. Agassiz hat sich acht Tage in Prag aufgehalten und während dieser Zeit die versteinerten Fische des
Museums bestimmt, — ein liebenswürdiger geistvoller junger
Mann, der noch vieles leisten wird.

In Prag erwarteten mich vielerlei Geschäfte, worunter jenes
der Eisenbahn von Prag nach Pilsen nicht unter die erfreulichen
gehörte. Wir hatten im Jahre 1828 den Bau angefangen, wo
allenthalben die Souveraine die Interessen herabsetzten und
selbst beflissen waren, das Geld von dem Börsenspiel wieder in
den innern Verkehr zu wenden. Wir zweifelten keinen Augenblick, dass die 1200 Actien, die wir bedurften, leicht einzubrin-
gen sein würden: die Julirevolution 1830 hat es anders gewendet, es ist nicht die Hälfte der Actien abgegangen, daher
auch nicht die Hälfte der Bahn vollendet worden. Der Verbrauch
des Geldes hat andere, schneller und besser zum Ziel führende
Auswege gefunden; verschiedene Schwierigkeiten, die sich im
Bau selbst ergaben, haben die Theilnahme geschwächt; die ganze
Idee der Ausführung derselben ist gleichsam demoralisirt worden,
alle Vorschläge, sie fortzusetzen, sind verschollen. Es wurde
eine Generalversammlung gehalten und Vorschläge zu einem
neuen Arrosement gemacht, von denen ich jedoch wenig erwarte.
Durch alle diese Geschäfte wurde ich bis zum 20 November in
Prag festgehalten.

Ich hatte mir Manches vorbehalten, wozu ich das ganze
Jahr keine Zeit gefunden: unter Anderem die Fortsetzung meiner
schon mehrmaligen Versuche, unsere trockene Schieferkohle zum
Backen zu bringen: allein das ungestüme Wetter liess es
schlechterdings nicht zu, das Haus zu verlassen. Darum wendete

ich mich zur Redaction der Geschichte der böhmischen Bergwerke und der Berggesetzgebung, wofür ich bereits einen Wust von Acten gesammelt hatte: bei der Arbeit zeigte es sich jedoch, dass die Acten der Bergwerke viel zu mangelhaft sind, um etwas Vollständiges zu Stande zu bringen; die Geschichte der Gesetzgebung dürfte dennoch manches Neue und Schätzbare darbieten. Ich hatte auch eine ordentliche Abdeckarbeit vom Tag herab veranstaltet, um mir schöne Exemplare von Pflanzenabdrücken zu verschaffen, und war bis auf die Lage gekommen, wo sie sich befinden, als die furchtbaren Stürme und Regengüsse des Monats December eintraten, die mir Dächer abwarfen, Wälder niederlegten und mich von den Bäumen der Vorwelt zu denen der Jetztwelt herüberdrängten. Ich baute also ein Dach über meinen verborgenen Schätzen, um im Frühjahr mein Glück weiter zu versuchen.

1834.

Meinen 74jährigen Geburtstag habe ich wie gewöhnlich zu Hause allein zugebracht, die lange Bahn, die ich bereits durchgewandert, zu betrachten und dankbar zu erkennen, wie ich noch in diesen hohen Jahren körperlich und geistig rüstig meinen gewohnten Lebenslauf fortzuführen vermag. Der Winter wurde auf gewöhnliche Weise in Prag zugebracht, und nach der Generalversammlung des Museums, wo ich noch immer erfreuliche Berichte über die Vermehrung der Sammlungen und das wissenschaftliche Fortschreiten der Anstalt abzustatten hatte, Březina wieder besucht.

Alle Vorkehrungen bei der Abdeckarbeit auf dem Kohlenbergwerk hatten das gewünschte Ziel nicht erreicht: die Nässe des Winters hatte trotz dem Bretterdach den Schieferthon durchweicht und der späte Frost ihn zerrissen; ich konnte keine guten Exemplare erhalten. Die gütige Natur verlässt jedoch ihre Getreuen nicht: was ich suchte, konnte ich nicht erreichen, wo ich nichts erwartete, wurde ich reichlich belohnt. In einem Steinbruch nächst einem alten Kohlenbau aus dem XVI Jahrhundert, wo ich oft vergebens herumgewühlt, wurden ganz unerwartet vier aufrecht stehende fossile Bäume entblösst. Ich fuhr zufällig vorüber, stieg herab und wurde durch ihren Anblick freudig überrascht. Indem ich nun Anstalten traf, sie zu gewinnen, versuchte ich auch das Nebengestein, und es zeigte sich eine mandelartige Frucht, unter welcher noch etwas verborgen zu sein schien, was ich nicht entziffern konnte. Ich brachte das Stück nach Hause, und versuchte mit dem Meissel das Verborgene zu entblössen: und siehe da! es erscheint zu meiner grossen Verwunderung eine Versteinerung aus dem Thierreich, wie wir bei der Porphyrkohle noch nie eine gesehen haben: ob Krebs, Scorpion, oder keines von beiden, mag die Versammlung der Naturforscher entscheiden. Zwei der Stämme wurden glücklich herausgelöst und für das Museum gewonnen. Nach diesem glücklichen Ereignisse besuchte ich wohlgemuth Karlsbad, um für mich wieder ein Lebensjahr zu gewinnen; wäre es auch nur, um meine Geschichte der Bergwerke zu fördern, die mir weit grössere Schwierigkeiten bietet, als ich erwartet hatte.

Nach meiner Rückkehr aus Karlsbad hielt ich mich nur eine kurze Zeit in Březina auf, um eine grössere Reise anzutreten. Ich hatte mir nämlich vorgenommen, da mich die Versammlung der Naturforscher nach Stuttgart führte, Süddeutschland geognostisch zu durchwandern, und die Pflanzenversteinerungen der Keupersandsteinformation näher kennen zu lernen; bei dieser Gelegenheit wollte ich auch meine alten Freunde und Bekannten wieder sehen.

Den 13 August verliess ich Březina und begab mich nach Eger, um den vor vielen Jahren unternommenen Versuch, die Streitfrage zu lösen, ob der Kammerbühl bei Franzensbad ein wahrer oder ein Pseudo-Vulcan sei, noch einmal zu wiederholen. Göthe hatte in seinen nachgelassenen Schriften die Hoffnung ausgesprochen, dass ich es thun würde; Berzelius hatte mich mehr als einmal dazu aufgerufen: ich war daher schon von Karlsbad aus mit Grafen Joseph Breuner und Gubernialrath Aloys Mayer dahin gereist, um den Punkt zu wählen, wo ein Schacht abzuteufen wäre. Dieser wurde in Arbeit genommen, und ich verfolgte meinen Weg nach Regensburg, wo ich mich an alten Bekannten und vielen noch älteren Erinnerungen erfreute. Bei dieser Gelegenheit besichtigte ich auch den Bau der Walhalla nächst Donaustauf, ein wahrhaft gigantisches Unternehmen des jetzigen Königs von Bayern. Ist man gleich noch nicht im Stande, das Ganze zu beurtheilen, so ergibt sich doch schon aus dem bisher Aufgeführten, dass die erhabene Idee des Königs mit einer Kunstfertigkeit, die man kaum zu erwarten sich berechtigt hielt, grossartig ausgeführt wird. Es sollte mich hoch erfreuen, wenn ich die Einweihung dieses Tempels erleben sollte.

Von Regensburg eilte ich nach Heidelberg, eine alte Freundin von mir, die Frau von Löw, geb. Diede, noch zu sehen, bevor sie zu ihrer Tochter nach Holstein abreiste. In dieser anmuthigen Gegend, die zu den interessantesten Excursionen einladet, wurden zehn Tage des heurigen herrlichen Sommers still und angenehm zugebracht, mit Prof. Ritter von Leonhard und anderen alten Bekannten lehrreiche Gespräche geführt, der Schwezinger Garten und das reiche Herbarium von Hrn. Zeyher besucht. Als Frau von Löw abgereist war, begann auch ich meine Wanderung. In Sinsheim, wo die Keuperformation anfängt, war der bekannte Alterthumsforscher Pfarrer Wilhelmi mein Geleiter. Schon in seiner und der dortigen Gesellschaft hatte ich Gelegenheit, Pflanzenversteinerungen und Abdrücke zu sehen: in den Steinbrüchen waren deren noch mehrere zu erhalten, so dass ich, durch die Liberalität des würdigen Pfarrers unterstützt, schon ein hübsches Kistchen auf meinem Wagen mitnehmen konnte. Ich verfolgte diese Formation nach Heilbronn, wo sie sich mächtig ausbreitet, doch weniger reich an Abdrücken ist; sie geht nun fort bis Stuttgart, wo sie sehr viele Abdrücke enthält.

In Stuttgart fand ich die Beschreibung einer neu entdeckten Berghöhle im Jurakalk zu Erpersdorf zwischen Reutlingen und Urach; ich eilte dahin, um sie näher zu untersuchen. Der Weg von Reutlingen über Lichtenstein auf die Alp hinauf ist steil und beschwerlich, doch durch eine sehr schöne Aussicht von dem Schlosse Lichtenstein und der Nebelhöhle lohnend. Die Höhle bei Erpersdorf muss im XVI Jahrhunderte wohl schon bekannt gewesen sein, weil der Berg, in welchem sie sich befindet, in dem ältesten Urbarium des Dorfes, wohin er gehört, der Höhlenberg genannt wird. Sie mag in späteren Kriegszeiten vielleicht Räubern zum Versteck gedient haben, und darum verschlossen worden sein; das Loch, durch welches man in diesem Jahr eingedrungen ist, war mit drei grossen Steinen verrammelt. Die Stalaktitenverzierungen dieser ziemlich langen aber nicht sehr breiten Höhle sind von ausgezeichnet schönen Formen, wie ich sie ausser der Adelsberger Höhle nirgends schöner gesehen habe. An den Wänden zu beiden Seiten liegen am Grunde unzählige Köpfe und Knochen von den Höhlenbären; vorne unter der verkeilten Oeffnung ein Schutthaufen mit Menschenknochen, Schädeln und Bruchstücken von römischen Urnen, die wohl erst in späterer Zeit hineingeworfen worden sind. Sie gehört dem Dorfe, und ist an zwei Gemeindegenossen verpachtet, die nicht viel daran wenden können, um sie weiter zu untersuchen.

Da mir noch Zeit vor der Versammlung übrig war, so reiste ich von Reutlingen nach Donzdorf zu meinem alten Freund Grafen Rechberg und seiner Familie, wo ich acht Tage verweilte und mich in der Juraformation herumtrieb. Bilder der Vorzeit wurden hervorgerufen, und die alten Knaben erfreuten sich in der Erinnerung, auch jemals jung gewesen zu sein. Endlich rückte die Zeit der Versammlung heran und ich verfügte mich nach *Stuttgart*.

Man hatte Vorkehrungen getroffen, um den Naturforschern das Leben geistig und körperlich erfreulich zu gestalten. Die vermehrten königl. Sammlungen waren mit besonderer Rücksicht auf die Vorkommen im Königreich Würtemberg geordnet; sie sind, besonders in Bezug auf Vorwelt, sowohl in Thier- als

Pflanzenversteinerungen sehr reich: aber nebst diesen waren auch noch in dem Gebäude, wo die Sectionen ihre Sitzungen abhielten, in anstossenden Zimmern verschiedene Sammlungen einzelner Naturforscher aufgestellt, aus welchen auch liberale Mittheilungen erfolgten. Ein sehr angenehmes Weinlesefest wurde uns in einem nahen, Weinberge geboten, wo wir auch alle Trachten des weiblichen Geschlechts des Königreichs Würtemberg auf sehr lieblichen Gestalten von Frauen und Mädchen kennen lernten. Der König liess uns in Hohenheim, wo eine ökonomische Akademie sich befindet, ein Fest geben; bei welcher Gelegenheit wir die königl. Gestütte, besonders von arabischer Abkunft, so wie Heerden von Rind- und Schafvieh verschiedener Racen zur Ansicht erhielten. In freundlicher Gegend und herrlichem Wetter war dieser Ausflug sehr angenehm. In Hohenheim selbst ist alles Material vorhanden, um rationelle Oekonomen zu bilden. Die Sectionen haben fleissig gearbeitet; ich habe in der botanischen und geognostischen, wo ich zum Präsidenten gewählt worden war, kleine Vorlesungen gehalten. Den Scorpion, den ich bei meinen versteinerten Bäumen gefunden, übergab ich der zoologischen Section zu näherer Untersuchung: sie ernannte vier Mitglieder zu diesem Zweck, und das Urtheil fiel dahin aus, dass es eine Scorpionart sei, die man, da die Augen nicht zu erkennen sind, nicht genau bestimmen könne, die aber sonder Zweifel eine neue Art bilde. Am letzten Tage waren wir in das königl. Schloss Rosenstein zum Mittagessen geladen: der König erschien vor dem Essen und liess sich sämmtliche Mitglieder sectionsweise vorstellen. Ich blieb noch einige Tage länger, um meine alten Regensburger Bekannten, Frau von Beroldingen und Fr. von Seckendorf zu besuchen, auch das Volksfest in Kannstadt abzuwarten, wo die Preisaustheilung für die Viehzucht erfolgte. Die aufgestellten ökonomischen Trophäen in dem breiten Wiesenthal, die Menge von Menschen, die im selben wogte, gewährten einen angenehmen Anblick. Pferde und Hornvieh verdienten alles Lob, die Schafzucht ist noch auf keinem hohen

Grad von Ausgleichung; die schönste Heerde besitzt der König auf dem Achalm bei Reutlingen, sie stammt von Lohma in Sachsen. Nun machte ich mich an die Rückreise, besah eine zahlreiche Sammlung von Versteinerungen in Geislingen, hielt mich noch einen Tag in Donzdorf auf, und fuhr von dort über die Alp nach Wasseralfingen, die dortigen Hochöfen zu besehen, die mit heisser Luft blasen: eine ausgezeichnete Manufactur, die aus zwei Oefen wöchentlich 800 Centner Eisengusswaren erzeugt; auch besuchte ich die Eisenbergwerke im Lias, in welchen häufig Fischzähne in Kugeln eingeschlossen gefunden werden.

Von da reiste ich über Augsburg nach *München*, wo ich seit dem Jahre 1827 nicht mehr gewesen war. Was sich in München seit sechs Jahren einzig aus dem Willen und der Beharrlichkeit des Königs gestaltet hat, wie sich die Baukunst gehoben und alle schönen Künste hier centralisirt haben, verdient aufmerksam erwogen zu werden. Unser Zeitalter war bisher in diesen Fächern nicht sonderlich productiv: man sieht aber hier, dass der Genius der Künste nur eines erhabenen Mäcens bedurfte, um aus dem Schlaf geweckt zu werden. Es ist aber nicht minder bemerkenswerth, wie sich das Genie des Königs, aus welchem diese Gestaltungen hervorgingen, zu diesen verschiedenen Anordnungen hervorgebildet habe, von denen eine jede einen bestimmten Cyclus umfasst.

Von Natur begabt, in Deutschlands ältere Geschichte eingeweiht, der neuen abhold, reifte König Ludwig in der deutschthümlichen Epoche zum Manne. Seine erste grossartige Idee, die er schon als Kronprinz ausgebildet hatte, war die Walhalla, die er nun ausführen lässt. Die grossartigen Baue des Mittelalters vom XI bis XVI Jahrhunderte, dessen Kirchen und Dome, hinterliessen ihm einen tiefen Eindruck. Durch das Lesen der griechischen Classiker, durch die vielen Reisen nach Italien, wurde er mit dem Kunstsinn der Griechen und soviel davon an die Römer überging, vertraut, und mit vielen jungen Künstlern bekannt; auch schon damals fing er an, alte Kunstwerke zu sammeln, die ihn später auf die Idee der Glyptothek führten. In ihm selbst erwachte ein poetischer Geist, der ihn den älteren und neueren Dichtern näher brachte. Sein reges Gemüth, sein empfänglicher Geist nahm diese Eindrücke nicht einzeln als geschichtliche Erinnerungen auf: ihre verwandte Tendenz schmolz allmählig zu einem eigenen Geschmack zusammen, dem das grossartige Walten der deutschen Kunstepoche zu Grunde lag und kein Unternehmen zu gross scheint, das mit beharrlichem Sinn durchgeführt werden kann. Zu gleicher Zeit wurde aber mit den Bildwerken auch der griechische Kunstsinn nach Deutschland übergeführt und gleich Allem in einen geschichtlichen Cyclus gereiht, Künstler wurden angezogen, es bildete sich eine neue Kunstschule eigener Art, und wenn der Himmel dem König die Lebensjahre fristet, so wird die Nachwelt erstaunen, was der Einfluss eines einzigen genialisch gehaltvollen Königs für sein Zeitalter hervorzubringen vermochte. —

Von München wandte ich mich nach Eichstädt, dessen interessante geognostische Verhältnisse jeden Naturforscher ansprechen, und von da nach Nürnberg, welches ich seit vielen Jahren nicht mehr gesehen hatte. Obgleich mir alles bekannt war, so erfreute ich mich doch wieder an den ganz herrlichen Kirchengebäuden und Alterthümern. Die in der Morizkapelle zusammengestellten Gemälde sowohl, als jene im alten Schloss, enthalten gar Manches von bedeutendem Kunstwerth aus Albrecht Dürer's Zeit. Das Monument ist noch nicht aufgestellt.

Von Nürnberg reiste ich über Erlangen, wo ich die Universitätssammlungen und den botanischen Garten besuchte, nach Bamberg zu meinem alten Freund Erzbischof Baron von Fraunberg, wo ich wieder in Erinnerungen aus der früheren Zeit mich erfreute. Hier fand ich mich wieder in der Formation des Keupersandsteins, und konnte meine Studien über die vorweltlichen Pflanzen fortsetzen. Die Bamberger Naturforscher hatten im Locale der öffentlichen Sammlungen ein Zimmer dieser Sammlung gewidmet, und Dr. Kirchner, der das Meiste gefunden, besitzt noch eine eigene in seinem Hause; beide Sammlungen enthalten vieles Neue und Interessante, welches wohl verdiente, in die Wissenschaft eingeführt zu werden. So lange das nicht geschieht, sind in Schränke eingeschlossene Naturalien so gut wie gar nicht vorhanden, und vieles ist auf diese Art für die Wissenschaft für immer verloren gegangen.

Die bis dahin den Reisenden günstiger als den Oekonomen gebliebene beständige Witterung wurde im halben October endlich durch ein starkes Gewitter mit Sturm gebrochen. Ein paar Excursionen, die ich noch versuchte, wurden beschwerlich und wenig lohnend. Ich trat meine Rückreise an, konnte aber die vor zwei Jahren entdeckte Rabensteiner Höhle doch nicht unbesucht lassen; auch gönnte mir der Himmel noch diesen letzten regenlosen Tag. Diese Höhle ist in naturhistorischer Hinsicht wohl eine der interessantesten. Sie gehört zu dem fränkischen Juragebirgszug, der halb Europa mit Bärenköpfen versehen hat: aber so vergesellschaftet, wie hier, sind die fossilen Thiere selten. Nicht sehr fern vom Eingang kömmt man in einen abwärts geneigten Raum, von der Grösse eines Speisesaales: ein stattliches Rennthiergeweih erhebt sich aus der Mitte der Stalagmiten, die in der Mitte des Saals aufgehäuft sind; neben diesem ein gigantisches Becken von einem Mammuth, und tiefer zur Seite starren drei aufgerichtete Bärenköpfe hervor; Löwen- und Hyänenkinnladen und unzählige Knochen sind noch in der Höhle, deren Stalagmitengrund nirgends durchbrochen wurde. Mehrere Kisten kamen auch in das Schloss, wo sie im nächsten Jahr der Besitzer Graf Schönborn in einem eigens dazu vorgerichteten Saal aufstellen zu lassen gedenkt.

Regen und Sturm überfielen mich, bevor ich noch Baireuth erreichte. In dieser Stadt sind die beiden Sammlungen, die des Kreises, welche der Präsident Baron Aretin aufstellen liess, und jene des Grafen Münster, besonders merkwürdig; in beiden waren aus dem Muschelkalk mehrere ganz neu entdeckte Thiere

aus der Familie der Saurier, Schildkröten, Fische und Pflanzen
aus dem Liaskalk. Zwei Tage lang trieb ich mich in diesen
herum, wo man mich mit dem grössten Zuvorkommen behandelte. Es war nun Zeit, die Heimath zu suchen; Schnee hatte
bereits das Fichtelgebirge bedeckt.

In Eger musste ich trotz dem Sturme Notiz von dem Bergbau (am Kammerbühl) nehmen: er war nicht ganz nach Wunsch
gelungen; unerwartet war man in der zehnten Klafter, ohne in
ein festes Gebirg zu gelangen, vom Wasser verdrängt worden,
welches nicht bewältigt werden konnte. Die Arbeit wurde eingestellt, aber nicht aufgehoben; im Frühjahr wollen wir sehen,
was etwa zu thun sein möchte.

Zu meinen Hausgöttern heimgekehrt, wendete ich mich an
die gewohnte Lebensweise. So bald die Materialien, die ich mitgebracht, durchgesehen und geordnet waren, nahm ich meine
Bergwerksgeschichte vor, mit dem festen Entschlusse, das Land
nicht eher zu verlassen, bis ich den ersten Theil würde durchgearbeitet haben. Der Silvesterabend überraschte mich noch
bei dieser Arbeit, ohne meinen Vorsatz wanken zu machen.

1835.

- Gegen meine sonstige Gewohnheit reiste ich am 5 Januar
zu meinen drei Cousinen, die wenige Meilen von mir auf dem
Lande zusammen wohnten, um meinen 75jährigen Geburtstag bei
ihnen zuzubringen. Es sind die einzigen meines Namens, die
noch in Böhmen wohnen, Töchter meines unvergesslichen
Freundes, denen ich herzlich zugethan bin, die auch mir in
meinen alten Tagen Freundschaft und Anhänglichkeit er-
weisen. Drei schöne Wintertage brachten wir zusammen zu;
nun sitze ich wieder an meinem Schreibtisch, und vollende mein
Pensum.

Wie gewöhnlich, habe ich die Wintermonate in Prag zugebracht. Meine Zeit war den Gesellschaften, deren Präses ich bin, meine freien Stunden meinen Lieblingsarbeiten, der Geschichte der böhmischen Bergwerke und der Flora der Vorwelt, gewidmet. Vor Ostern (14 April) wurde die alljährliche öffentliche Sitzung der Gesellschaft des Museums abgehalten. Am Schluss meiner Rede, da der zweite Cyclus von sechs Jahren meiner Präsidentschaft abgelaufen war, dankte ich für das mir durch so viele Jahre geschenkte Vertrauen, und legte meine Stelle nieder. Se. Excellenz der Oberstburggraf, Graf Chotek, ergriff das Wort aus dem Stegreif in allzu schmeichelnden Worten, um mich wieder zur Wahl vorzuschlagen, die auch erfolgte. Ich habe sie im Bewusstsein meiner Alterschwäche auf so lange angenommen, als mir meine Kräfte gestatten werden, meine Pflichten zu erfüllen. In den Verhandlungen des Museums für das Jahr 1835 findet man die Reden abgedruckt.

Im Frühjahr reiste ich nach *Wien*, um den zweiten Band der Reise nach Brasilien von Dr. Pohl, der in's Stocken gerathen war, flott zu machen. Bei diesem Geschäfte hatte ich, wie auch sonst noch, in Rücksicht auf wissenschaftliche Anstalten günstig einzuwirken. Da ich in meiner vollkommen unabhängigen Stellung Niemanden im Wege stehe, und für mich selbst nichts zu suchen noch zu erhalten habe, so gewinnt meine Rede, als vollkommen absichtslos und unverfänglich, das Vertrauen Derjenigen, die einwirken können. Professor Mohs wurde aus seiner zweideutigen Stellung von dem Naturalienkabinet zu der k. k. Hofkammer als Lehrer der Mineralogie und Geognosie übersetzt, wo er einen würdigen Wirkungskreis finden wird. Auch in dem Naturalienkabinet wurden einige vorbereitende Anstalten getroffen; indessen bleibt da noch viel zu wünschen übrig. Bei der Blumenausstellung in Wien wurde ich an die Stelle des verstorbenen Grafen Bray für dieses Jahr zum Präsidenten bei der Preisaustheilung gewählt: eine Stelle, die, ohne den Geist besonders anzustrengen, bei gutem Wetter viel Vergnügen gewährt und die Gelegenheit bietet, die Majestäten und höchsten Herrschaften da zu sehen.

Nach meiner Zurückkunft nach Böhmen im Mai wurde die Schafausstellung und allgemeine Sitzung des Schafzüchtervereins abgehalten. Es blieben mir dann einige Wochen, um meine eigenen Geschäfte hier (in Březina) zu betreiben. Sie waren nicht besonders erfreulich, da die aussergewöhnliche Trockenheit sowohl eine schlechte Heu- und Getreideernte, als auch das Erlöschen des hohen Ofens aus Mangel an Wasser vorhersehen liess, was auch später wirklich eintrat.

Im halben Juni reiste ich, wie alljährlich, nach Karlsbad, und besuchte im Vorüberreisen die beiden Gräfinnen Rechberg und Frau von Plessen, die ich da zum letzten Male sah. Sie starb einige Monate nach ihrer Heimkunft; eine würdige Gattin, Mutter und Freundin, die von allen, die sie kannten, betrauert wird. Merkwürdige Naturforscher waren heuer keine in Karlsbad; meine Gesundheit erhielt sich gut, nur mein linker Fuss war sehr angeschwollen und es bildete sich eine Wunde. Ich machte einen Abstecher nach Eger, um meine Arbeiten am Kammerbühl in Augenschein zu nehmen, wo mir Vulcan und Neptun viele Schwierigkeiten in den Weg legten. Dann reiste ich nach Teplitz, um mein Bein wieder zu heilen, was auch gelang. Der Aufenthalt war mir zusagend; ich traf da Alexander von Humboldt, in dessen Gesellschaft ich jeden Tag reichliche Nahrung für den Geist fand; im Fürst-Clary'schen Hause war ich freundlich aufgenommen, machte Excursionen in die Umgegend, sammelte Pflanzenabdrücke in dem gebrannten plastischen Thon der Braunkohle, und gelangte auch nach Tetschen zu der Thun'schen Familie. Da fand ich die Gräfin Bray mit ihrer Tochter Gabriele auf ihrer Rückreise nach Deutschland wieder: eine Episode, wo traurige Rückerinnerungen mit der Freude des Wiedersehens verschmolzen. Ich besuchte dann noch die Granatformation in der Umgegend von Třiblitz und

Dlaschkowitz, bestieg einige. der niederen (Pseudo)-Vulcane (unweit Laun) *) und kam über Prag nach Březina zurück.

Die Wunde am Fuss war wieder aufgegangen und wurde mir hinderlich: ich achtete es aber nicht sonderlich, und als Ihre Majestäten, der Kaiser und die Kaiserin, nach Böhmen kamen, verfügte ich mich am 6 September nach Pilsen, um den Majestäten aufzuwarten, reiste voraus nach Marienbad, wo ich Freund Martius·traf, und endlich nach Franzensbad, wo die Majestäten die Arbeiten am Kammerbühl in Augenschein nahmen. Sie sind noch nicht vollendet, die Eruptionsspalte zwar mit Wahrscheinlichkeit nachgewiesen, aber noch nicht zur Gänze umgränzt, — woran jedoch gearbeitet wird. Nachdem meine Freunde, Minister Graf Kolowrat und Generaladjutant Graf Clam-Martinitz abgereist waren, zog auch ich mich wieder zurück, besuchte Fürsten Metternich in Plass, wo ich mich nur ein paar Tage aufhielt, und kam wieder hieher (nach Březina), um auszurasten. Denn es stand mir ein beschwerliches Hofleben bevòr, da eine grosse Vereinigung der gekrönten und gefürsteten Häupter in Prag Statt finden sollte.

Bevor dieses eintrat, liess sich Professor Göppert aus Breslau in Prag ansagen, um mit mir die Pflanzen der Vorwelt in den Sammlungen unseres Museums durchzugehen und mit seinen Arbeiten in demselben Gebiete zu vergleichen. Ich eilte dahin. Wir waren unermüdet im Untersuchen und Vergleichen; manche Schwierigkeiten wurden gehoben, neue boten sich dar. Wir waren noch nicht zu Ende, als die höchsten und hohen Herrschaften von Teplitz nach der Hauptstadt herein kamen. Vielen bekannt, wurde ich vielseitig in Anspruch genommen; es war, wie Alexander Humboldt zu sagen. pflegt, die aufgeregte Fiber, die mich durch 14 Tage von früh 7 Uhr bis nach Mitternacht in ununterbrochener Thätigkeit erhielt. Ich habe aber

---

*) Die eingeschlossenen Worte zugeschrieben. Die Pseudo-Vulcane sind ausgebrannte Braunkohlenlager bei Koschow. (Anmerk. d. Herausgebers.)

auch dabei manchen Genuss gehabt, wenn unsere Anstalten gewürdigt wurden; besonders dankbar war es Erzherzog Johann zu begleiten, der Alles mit tiefem Kennerblick auffasste. Noch am vorletzten Tage hatten wir eine Ausstellung sämmtlicher Obstsorten aus ganz Böhmen in dem Garten des pomologischen Vereins veranstaltet, welche vollen Beifall erhielt und auch von Sr. Majestät in Augenschein genommen wurde. Als aber alle Herrschaften abgefahren waren, fühlte ich mich erschöpft, der Fuss war ganz lahm. Ich liess einen Chirurgen kommen, mir ein Fontanell darauf pfropfen, setzte mich in den Wagen und fuhr. nach Březina, um auszuruhen. Dieser Entschluss hat günstig gewirkt, der kranke Fuss hat sich wieder ziemlich hergestellt; ich kann wieder viele Stunden ohne besondere Schwierigkeit gehen, fühle mich auch sonst verwunderlich kräftig. Dessen ungeachtet bleibt es aber wahr: Senectus ipsa morbus est. Mein rechtes Auge, welches freilich mit der Lupe und dem Mikroskop öfter hergenommen worden, hat sich in der Mitte der Pupille verdunkelt, ohne dass von Aussen die geringste Makel zu beobachten wäre: durch den Rand der Pupille sehe ich aber noch gut. So z. B. wenn ich am gestirnten Himmel einen ausgezeichneten Fixstern ansehe und das linke Auge schliesse, so ist der Stern verschwunden, ich sehe aber viele andere kleinere, die von ihm entfernt im Kreise stehen; oder, sehe ich nach einem Kupferstich an der Wand, so erscheint mir der Rahmen und die weissen Papierstreifen umher ganz deutlich, die Zeichnung ist aber ganz verwischt, als sähe ich durch eine angeschmauchte Fenstertafel. Nun, das Auge hat mir 75 Jahre ehrlich gedient; bleibt mir das. linke, wie es ist, so kann ich mich immer noch behelfen. Gott befohlen!

Im Monat November reiste ich wie gewöhnlich zu den Prüfungen der ökonomischen Gesellschaft nach Prag, wo ich dann auch meine übrigen Geschäfte abgethan habe. Nun bin ich wieder in Březina, und bleibe hier bis nach Schluss des Jahres, um den ersten Band der Geschichte der Bergwerke zu re-

digiren, der im Lauf des Winters gedruckt werden soll: eine
mühselige undankbare Arbeit, aus manken Acten, die aber vielleicht doch nicht unnütz sein wird; sie lehrt wenigstens, wie
man es nicht machen soll. Die Urkunden sind schon gedruckt, die
Mehrzahl gehört zur Geschichte der Berggesetzgebung: wolle der
Himmel, dass ich sie vollenden könne! sie wird ein grösseres
und allgemeineres Interesse darbieten. Nebst diesen beiden Werken habe ich auch noch das VII und VIII Heft der Flora der
Vorwelt zu vollenden. Vieles ist dazu bereits vorbereitet:
vielleicht gelingt es mir, auch diese im künftigen Jahr zu
vollenden.

31 December 1835. In diesem Monat ist die Organisation
des Personals an den Wiener Kabineten nach einem Vorschlag
des Directors Schreibers vollendet worden. Es sind nun junge
und tüchtige Männer bei den meisten Fächern angestellt, die
Vieles zu leisten im Stande sind; es kömmt nur noch darauf
an, durch eine Abänderung des Geschäftsganges ihnen mehr
Zeit für das Studium der Wissenschaften und mehr Raum für
die Sammlungen zu verschaffen. Auch dieses wird, wie ich hoffe,
noch zu Stande kommen, und dann wird Wien mit Paris auf
gleicher Stufe den ersten Rang in Europa behaupten. In England ist vielleicht mehr Material in hundert Sammlungen des
Staats, der Gesellschaften und der Privaten, aber Niemand weiss,
was da ist; und wenn es nicht von auswärtigen Gelehrten auf-
gesucht würde, dürfte es wohl schwerlich jemals bekannt werden, so viel auch immer die Engländer gelehrte Naturforscher
besitzen. Agassiz hat in eiuem Jahre 200 neue versteinerte
Fische in den englischen Sammlungen vorgefunden, gezeichnet
und beschrieben, die seit vielen Jahren da ruhten; sie haben
ihn bei dieser Arbeit auf das kräftigste unterstützt, das macht
ihnen Ehre. Wäre ich 20 Jahre jünger, so möchte ich wohl
auch ein paar hundert neue vorweltliche Pflanzen dort auffinden.
Pium desiderium!

Der erste Band der Geschichte der Bergwerke ist vorbereitet, mein Pensum für das Jahr 1835 abgethan; somit kann ich abreisen.

1836.

Nachdem ich, wie gewöhnlich, meinen 76 Geburtstag und Namenstag am 6 Januar in stiller Betrachtung zu Březina zugebracht, die fata utriusque fortunae eines langen Lebens erwogen, und für das viele Gute, was mir geworden, meinen Dank ausgesprochen hatte, bin ich den 9 Januar zu der gewohnten Winterruhe nach Prag gereist.

Den Verlust, den ich im verflossenen Jahre durch den Tod meines Neffen und präsumtiven Erben Aloys Sternberg erlitten, ersetzte ich durch Uebertragung meines letzten Willens auf seinen älteren Bruder Zdenko Sternberg; und da dieser in frühester Jugend in das Militär getreten war, ohne ausstudirt zu haben, so nahm ich ihn nach Prag in mein Quartier, und hielt ihm Lehrer, um so viel als es in späterer Zeit möglich ist, das Versäumte wieder zu gewinnen. Er zeigt gute Sitten, ein sanftes Gemüth und guten Willen: dem Himmel sei das Gedeihen heimgestellt, ich habe meine Pflicht erfüllt.

Zwischen der Erfüllung meiner Pflichten bei den verschiedenen Gesellschaften, zwischen meinen Lieblingsstudien und meinen Verwandten, verging der Winter in gewöhnlicher Weise. Mittwoch den 6 April wurde die Generalsitzung des Vereins des böhmischen Museums abgehalten, wo ich wie gewöhnlich eine Rede hielt und abermals Einiges über die Flora der Vorwelt mittheilte. Zu gleicher Zeit arbeitete ich am VII und VIII Heft meiner Flora der Vorwelt.

Die Vollendung des zweiten Bandes der Brasilianer Reise von Dr. Pohl, dessen baldiges Erscheinen ich von hier aus per actionem in distans nicht beschleunigen konnte, zwang mich wieder nach *Wien* zu reisen, wo ich auch wegen der Einrichtung der Wiener Naturalienkabinette meine Meinung abzugeben hatte. Diese Nebensache, die mich eigentlich nichts angeht, hat mir mehr Zeit genommen, als mein eigenes Geschäft. Die Organisation des Personals war zum Theil nach meinem im vorigen Jahr übergebenen Plan vor sich gegangen. Nun handelte es sich um die materielle Organisation der Sammlungen selbst, und dabei ergaben sich bedeutende Schwierigkeiten, wegen Mangels an Raum und wegen Misshelligkeiten zwischen dem Director und den Custoden. Es glückte mir, den Fürsten Metternich und den Grafen Kolowrat zu bewegen, mit mir in das Local der Sammlungen zu gehen und sich von der Unmöglichkeit zu überzeugen, in diesen engen Räumen eine würdige Aufstellung zu Stande zu bringen; worauf endlich die quaestio *an* dahin entschieden wurde, dass den Sammlungen ein hinreichendes Local verschafft, einstweilen aber die Brasilianer Sammlung mit den Hofsammlungen, so gut es sein konnte, wenigstens unter ein Dach gebracht werden sollten. Ueber die Möglichkeit einer solchen provisorischen Aufstellung auf kurze Zeit habe ich Vorschläge zurückgelassen; und nachdem ich auch mein Geschäft gehörig eingeleitet hatte, kehrte ich Anfangs Mai wieder nach Prag, und nach einigen Vorkehrungen wegen der böhmischen Krönung, nach Březina zurück, wohin ich auch meinen Neffen mir folgen liess, um ihn in die Geschäfte der Oekonomie und der Bergwerke einzuleiten, die einst sein Eigenthum werden sollen.

Den 13 Juni reiste ich wie gewöhnlich meiner Gesundheit wegen nach Karlsbad. Während meines dortigen Aufenthaltes besuchte ich öfter Herrn Fischer, Director und Theilnehmer der Porzellanfabrik in Pirkenhammer, der sich mit Untersuchung der Kieselguhr von Franzensbad unter einem sehr guten Mikroskop beschäftigte, und hatte Gelegenheit, der Entdeckung beizuwohnen, dass diese sehr viele ganze oder gebrochene Schaalen von kleinen Infusionsthieren enthält. Er theilte diese Untersuchung Herrn von Ehrenberg mit, und wurde dadurch Veranlassung von unzähligen neuen Entdeckungen, auf welche ich später zurückkommen werde. Der Wahrheit zur Steuer muss ich aber noch beifügen, dass ich sogleich, als ich dieser Entdeckung beiwohnte, dem Custos Zippe den Auftrag gab, dem Custos *Corda* eine Portion Kieselguhr von Eger zu mikroskopischer Untersuchung zu übergeben, ohne ihm jedoch etwas von der neuen Entdeckung mitzutheilen. Mit umgehender Post erhielt ich die Antwort, dass Hr. Corda schon im verflossenen Jahre diese Kieselguhr untersucht, und dieselben Schaalen gefunden habe. Herr Corda legte einen Zettel bei, den ich verwahre, auf welchem er sie gezeichnet und beschrieben hat. *) Er ist also wohl der erste Entdecker: da er aber von dieser Entdeckung keinen Gebrauch gemacht hat, so bleibt die Ehre Hrn. Fischer, durch den sie gemeinnützig geworden. Ich besuchte dann den Kammerbühl bei Franzensbad, wo meine Bergarbeiten ihrer Vollendung nahten, und eilte über Marienbad zum Minister Grafen Kolowrat nach Maierhöfen.

Meine innere Gesundheit war hergestellt: aber meine schon so lange abgemüdeten Füsse liessen mich besorgen, den Hofdienst bei der bevorstehenden böhmischen Krönung nicht gehörig besorgen zu können. Ich entschloss mich daher, die geheimen Kräfte der *Gasteiner Quelle* zur Hilfe anzurufen. Ich nahm meinen Weg durch Bayern, um bei dieser Gelegenheit das Grab meines verewigten Freundes Grafen Bray und seine Familie in Irlbach zu besuchen, und beschied meinen Freund Felix dahin. Vier Tage verlebte ich dort in Erinnerungen der Vorzeit. In Bayern wie in Böhmen herrschte eine alles versengende Trockenheit; kein grünes Fleckchen war selbst an den Ufern der tiefgesunkenen Donau zu bemerken; der Himmel war zwar stets bedeckt, aber die wasserleeren Wolken gingen an- und nebeneinander vorüber, ohne sich anzuziehen, es bildete sich kein Cumulus, sie wurden auch nur schwach von den Donaugebirgen angezogen, und häuften sich erst an den höheren Gebirgen. Als ich auf meiner weiteren Reise nach Alt-Oettingen

---

*) Dieser Zettel ist noch vorhanden und liegt dem Originalmanuscript bei. (Anmerk. d. Herausgebers.)

gelangte, fing es an zu regnen; der Regen begleitete mich bis Salzburg, wo sich schon die schönsten grünen Matten zeigten: so wie ich aber im Gebirge weiter vorrückte, wandelte sich der Regen in Schnee, die herrlichsten Gegenden waren vom Nebel gedeckt, der Schnee war bis in das Gasteiner Thal herabgedrungen. Ich blieb in Hof-Gastein, einst einem ansehnlichen Orte, wo die reichsten Gewerken des Salzburger Landes wohnten und grosser Luxus geherrscht hatte, der aber im Bauernkriege verheert wurde. Seit vielen Jahren hatte ich die Alpenluft nicht mehr eingesogen. Sie war mir sehr behaglich, die alte Liebe zur Alpenflora erwachte lebhaft; die Bäder stärkten mich; ich machte Versuche an den Wänden der Vorberge herauf zu klimmen, besuchte Se. kais. Hoheit den Erzherzog Johann und den König von Würtemberg im Wildbade. Endlich, als Professor Mohs nach Beckstein kam, versuchte ich eine Excursion in das Nassfeld und sammelte viele Alpenpflanzen. Nun gewann ich auch Zutrauen, dass ich hinreichende Kräfte gesammelt, um die bevorstehende Krönung, bei welcher ich die Vertretung des Oberstkämmerers Grafen Černin übernommen hatte, auszuhalten, und so wie das 21 Bad vorüber war, verliess ich Gastein und reiste bei dem herrlichsten Sonnenschein durch die wundervollen Gegenden des Passlugs nach Golling zu dem schönen Wasserfall. Es war aber auch der letzte heitere Tag: in Salzburg und auf meiner ganzen Reise über Linz bis an die böhmische Gränze reiste ich zwar in der lieblichsten Grünung, aber beständigem Regen. Leider fand ich hier den Staub wieder, wie ich ihn vor fünf Wochen verlassen hatte und sah auch keinen grünen Halm mehr.

Die Ceremonien und Feste der Krönung habe ich glücklich überstanden. Das gute Gelingen aller Anordnungen, das Erhabene der Ceremonien, der edle Geist, der sich bei der Huldigung aussprach, hatten mich aufgeregt: der Geist wirkte thätig und der Körper folgte willig. Das Volksfest machte den Schluss und setzte dem Ganzen, in Anordnung und Ausführung, die Krone auf: denn 40,000 Menschen in einem freien Raum, ohne Militär und ohne Polizei, vier Stunden lang in einer beweglichen Feierlichkeit, bei einem Einzuge ruhig im Ausbruch der Freude, in Ordnung zu halten, dazu gehört ein gemüthliches Volk und gewandte Anführer.

Ich hatte der Grossherzogin von Weimar und den Vorstehern der Versammlung der Naturforscher versprochen, wo möglich am ersten Tag der Versammlung in *Jena* einzutreffen, — und hielt Wort. Am 18 September früh war ich angekommen und wurde ob diesem treuen Worthalten gleichsam mit Jubel empfangen. Die Vorbereitungen zur Versammlung waren sinnig und schicklich, besser als man es in einem so kleinen Ort hätte erwarten sollen, wozu die Frau Grossfürstin und der geheime Hofrath Kieser das Meiste beigetragen haben. Die Versammlung war reich an ausgezeichneten Männern; einige Engländer, Russen und Omalius d'Halloy aus Lüttich hatten sich angeschlossen. Schon im Frühjahr in Wien, und bei der Krönung in Prag, hatte ich darauf aufmerksam gemacht, dass die Naturforscher wahrscheinlich den Wunsch hegen würden, im nächsten Jahre sich in Prag zu versammeln; man war hiezu sehr geneigt; ich sondirte die mir bekanntesten Mitglieder: und da ich diese auch vorbereitet fand, so erfolgte in der dritten Sitzung die Wahl des Orts und der Vorsteher, ohne die geringste Debatte, zu allgemeiner Zufriedenheit der Anwesenden. In den Sectionen wurde fleissig gearbeitet, das Fest in Weimar ist sehr erfreulich ausgefallen, Alexander von Humboldt hat zweimal in den öffentlichen Sitzungen sehr interessante Abhandlungen gelesen; die acht Tage verflogen sehr schnell, es gestaltete sich alles sehr ordentlich, und der Abschied, mit einem frohen Wiedersehen in Prag! verbunden, war sehr herzlich. Ich hatte mich noch besonders der freundlichen Behandlung meiner älteren Bekannten, der Familie von Ziegeser, zu beloben. In Weimar habe ich mich zwei Tage, grösstentheils bei Hof, aber auch bei meinen früheren Bekannten, Kanzler Müller, Froriep etc. aufgehalten, und mit Ersterem die Wohnung

Göthe's besucht, wo seine Sammlungen noch aufbewahrt werden. Es that mir in der Seele wehe, dieses sonst so reinliche Haus jetzt voll Staub und Schmutz zu finden. Die Wohnung soll vermiethet werden — vielleicht wird sie dadurch reinlicher.

Ich wollte nun, wie gewöhnlich, eine kleine wissenschaftliche Nachlese in den verschiedenen Sammlungen und Steinbrüchen des Keupersandsteins halten. Ich begann mit Gotha, wo Präsident von Stein und seine Gemahlin zu meinen älteren Bekannten gehören: diese kam aber in den Fall, gerade in dem Augenblick, wo ich ankam, ihr zehntes Kind zur Welt zu bringen. Ich besuchte Reinhardsbrunn, einst die älteste Abtei in Franken, im Bauernkrieg zerstört, nun ein Jagdschloss des Herzogs von Gotha, in ganz herrlicher Gegend, am Fusse des Thüringer Waldes. Das Schloss ist in sehr gutem Stil am Ende des XVI Jahrhunderts neu erbaut, die Façade geschmackvoll geziert; vom alten Kloster ist nichts übrig, als unter einem alten Baum ein eben so alter steinerner Tisch, von den herunterfallenden Tropfen durchlöchert: gutta cavat lapidem, non vi, sed saepe cadendo. Ich bin durch alle Steinbrüche um Gotha durchgekrochen, habe die Sammlungen und einiges Neue darin gesehen, aber nichts erobert. Von da reiste ich nach Hildburghausen, um dort an Ort und Stelle die versteinten Fusstritte zu sehen, über welche sowohl in Bonn als in Jena viel gesprochen aber nichts entschieden wurde; so lange ich nur einzelne Exemplare gesehen, neigte ich mich dahin, sie für echt zu halten, nun aber ist mir die Sache problematisch geworden. Ein gehendes Thier muss im Koth einen Hohlabdruck zurücklassen: es ist aber weder im Steinbruch, noch bei dem Maurermeister, noch sonst in einer Sammlung einer zu finden, sondern blosse convexe Abdrücke auf der oberen darüber liegenden Platte. Es war Wasser im Steinbruch, ich konnte keine Platten heben lassen, habe aber eine doppelte uneröffnete bestellt, um sie künftiges Jahr in einer Sectionssitzung eröffnen zu lassen; da muss die Wahrheit an den Tag kommen. Die Natur hatte durch die

Herbstregen und warmen Tage ein Frühlingsgrün angenommen; meine Reise und mein Aufenthalt in der angenehmen Gegend von Koburg, wo alle Punkte schöner Aussichten, die Festung, der Kahlenberg, leicht zugänglich gemacht sind, wurden dadurch sehr begünstigt. In den Sammlungen des Dr. Berger und in einer Excursion mit Demselben in verschiedene Steinbrüche, habe ich die Verhältnisse des Keupersandsteins gegen den Muschelkalk einerseits und die Juragebilde anderseits genau wahrnehmen können, auch einiges erbeutet und erhalten. Dr. Berger ist in seiner Umgegend wohl bewandert, und besitzt eine reichliche Sammlung von Versteinerungen.

In Baireuth fand ich nebst dem Grafen Münster, dessen Sammlungen mich anzogen, von den Mitgliedern der Versammlung Leopold von Buch, Prof. Göppert (Otto war bereits abgereist), und Elie de Beaumont, aus der Schweiz zurückkehrend. Wir blieben vier Tage beisammen, von Morgen bis Abends in dieser oder in der Kreissammlung, nicht um anzuschauen, sondern um zu studiren: denn hier ist ein Reichthum an Versteinerungen aus allen Gegenden, wie man ihn nicht leicht anderswo finden wird. Da ich im Begriff stehe, im künftigen Frühjahr mein VII und VIII Heft der Flora der Vorwelt herauszugeben, so waren mir die Untersuchungen in den verschiedenen Sammlungen auf dieser Reise von grossem Werth. Den 13 October schlug ich endlich den Weg nach Eger ein, besuchte den Kammerbühl, ordnete zum Schlusse meiner Unternehmung noch eine kleine Nachgrabung an, und traf endlich, nach viermonatlicher Abwesenheit, in meinem ganz vertrockneten Březina an, wo ziemlich viele Retardate meiner harrten.

Den 31 Dec. 1836. Wie gewöhnlich habe ich die letzten Monate dieses Jahres in Březina still und einsam zugebracht, ausser einem achttägigen Abstecher nach Prag, zu den Prüfungen der jungen Oekonomen bei der Gesellschaft. Die Retardate sind aufgearbeitet, die Einleitung zu den zwei Heften der Flora der Vorwelt vorbereitet, der letzte Bogen der Geschichte der

Bergwerke corrigirt, 26 Bogen der Geschichte der Berggesetzgebung redigirt, meine häuslichen und ländlichen Geschäfte so
weit geordnet, dass ich beruhigt abreisen kann.

Im Monat November hatte sich die *Cholera* auf der Herrschaft entwickelt. Sie begann im Dorfe Přívětic sporadisch, wo
sie nur kurz weilte und wenige Opfer forderte, kam von da in
N.W. Richtung in die Stadt Radnitz, wo sie zwar länger anhielt,
aber auch nur wenig Leute, meist arme und gebrechliche Menschen, mitnahm, richtete sich von da nach W., übersprang das
grosse Dorf Wranowic und die Kohlenbergwerke, und fiel in das
kleinere Dorf Darowa, wo sich meine Eisenmanufactur befindet;
hier erkrankten mehr als 30 Menschen von jedem Alter und
starben nahe die Hälfte. Dann wendete sie sich südlich in das
Dorf Kříš: auch hier erkrankten in 8 Häusern 30 Personen und
starben 13. In dem nächsten Dorfe östlich, Stupno, erkrankte
und starb Einer binnen 12 Stunden; sein Sohn kam aus einem
andern Dorfe ihn zu besuchen, wurde krank, aber gerettet, und
damit war der Anfall beendigt. Auf der nördlich angränzenden
Herrschaft Liblin dauerte die Krankheit länger, ist aber bereits
allenthalben erloschen. Kein äusserer meteorischer Umstand hat
auch nur den geringsten Einfluss darauf gezeigt. Erkältung
nach vorangegangener Erhitzung und Indigestionen scheinen sie
zu entwickeln. Die erste Person, die daran starb, hatte sich
durch Uebergenuss von Schwämmen mit gebackenen Kuchen
von Gerstenmehl eine Indigestion zugezogen, und starb in 15
Stunden. Ein Schaffer von mir hatte bei einer Feuersbrunst
sich sehr erhitzt und blieb die Nacht als Wächter bei der Brand-
stelle, kam dann nach Hause, bekam Abweichen und that nichts
dagegen; des Nachts um 11 Uhr überfielen ihn die Krämpfe,
um 8 Uhr Morgens war er todt. Im Inneren der Häuser und
Zimmer wird sie ansteckend, zumal bei hinzutretender Gemüths-
bewegung. Im Dorfe Kříš erkrankte ein starker Mann in den
besten Jahren; sein Vater und Bruder arbeiteten in einer Oleum-
fabrik, es wurde ihnen von den Hausbewohnern die Nachricht,

mitgetheilt: sie eilten nach Hause und fanden den Kranken in
den letzten Convulsionen mit dem Tode ringend; sie erschraken,
blieben bei ihm, wurden am folgenden Tage von der Krankheit
überfallen und starben beide. Von Krankenwärtern, die eigens
bestellt waren, starb Niemand. Kinder starben, die Eltern blieben gesund; Eltern starben, die Kinder blieben gesund. Es
lässt sich dieser Krankheit kein sicheres Prognostikon abgewin-
nen; die Aerzte wissen nicht viel mehr davon, als wir Laien.

Dankend schliesse ich das scheidende Jahr; zwar fühle ich
manche Spuren des wahren Wortes, Senectus ipsa morbus est:
die Sinne, das Gedächtniss nehmen ab, die viel benützten Füsse
werden steif und ungeschickt: doch habe ich in gewohnter Weise
die Jagden bei mir mitgemacht, wenn auch mehr mit dem Stock
als dem Gewehr in der Hand. Meine Geisteskräfte gestatten
mir noch ununterbrochen zu arbeiten; es geht wohl langsamer
vom Fleck als ehemals, es geht aber doch. Dafür danke ich
dem lieben Gott recht herzlich. So gehe ich meinem 77 Geburtstag entgegen, den ich hier noch still und allein zuzubringen gedenke. Es ist meine Sitte, an diesem Tage meine Gruft
zu besehen. Am Tage unserer Geburt haben wir unbewusst
den Revers unterschrieben, dass wir, als Sterblinge geboren,
auch sterben müssen: es ist in der Ordnung, uns an diesem
Tage der übernommenen Pflicht zu erinnern und das ad utrum-
que paratus auszusprechen; es erfolgt darum nicht um eine
Stunde früher oder später, als es in der Natur der Dinge liegt,
es ist aber gut, dass man sich dessen erinnere. Wenige von
denen, die mit mir zugleich unterschrieben haben, sind noch
vorhanden; ich lebe grösstentheils mit der dritten Generation.
Die erste Abtheilung meiner Erinnerungen, die lebhafteste von
allen, ist für mich verschollen; ich kann zu Niemanden sagen:
„erinnerst Du Dich, als wir zusammen“ u. s. w. Die Jugendgespielen sind nicht mehr vorhanden, Niemand erinnert sich mehr
des jugendlichen Aufstrebens jener Zeit. Man hat Geduld mit
meinen Altersschwächen, und ich danke es der jugendlichen

Welt: es ist aber immer ein niederschlagender Gedanke, dass man der Geduld bedarf. Darum lebe ich auch am liebsten allein, wo ich Niemanden zur Last falle, und doch noch manches Nützliche zu gestalten vermag. Amen.

1837.

Die Wintermonate, der Fasching, gehören der Jugend an; ich gehe meinen gewohnten Weg. Die beiden Abtheilungen des ersten Bandes meiner Geschichte der böhmischen Bergwerke waren vollendet und wurden ausgetheilt. Ob sie ihren Zweck erreichen werden, eine vollständige Berggesetzgebung zu vermitteln und zum Bergbau aufzumuntern, damit die täglich zunehmende Menge armer Menschen Verdienst und Brod finde, muss ich erwarten. Geschwind wird der Erfolg nicht eintreten, wir brauchen zu Allem lange Bedenkzeit; ganz verloren wird sie auch nicht sein, wenn keine widrigen Umstände eintreten; sie hat bei Einzelnen Eingang gefunden.

Im Monat April war, wie gewöhnlich, allgemeine Sitzung des Museums. Ich habe auch hier in meiner Rede Gelegenheit gefunden, einige Worte über die geometrische Proportion der steigenden Population auszusprechen. Es ist hohe Zeit, dass die Ministerien aufmerksam gemacht werden. Ein Ehrenmann in Berlin hat viele vortreffliche Worte darüber gesprochen, leider nur zu viele: vier Bände werden heutzutage, ausser bei einem Roman, nicht gelesen.

Nach der Versammlung ging ich nach Wien. Früher war schon Palacký nach Rom geschickt worden, um im Archiv und der Bibliothek des Vaticans Materialien für die Geschichte Böhmens zu sammeln, woran ich auch Theil nahm. In *Wien* glückt es mir manchmal etwas Nützliches durchzusetzen; meine freie unbedeutende Stellung, die Niemanden im Wege steht, und das Vertrauen, welches ich mir erworben habe, begünstigen mein Wirken. Für mich habe ich nie etwas verlangt, Manches für

Andere, hauptsächlich für die Pflege der Wissenschaften: es sind aber nur Einzelnheiten zu erlangen. Das Hauptübel, die Concurse, hat Niemand den Muth anzugreifen, und diese drängen uns ein halbes Jahrhundert zurück hinter unsere Nachbarn; denn wer nicht vorwärts geht, der geht zurück. Im Monat Juni war ich in Karlsbad, mit Erzherzog Johann zugleich; ich begleitete ihn bei vielen Excursionen, und unsere Klagelieder gingen über dasselbe Thema: wir sind aber beide Prediger in der Wüste, unsere Worte verhallen in den Lüften!

Nun war es an der Zeit, die Voranstalten für die Versammlung der Naturforscher und Aerzte zu machen. Dies geschah in *Prag* nicht ohne einige Anstrengung, da man hierlands mit der Anstalt selbst nicht vertraut ist. Als das meiste geordnet war, kam ich nach Březina zurück, um meine Rede zu schreiben. Sie soll ein Bohemicum werden: wir wollen sehen, wie es geräth. Ich habe die Gesellschaft hierher geführt, so ist es auch meine Pflicht, für sie zu sorgen. Es wird mir aber schwerer, als ich erwartet hatte: mein Gesicht hat sehr abgenommen; ich lese mit grosser Mühe, doch hoffe ich diesmal noch durchzukommen.

Die mir vor zehn Jahren für das Museum versprochenen Doubletten der Brasilianer Sammlungen haben wir endlich im heurigen Jahr erhalten: vaut mieux tard, que jamais! Auch bin ich endlich mit der Herausgabe des zweiten Bandes von Pohl's Reise nach Brasilien fertig geworden: ein monstros dicker Band von mässigem Inhalt und schönen Kupfern, von denen man jedoch nicht recht weiss, wohin sie passen. Ein anderes Geschäft hat sich mir aufgethan, an welchem ich warmen Theil nehme. Baron Karl Hügel hatte seine weite Reise durch Asien, den fünften Welttheil und einen Theil von Afrika glücklich vollendet, und seine Mutter, eine mehr als 40jährige Bekannte von mir aus Regensburg, wo ihr Gemahl kaiserl. Commissär am Reichstag gewesen, zwar noch lebend, aber kränklich und schwächlich wiedergefunden. Sie hatte beinahe ihr ganzes eigenthümliche Vermögen zu dieser Reise verwendet, und freute sich gar sehr über die mitgebrachten Seltenheiten: als sie aber ihr Ende anrücken sah, so wurde ihr doch bange, wie sie ihr Vermögen, welches durch diese Sammlung repräscntirt wurde, unter ihre Kinder vertheilen sollte. Am Tage vor meiner Abreise berief sie mich zu ihrem Ruhebette und ersuchte mich, das Mögliche zu veranlassen, damit die ganze Sammlung vom Staat erkauft werden möchte. Dies gelobte ich ihr mit Hand und Mund, weil ich aus demjenigen, was ich davon bereits gesehen, mich überzeugt hielt, dass durch diese Acquisition das Wiener Museum zu dem reichsten und vollständigsten erhoben würde. Da ich jedoch nur einen indirecten Einfluss auf dieses Geschäft ausüben konnte, die Sammlungen ob Mangel an Raum noch nicht aufgestellt, die Gegenstände nicht bestimmt, die Kataloge nicht geschrieben waren, so konnte die Negotiation vor ihrem Ende nicht eingeleitet werden. Ich hoffe sie jedoch durchzuführen, und dem Staat so wie der Familie einen guten Dienst zu leisten. Durch den Tod der Mutter ist mir ein Haus in Wien abgestorben, wo ich gerne meine Abende zuzubringen pflegte; sie blieb stets zu Hause; am Theetische versammelten sich Menschen aus allen Ständen, Einheimische und Fremde, die Conversation war gewöhnlich interessant. Solcher gesellschaftlicher Cirkel gibt es jetzt wenige; ein solcher Verlust wird nicht ersetzt, wie eigentlich keiner in späteren Jahren; von Surrogaten bin ich kein Liebhaber.

25 October 1837. Was ich vor drei Monaten geschrieben kann ich wegen Schwäche meines Gesichtes nicht mehr lesen: ich weiss daher nicht, wie sich Dasjenige, was ich nun schreiben werde, an das Vorhergehende anschliessen wird.

Am 29 August reiste ich nach *Prag*, um dort zu bleiben und die Vollendung der Herstellung und Meublirung (mit Stühlen und Bänken) in dem Universitätsgebäude zu beschleunigen, und zahllose kleine Anstände, die sich täglich ergaben, zu beseitigen. Als der Einzige in Prag, der zehn Versammlungen besucht hatte, daher Gebräuche und Missbräuche am genauesten kannte, musste ich dafür sorgen, dass die fremden Gäste, so weit es möglich ist, alles zu einem bequemen und angenehmen Aufenthalt Erforderliche vorbereitet finden. Ich wurde hierin von allen Vorständen, von den Personen der Bureaux, vom Stadtmagistrat und der Bürgerschaft, so wie von dem Rector Magnificus auf das Kräftigste unterstützt. Alles verkündete eine zahlreiche Versammlung: nur aus Norddeutschland war ein Ausfall zu besorgen, weil das Jubiläum der Göttinger Universität mit der Versammlung in Prag zusammenfiel. Als aber in Berlin die Cholera ziemlich verheerend ausbrach, und ein von dort zurückkehrender Schauspieler, Herr Costenoble, in Prag im Gasthof an den Folgen derselben starb, was die Imagination hysterischer Weibleins so erschreckte, dass sie die Flucht ergriffen und die Schreckensposaune ertönen liessen, die von deutschen Zeitungen schnell aufgenommen und durch ganz Deutschland bis Paris verbreitet wurde: da erfuhren wir durch Absagebriefe von verschiedenen Seiten endlich die alberne Mähre von der Cholera in unserer Stadt, wo nichts davon bekannt war. Glücklicherweise waren nicht alle Reisenden gleich furchtsam. Wir traten am 12 Sept. in dem Bureau zusammen, und zwischen dem 14 und 18 Sept. füllten sich die bestellten Quartiere und Gasthöfe. Die Vorgänge bei der Versammlung sind durch die Zeitungen bekannt geworden, die näheren Umstände wird unser Bericht enthalten.

Mir war sehr bange, dass ich die Eröffnungsrede nicht würde lesen können; denn meine Augen waren durch andauernde Anstrengung und Aufregung sehr schwach geworden und die Tage sehr nebelhaft und trübe. Aber es steht geschrieben: wenn ihr vorgerufen werdet, was ihr sprechen sollt, es wird euch eingegeben werden: so trat ich denn vor und las deutlich und vernehmlich, was ich heute nicht mehr vermöchte. Es bildete sich Alles schicksam und erfreulich.

Am Tage des königlichen Gastmahls (auf dem Prager Schlosse) trank ich die Gesundheit des Kaisers in folgenden Worten:

„Der heutige Tag erweckt in unsern dankbaren Gemüthern

die Erinnerung an den 25 September 1832, wo die Gesellschaft deutscher Naturforscher und Aerzte auf Anordnung des allgemein verehrten unvergesslichen Kaisers Franz I in Lachsenburg auf das Gastfreundlichste aufgenommen und bewirthet wurde. Jener 25 September, an welchem mir die Ehre geworden war, dem Naturforscher auf dem Throne, unter dessen mildem Scepter die Völker ruhig unter ihrem Weinstock und ihrem Feigenbaum wohnen, die Huldigung der Anwesenden auszusprechen, und der heutige, der uns in dieser Königsburg versammelt, sind zwei wichtige Epochen in der Geschichte der deutschen Naturforscher und Aerzte. Kaiser Franz hat das vereinende Band um Deutschlands Naturforscher in Wien geschlungen, Kaiser Ferdinand hat es in Prag fester geknüpft. Die kalte polarische Theilung ist verschwunden, Nord und Süd, Ost und West sind incinander verschmolzen: es gibt nur *ein* Deutschland wie nur *eine* Naturforschung, wenngleich sie den ganzen Erdball umfängt, — und mir ist gegönnt, noch vor meinem Ende die Erfüllung eines lang gehegten Wunsches zu schauen, und dem Sohne, der den Fussstapfen seines Vaters folgend, das grosse Vereinigungswerk vollendet hat, im Namen der deutschen Naturforscher und Aerzte den tief gefühlten und richtig erkannten Dank zu bringen. Kaiser Ferdinand I von Oesterreich lebe hoch!"

Die älteren Mitglieder, die seit Dresden 1826 fast allen Versammlungen gefolgt waren, verstanden den eigentlichen Sinn, und sagten mir freundlich: „Oken hat die Versammlungen geschaffen, Sternberg hat sie erhalten." Ich bin belohnt. Wir schieden wechselseitig zufrieden.

Einige Naturforscher hatten gewünscht, einen aufrecht stehenden versteinten Baum (Cycadites columna) in meinem Steinbruche oberhalb der Steinkohle zu sehen. Ich lud sie ein, mich in Březina zu besuchen, und reiste den 29 Sept. dahin. Es folgten mir Mr. Bentham aus London mit seiner Frau, Prof. Göppert aus Breslau, Baron Leopold von Buch aus Berlin, Élie de Beaumont aus Paris und Oberbergrath Nöggerath aus Bonn. Wir

brachten ein paar Tage in grosser Thätigkeit über und unter
der Erde in meinen Steinkohlengruben vergnügt zu. Baron von
Buch schrieb mir am folgenden Tage ein paar Worte des ver-
bindlichsten Dankes. *) Ich bin belohnt. Das Museum in Prag
wurde fleissig besucht, die Einrichtung wie Aufstellung gelobt.
Was konnten wir mehr wünschen?

Unter allen diesen erfreulichen Ereignissen habe ich das
Geschäft wegen der Sammlungen Baron Hügel's nicht vergessen.
Wie schwer es mir auch ankam, so habe ich doch meinen Bericht an das Ministerium des Innern über diese Sammlungen
und die Wichtigkeit ihres Ankaufs für Wien aufgesetzt, mit dem
Baron Hügel, als er nach Prag kam, besprochen und adjustirt;
und als mich meine Freunde verliessen, reiste ich über Prag
zum Minister Grafen Kolowrat aufs Land, um ihm sowohl Kataloge der Sammlungen als meine Ansichten darüber mitzutheilen.
Er hat sie untersucht und meine Absicht gebilligt; das Uebrige
muss nun Baron Hügel selbst in Wien fördern.

Bei dieser Gelegenheit erfuhr ich einige Pläne der Finanz-
stelle, welche unsere alte Verfassung ganz umändern würden.
Weit entfernt zu glauben, dass man dem Geist der Zeit gar nicht
nachgeben soll, halte ich doch für nothwendig, dass man bei
einer jeden Umänderung die Geschichte des Landes zu Rathe
ziehen und den Charakter des Volkes beachten soll: beide sind
aber dem Finanzminister fremd, er ist ganz unbekannt. Ich

---

*) „E. E. werden mir verzeihen, dass ich die erste Ruhe ergreife, Ihnen
meinen tiefgefühltesten Dank zu sagen, und so auch mein Begleiter
Élie de Beaumont, für die reiche Belehrung, welche uns in Ihrer Umgebung zu Theil geworden ist: dass ich Ihnen meine Freude bezeugen
darf, den Weisen inmitten seiner Schöpfungen gesehen zu haben;
dass ich es habe sehen mögen, wie man das gründliche Studium der
Wissenschaften mit Vaterlandsliebe und Vaterlandsnutzen vereinigen
kann. Erhalten Sie sich! Es wirkt nicht allein die unmittelbare Thätigkeit Jahrhunderte fort, man wirkt auch durch Beispiel und erregt
andere, sich auch zu erheben, so weit sie es vermögen." (Libkowitz
den 4 Oct. 1837.)

reiste daher sogleich wieder zu mir auf's Land zurück, und dictirte meinem Wirthschaftsconsulenten Pauk ein Promemoria über die Verhältnisse unseres Landes, über dasjenige, was unschädlich eingeführt, was vermieden werden sollte, und warnte vor Neuerungen und deren rascher Einführung, wenn sie unpopulär und geschichtwidrig sind. Dieses überschickte ich dem Minister Grafen Kolowrat. Man muss nicht vergessen, dass der österreichische Staat aus Nationen und Königreichen zusammengesetzt ist, die alle ihre eigene Geschichte, ihre eigene Verfassung gehabt haben und zum Theil noch haben; da kann man nicht Alles über einen Kamm scheeren; Geschichte, Zunge und tausendjähriges Herkommen muss berücksichtigt werden, wenn man nicht bei allen Ständen unpopulär werden will.

Den 16 December 1837. Noch einmal, bevor das Licht meiner Augen ganz verlischt, wollte ich mein liebes altes Regensburg besuchen, wo ich 25 Jahre verlebt habe. Den 21 November reiste ich dahin. Die meisten der alten Bekannten fand ich freilich nur auf den beiden Kirchhöfen, wo sie friedlich ruhen; die wenigen noch Lebenden schaarten sich freundlich um den alten Bekannten. Ich habe in den 14 Tagen, die ich dort verweilte, nichts als Liebes und Freundliches erfahren. Die Fürstin Taxis, die Familie Bray, Freund Felix, die botanische Gesellschaft, der historische Verein haben sich um mich beworben. Ich hätte manchen Eindruck zu bezeichnen: aber ich sehe nicht mehr, was ich schreibe. Viele Eindrücke habe ich von dort mitgenommen; sie müssen in meinem Inneren verwahrt bleiben. Dank sei Allen gesagt, die ihren alten Lebensgesellen so treu in ihrem Gedächtniss bewahrt haben.

Am St. Silvester Abend (31 Dec. 1837.) Das klimakterische Jahr (77) ist geschlossen, das Ende meines Altersjahres ist nahe. Vieles hat der Herr gegeben, Vieles hat er genommen: der Name des Herrn sei gebenedeiet!

Die

Grafen Kaspar und Franz Sternberg,

und ihr Wirken für

Wissenschaft und Kunst in Böhmen.

VORTRAG,

gehalten in der Versammlung der königl. böhmischen Gesellschaft der
Wissenschaften am 15 December 1842

von

Franz Palacký.

Meine Herren! Indem ich es versuche, Ihnen zwei unserer verdientesten Ehrenmitglieder, die Grafen Kaspar und Franz Sternberg, ins Andenken zurückzurufen, und deren vieljährige Wirksamkeit für Weckung und Verbreitung von Wissenschaft und Kunst in unserem Vaterlande zu schildern, erfülle ich eine doppelte Pflicht: erstens, die statutenmässige Pflicht unserer Gesellschaft, ihren Mitgliedern in ihren Acten biographische Denkmale zu setzen; und zweitens, eine persönliche Pflicht der Dankbarkeit gegen zwei Wohlthäter, welche nicht nur auf den ganzen Gang meines Lebens und auf die Richtung meiner Studien entscheidenden Einfluss geübt, sondern mich auch in den Stand gesetzt haben, über ihre eigenen Erlebnisse und Bestrebungen manche willkommenen und, wie ich hoffe, mitunter nicht unerheblichen Aufschlüsse zu geben.

Fürchten Sie indessen nicht, dass ich, von der Gewohnheit aller akademischen Lobredner hingerissen und von persönlicher Neigung bestochen, Ihnen ein, wie man sagt, „geschmeicheltes" und einseitiges, darum nur halbwahres Lebensbild vorführen werde. Selten sind allerdings die Männer, deren Gesinnung und Charakter in allen Beziehungen so edel, deren Thätigkeit so wohlthätig und einflussreich, und deren ganze Erscheinung so glänzend sich darstellte, dass das Licht nicht auch von einer Schattenseite umgränzt wäre, die lebendigen Züge nicht hie und da noch etwas zu wünschen übrig liessen. Da jedoch alle Geschichte, das Gemeine verschmähend, nur an die Erscheinungen höherer Geistesthätigkeit, als ihren eigentlichen Gegenstand, angewiesen ist: so habe auch ich in dem Leben dieser zwei blut-

13*

und geistverwandten Grafen, an deren Namen eine ganze Bildungsepoche in Böhmen sich knüpft, zunächst nur dasjenige nachzuweisen, was auf ihre uns allen wohlbekannte Thätigkeit für Wissenschaft und Kunst, fördernd oder hindernd, Einfluss nahm und sie charakterisirte. Wenn es mir gelänge, nur die für sich selbst sprechenden Thatsachen in ihrem ganzen Umfange zusammenzufassen und sie einfach und treu hinzustellen, so könnte ich mir schon schmeicheln, die keineswegs leichte Aufgabe nicht nur richtig, sondern auch ganz im Sinne der Verstorbenen selbst gelöst zu haben. Denn auch sie wollten und suchten in Allem nur die Wahrheit; Schmeichelei war ihnen unter jeder Form widerwärtig und verhasst, und ich kenne meine Pflicht zu gut, als dass ich es wagte, mich auch nur durch den Schein derselben gegen ihre verehrten Manen zu versündigen.

Dass seit der Regierungsepoche der unvergesslichen Maria Theresia der böhmische Adel sich um die Wiederbelebung der Wissenschaften und Künste in unserm Vaterlande grosse Verdienste erworben hat, ist zu allgemein bekannt und anerkannt, als dass es nöthig wäre, in eine Beweisführung darüber einzugehen. Noch ist das Andenken der Grafen Franz Kinsky, Emanuel Waldstein und Franz Anton Nostitz, so wie des Fürsten Karl Egon von Fürstenberg, des Stifters unserer Gesellschaft, bei unseren Zeitgenossen nicht erloschen; und was in unseren Tagen die Chotek, Kolowrat, Lobkowitz, Nostitz, Thun, Černin und Andere geleistet haben oder noch leisten, bedarf keines Lobes von meiner Seite. Dass aber der Name *Sternberg* in dieser Beziehung allen anderen vorangehe, und dass insbesondere die Grafen *Kaspar* und *Franz* Sternberg ein Menschenalter hindurch an der Spitze alles dessen zu stehen pflegten, was nur immer zur Förderung der Wissenschaft und Kunst in Böhmen unternommen werden mochte: das ist noch allgemein in der Erinnerung unserer Zeitgenossen verbreitet, und wird von Niemanden in Zweifel gezogen. Und da ihre Thätigkeit dem zufolge, wenn sie gleich nicht aus dem Privatstande traten, eine öffentliche genannt werden muss, und eine der schönsten Seiten unserer neuesten Landesgeschichte bildet: so erfülle ich,

indem ich in deren Schilderung eingehe, zugleich die Pflichten
des mir eigentlich zugewiesenen Berufes.

———

Der Name *Sternberg* wird schon seit den Mongolen-
tagen unter den Ersten des Landes Böhmen und Mähren genannt; die böhmischen Landesämter weisen in den letzten sechs
Jahrhunderten nicht weniger als 4 Oberstburggrafen, 1 Oberst-
kanzler, 6 Oberstkämmerer, 4 Oberstlandrichter und eine Menge
hoher Hofbeamten dieses Namens nach, — der noch zahl-
reicheren Aemter in Mähren nicht zu gedenken. Wie Sternberge in den wichtigsten Epochen, z. B. in den Hussitenun-
ruhen, bei Ausbruch des 30jährigen Krieges, an der Spitze der
Regierung standen, ist bekannt. Doch ist der Ruhm dieses Ge-
schlechtes noch älter, als sein Name, da diese Familie schon um
hundert Jahre früher in Ansehen stand, bevor sie die beiden
Burgen Sternberg in Böhmen und in Mähren erbaute und
sich nach ihnen benannte; der erste Erbauer dieser Burgen seit
1242, Zdislaw, war ein Sohn jenes Herrn Diwiš von Diwišow,
der als oberster Hofmarschall des kräftigen Königs Přemysl
Otakar I seit 1220 viel im Staatsdienste gebraucht worden war.
Das Geschlecht ist daher, trotz dem deutschen Namen, ein ur-
sprünglich böhmisches, und keineswegs aus Deutschland einge-
wandert.

Nachdem seine sämmtlichen alten mährischen Linien schon
im XVI Jahrhunderte, und auch die böhmische der Herren
Holicky von Sternberg seit 1712 erloschen waren, theilte sich
das Haus durch zwei Söhne des im J. 1703 verstorbenen Oberstburggrafen Adolf Wratislaw von Sternberg, namentlich Franz
Damian († 1723) und Franz Leopold († 1745) neuerdings in
zwei Linien: die damianische und die leopoldinische. Unser Graf
Kaspar Sternberg war ein Enkel Franz Leopolds; Graf Franz
Sternberg dagegen ein Urenkel Franz Damians. Sie gehörten
daher zwei verschiedenen Linien ihres Hauses an; obgleich sie
wegen ihres Beisammenlebens in Prag seit 1810, und wegen der
innigen Harmonie, welche sie wechselseitig umschlang, im
Publicum irrigerweise häufig als Brüder angesehen wurden.
Aber nicht allein ihre Geburt, sondern auch ihre ganze Jugend-

bildung und Bestimmung, so wie ihre äussere Stellung im Leben, waren bis 1810 so verschieden von einander, dass wir ihrer Beider Leben erst einzeln betrachten müssen, bis zu jener Epoche, wo sie sich für immer zusammenfanden, und in gemeinsamer Thätigkeit, einander gleichsam ergänzend, für das allgemeine Beste zu wirken begannen.

Ich fange zuerst mit dem Leben des Grafen Franz Sternberg an: denn war er gleich an Jahren der jüngere, so galt er doch, als Erstgeborner der älteren Linie und als Besitzer der Familien-Fideicommisse, für den Chef des gesammten Hauses, das er auch, seit dem Tode seines Vaters, nach allen Beziehungen hin glänzend repräsentirte.

Des Grafen *Franz* Sternberg Vater war Franz *Christian* Graf von Sternberg (ein Sohn Franz Philipps, † 1786, und Enkel des obengenannten Grafen Franz Damian, des Gründers dieser Linie); er war k. k. wirklicher geheimer Rath und Kämmerer, Ritter des goldenen Vliesses, Herr der Herrschaften Zasmuk und Častolowic u. s. w. Seine Mutter war Auguste, des Grafen Johann Wilhelm von Manderscheid-Blankenheim älteste Tochter, welche ihrem Gemahl am 7 November 1762 angetraut worden war. Graf Franz war das erste Kind dieser Ehe, und kam in Prag am 4 September 1763 zur Welt; ihm wurden später noch sechs Brüder und drei Schwestern geboren, worunter jedoch nur ein Bruder, der (in Paris) noch (1842) lebende Graf Johann Wilhelm, und zwei Schwestern, Auguste, Salesianerin in Wien, und Marie, vermählte Fürstin Salm-Salm, ein reiferes Alter erreichten.

Den ersten Unterricht erhielt Graf Franz im väterlichen Hause, nach der Sitte der damaligen Zeit, von französischen Erziehern. Als aber nach dem Tode seines Grossoheims Franz Joseph Georg, des letzten regierenden Grafen von Manderscheid-Blankenheim († 1780, 6 Decemb.), seine Mutter Erbin der Manderscheid'schen reichsunmittelbaren und anderer Besitzungen über dem Rheine geworden war, und seine Eltern ihren bisherigen Wohnsitz mit Köln am Rhein im Winter, und dem Schlosse Blankenheim im Sommer vertauschten, genoss der

junge Graf dort den Unterricht des den Kölnern durch sein
herrliches Museum unvergesslichen Canonicus, Ferdinand Franz
Wallraf. Da lernte er nicht nur erst deutsch (denn bis dahin
war er eigentlich nur des Französischen mächtig gewesen), sondern bildete sich auch, unter der Leitung dieses durch Geist
und Gemüth ausgezeichneten Mannes, in den Wissenschaften
sowie im Studium der Natur und der Kunst aus. Wallraf's
Lehre und Beispiel machte einen tiefen Eindruck auf sein jugend-
liches Gemüth; er bildete zuerst seinen Sinn für Denkmäler des
Alterthums und der schönen Kunst, und erweckte in ihm jene
Lust zu sammeln, welche ihn dann bis zu seinem Ende nicht
mehr verliess. Im ersten Eifer wurde dieser Trieb nach allen
Richtungen thätig: Bücher, Handschriften, Urkunden, Gemälde,
Kupferstiche, Zeichnungen, Münzen, Alterthümer, Mineralien
und andere Natur- und Kunstproducte mehr, wurden mit Eifer
aufgekauft und zusammengetragen; und das böhmische Museum
besitzt gegenwärtig noch Versteinerungen und vulcanische Gebilde aus der Eifel, welche er in diesen Jahren gesammelt hat.

Bis zum Jahre 1787 lebte der Graf in den Rheingegenden
mit seinen Eltern, unternahm von dorther Reisen nach Frankreich und den Niederlanden, und liess sich eine kurze Zeit auch
als Praktikant bei der Regierung in Bonn gebrauchen. Aber
seit seiner Vermählung mit der Gräfin Francisca von Schönborn am 23 September 1787 nahm er seinen bleibenden Wohnsitz wieder in Prag, um so mehr, als seine mütterlichen Besitzungen am Rheine durch den französischen Revolutionskrieg
bald verloren gingen, und sein Haus, nach dem Frieden von
Amiens, in dem Reichs-Deputations-Recess von 1803, für die
erlittenen Verluste durch die secularisirten Abteien Schussenried und Weissenau nur zum Theil entschädigt wurde. Seine
Eltern aber lebten später entweder in Wien, oder abwechselnd,
auf ihren Besitzungen in Böhmen.

Die geistige Aufregung, in welche, wie alle Völker der
österreichischen Monarchie, so auch die Böhmen, durch die
Regierungsmassregeln und den Tod Kaiser Josephs II geriethen,
ist dem Gedächtnisse unserer Zeitgenossen noch nicht ent-
schwunden. · Als Kaiser Leopold II am 1 Mai 1790 die böh-

mischen Stände wieder zu einem Landtage zu berufen befahl, um sich alle ihre Beschwerden und Wünsche, insbesondere hinsichtlich der Wiedereinführung der ständischen Verfassung und ihrer Wirksamkeit, vortragen zu lassen, nahm auch Graf Franz Sternberg an den vom 12 Juli bis 6 September, dann vom 27 October bis 27 November 1790, und endlich am 17 Januar 1791 fg. fortgesetzten Landtagsverhandlungen den thätigsten Antheil. Bekanntlich sind diesen Versammlungen in gleichzeitigen Flugschriften die grössten Vorwürfe darüber gemacht worden, dass namentlich die tongebenden Stände, Geistlichkeit und Adel, nur auf ihren besonderen Vortheil, auf die Herstellung des Feudalsystems mit allem Druck, bedacht, die Gelegenheit versäumt hätten, von einem zum Bewilligen geneigten Monarchen mehr Erspriessliches für das Gemeinwohl zu begehren. Wenn ich mir aber über den Grund oder Ungrund dieses Tadels kein Urtheil anmassen will, so kann ich doch, nach den mir zu Gebote stehenden Quellen, bestimmt versichern, dass Graf Sternberg zu der Zahl der damals durch Geist und Bildung hervorragendsten jüngeren Mitglieder des höchsten böhmischen Adels gehörte, deren herzliche Bereitwilligkeit zu Opfern jeder Art über alles Lob erhaben war. Die Erfolglosigkeit vieler edlen Bemühungen, und die alles verschlingende Fluth der französischen Revolutionskriege, zogen jedoch bald auch seinen Geist von dieser Sphäre ab, und er wendete sich je länger je inniger denjenigen Gegenständen zu, deren stille, thätige Pflege einem durch Vermögen, Geist und Geschmack hochstehenden Manne eben so viel Genuss als Ehre zu bringen pflegt.

Es hatte sich in Böhmen seit den letzten Jahren der Regierung Maria Theresia's ein geistiger Aufschwung gebildet, welcher nicht ohne Einwirkung auf die damals ins Leben eingetretene Generation bleiben konnte. Fast gleichzeitig erwachten die Studien der vaterländischen Geschichte und der Naturwissenschaften: jene vorzüglich durch Gelasius Dobner, dessen Verdienst kaum hoch genug angeschlagen werden kann, und später durch Pelzel und Dobrowsky; diese durch den Edlen von Born und diejenigen Männer, welche mit ihm seit 1769 zu einer Privatgesellschaft zur Aufnahme der Mathematik und der Naturgeschichte sich vereinigt hatten; woraus durch Zuthun des Fürsten Karl Egon von Fürstenberg im Jahre 1784 eben unsere Gesellschaft der Wissenschaften sich gebildet hat. Der erste Secretär dieser Gesellschaft, Dr. Johann Mayer, ein Freund von Born und als Arzt sehr geschätzt, nahm lange Zeit einen bedeutenden Einfluss auf die Entwickelung des wissenschaftlichen Geistes und auf Verbreitung einer höheren Bildung in Böhmen. Sein Haus war gleichsam der Vereinigungspunkt alles Strebens dieser Art; viele Jahre lang versammelten sich bei ihm fast täglich zu bestimmten Stunden alte und junge Männer jedes Standes, die nach wissenschaftlicher Bildung strebten. Graf Kaspar Sternberg pflegte noch im hohen Alter es dankbar anzuerkennen, dass er in Mayer's Gesellschaft einst die erfolgreichste Anregung zu wissenschaftlicher Thätigkeit gefunden; auch Graf Franz Sternberg, dessen Durst nach Wissen sich jeden Tag höher äusserte, besuchte vorzugsweise diesen Kreis, der ihn in vielseitige Berührung mit gelehrten Männern brachte, und auch das erste Mittel bildete, das unsere beiden Grafen später zu gleicher Wirksamkeit vereinigte.

Näher mit dem Umfange der Wissenschaften vertraut, bemerkte der Graf von selbst, dass ein allgemeines Sammeln die Kräfte eines Einzelnen übersteige. Er überliess daher das Naturreich andern jungen Männern, welche aus Johann Mayer's Kreise hervorgingen, einem Thaddäus Hänke (dem nachmaligen Weltumsegler mit Malaspina) einem Jirasek, Lindacker, Preissler, Hoser u. s. w., und beschränkte sich auf Geschichte und Kunst. Insbesondere wurde eine Münz- und Kupferstichsammlung von ihm angelegt; Anfangs, wie gewöhnlich, nach einem breiteren Massstabe und vielleicht noch ohne bestimmten Plan: als er sich aber in beide Fächer mit unsäglichem Fleiss und mit Beharrlichkeit eingearbeitet hatte, entwickelte sein richtiger Verstand von selbst ein eigenes System, um seine Kupferstichsammlung zu einer chronologischen Uebersicht der Kunst selbst zu gestalten, und eine specielle böhmische Münzsammlung als Beleg zur Geschichte aufzustellen.

Als vorzüglicher Münzkenner wurde er schon im J. 1796

von unserer Gesellschaft der Wissenschaften mit einem Diplom
als Ehrenmitglied beehrt, nachdem er der Gesellschaft über zwei
strittige alte Münzen eine befriedigende Aeusserung übergeben
hatte. Er pflegte jedoch ihre Sitzungen wie ein ordentliches
Mitglied der historischen Classe zu besuchen, führte später
viele Jahre hindurch ihre Kassa mit der pünktlichsten Sorgfalt,
und wirkte auch sonst thätig in allen ihren Berathungen und
Unternehmungen mit.

Seinen Bemühungen und seinem Eifer für vaterländische
Kunst ist es grösstentheils zu danken, dass sich aus der Mitte
des böhmischen Adels im J. 1796 eine Privatgesellschaft patriotischer Kunstfreunde bildete, welche seit 1800 eine Akademie der bildenden Künste, und noch früher eine Bildergalerie,
zum Besten der Kunstzöglinge, aus ihren Mitteln stiftete, und
bis auf den heutigen Tag erhält. Gleich Anfangs war er selbst
im Lande herum gereist, um viele noch verborgenen und vernachlässigten Kunstschätze der Dunkelheit zu entreissen, und
für die Galerie, deren Aufstellung er selbst besorgte, zu gewinnen. Bei den Lebzeiten des älteren eifrigen Kunstfreundes,
Grafen Franz Anton Nowohradský von Kolowrat, führte er als
Referent die Geschäfte dieses Vereins; nach dessen Tode im
J. 1802 wurde er an seine Stelle als Präsident der Gesellschaft
gewählt. Was er in solcher Stellung bis zu seinem Tode wirkte,
wie er die Anstalt unter den schwierigsten Zeitumständen, selbst
mit Vorschüssen aus seinem Vermögen, nicht allein erhielt, sondern auch hob und erweiterte, wie dadurch manches bedeutende
Kunsttalent geweckt und gebildet, und veredelter Kunstsinn
im Vaterlande erweitert wurde, — das ist noch im frischen
Andenken, und wir werden darauf auch zurückkommen, indem
wir fortan die vereinigte Thätigkeit beider Grafen, Franz und
Kaspar Sternberg, unter Einem betrachten werden. *)

---

*) Der „Rückblick auf die Jugendbildung und die erste Lebensperiode des
Grafen Kaspar Sternberg" entfällt hier aus dem Vortrage vom 15 Dec.
1842, da er zumeist nur ein Auszug ist aus der oben bereits vollständig
mitgetheilten Autobiographie des Grafen.

Die für Böhmens Culturgeschichte nicht unwichtige innige
Verbindung der Grafen Franz und Kaspar Sternberg wurde
seit des Letzteren Uebersiedlung erst nach und nach fester geknüpft. Graf Franz gerieth im Jahre 1811, nach dem Tode
seiner beiden Eltern, selbst an den Rand des Grabes, und es
bedurfte langer Zeit und der sorgfältigsten Pflege von Seite des
kunstsinnigen und ihm von ganzem Herzen zugethanen Dr.
Ambrosi, um den durch schwere Krankheit geschwächten Geist
durch angemessene Beschäftigung zu wecken, und ihm seine
frühere Schwungkraft wieder zu geben. In derselben Zeit trat
er in den vollen Genuss der Familien-Fideicommisse ein. Sein
Haus, dem überdies die edle Sitte, Bildung und unvergleichliche
Herzensgüte seiner Gemahlin und seiner fünf Töchter seltene
Anziehungskraft verliehen, gestaltete sich frühzeitig zum Ver-
einigungspunkte aller durch Geist und Kenntnisse sich Auszeichnenden aus allen Ständen, da der Umgang mit wissenschaftlich gebildeten Männern dem Grafen ein Bedürfniss war.
Ausser dem Fürsten Anton Isidor von Lobkowic und dem
Grafen Karl Clam-Martinic, welche seine innigsten Freunde
waren, zog er insbesondere den auch durch Liebenswürdigkeit
im Umgange unvergleichlichen Dobrowsky, den grossen Münzkenner Mader, den Landesbaudirector und vieljährigen Secretär
unserer Gesellschaft Abbé Tobias Gruber, und den Akademiedirector Bergler, an sich. Ein solcher Kreis hatte zu viele Reize
für einen Mann wie Graf Kaspar, und Dieser, ein Muster urbaner
Sitte und edlen Benehmens, war hinwieder dem Kreise zu willkommen und erwünscht, als dass eine innigere Verbindung
zwischen ihnen lange hätte ausbleiben können.

So führten fortan beide Grafen in der Zurückgezogenheit
des Privatstandes ein zwischen wissenschaftliche Forschungen,
die Verwaltung ihrer Besitzungen und gesellschaftlichen Verkehr
getheiltes ruhiges, nur durch die Theilnahme an den grossen
Ereignissen von 1812 bis 1815 bewegtes, gleichförmiges Leben,
im Winter gewöhnlich in Prag, im Sommer auf dem Lande, in
Bädern, oder auf kurzen Ausflügen in die Nachbarländer; der
Eine, vorzüglich um seine Herrschaften Schussenried und Weiss-
senau zu besehen; der Andere, um die alten Freunde in Regens-

burg oder den Grafen de Bray in Irlbach u. s. w. aufzusuchen.
Bei stets wachsender gegenseitiger Zuneigung vereinigten sie, im
Herbste 1817, sich sogar häuslich mit einander, indem Graf
Kaspar von da an seine Wohnung in Prag unmittelbar neben
der des Grafen Franz (am Kleinseitner Ringe, im Eckhause zur
Thomasgasse) aufschlug, und sein fast täglicher Tischgenosse
wurde. Ihre stille Wirksamkeit gewann aber dadurch an Bedeutung, dass sie beide, in ächt humaner und patriotischer Gesinnung, die Schätze ihres Geistes, ihre Kenntnisse und Sammlungen, nicht in und für sich zu verschliessen, sondern in's
praktische Leben einzuführen und gemeinnützig zu machen sich
bestrebten.

Einer der höchsten Glanzpunkte auf der thatenreichen
Bahn unserer beiden Grafen Sternberg ist die, vorzüglich durch
sie, jedoch in enger Verbindung mit ihren Freunden, dem damaligen Landeschef in Böhmen, Grafen Kolowrat, und dem
Grafen Franz Klebelsberg, zu Stande gekommene Gründung
und Dotirung des *böhmischen National-Museums* im Jahre 1818.
Die Erfahrung, dass die wichtigsten Sammlungen, welche man
in einem Menschenleben zusammenzubringen vermag, oft von
den Erben verwahrlost und zerstreut, manchmal vollends in fremde
Länder gelangen, hatte sie beide oft besorgt gemacht, dass auch
ihren mit so viel Liebe und Aufopferung gepflegten Sammlungen
ein ähnliches Schicksal bevorstehen könnte. Graf Kaspar hatte aus
diesem Grunde Anfangs die Absicht gehabt, die seinigen der Regensburger Akademie der Wissenschaften, wenn diese nach dem
Plan des Fürsten Primas zu Stande gekommen wäre, zu
widmen: bei veränderten Umständen entschloss er sich aber, sie
seinem Vaterlande zu erhalten, und sprach diesen Entschluss
schon seit 1810 häufig aus. Graf Kolowrat nahm ein so patrio-
tisches Anerbieten eifrig auf, und die Errichtung eines vaterländischen Instituts dieser Art wurde oft besprochen, wegen der
damals so sturmbewegten Zeit jedoch immer wieder verschoben;
zuletzt noch wegen der Hungersnoth, welche das Land von 1816
auf 1817 heimsuchte. Als sie endlich durch den vom Oberstburggrafen Kolowrat am 15 April 1818 erlassenen „Aufruf an
die vaterländischen Freunde der Wissenschaften" in's Werk ge-

setzt wurde, entschloss sich Graf Kaspar unter den Ersten, in der darüber gehaltenen Conferenz die Erklärung von sich zu geben, dass er alle seine wissenschaftlichen Sammlungen, namentlich sowol die von seinem Bruder Grafen Joachim und ihm selbst gesammelte, als auch die von dem Bergmeister Lindacker erkaufte Mineralien- und Petrefacten-Sammlung, dann sein besonders in europäischen Pflanzen reich ausgestattetes Herbarium, endlich seine kostbare naturwissenschaftliche Bibliothek, der werdenden Anstalt widme. Dieselbe Absicht äusserte auch Graf Franz Sternberg hinsichtlich seiner Münz- und Kunstsammlungen, vorerst jedoch ohne eine legale Erklärung darüber abzugeben.

Von nun an widmeten beide Grafen diesem Nationalinstitut ihre vorzüglichste Aufmerksamkeit und Thätigkeit. Graf Kaspar übernahm zunächst die Sorge für die Sammlungen, Graf Franz die Kassageschäfte. Beide wurden gleichsam die Seele des Instituts, indem die Grafen Kolowrat und Klebelsberg, anderm Berufe folgend, ihnen die Führung desselben vorzugsweise überliessen. Es war daher natürlich, dass, als nach erhaltener kaiserlicher Bestätigung der Grundgesetze der zur Pflege dieses Instituts in Böhmen gebildeten Gesellschaft, am 23 December 1822 ihre definitive Organisirung erfolgte, Graf Kaspar Sternberg mit lautem Zuruf als der erste Präsident des böhmischen Museums begrüsst, und Graf Franz ihm als ältestes Mitglied des Verwaltungsausschusses und als Kassier zur Seite gestellt wurde. Am 5 Januar 1823 stellte Graf Kaspar die förmliche Schenkungsurkunde über seine Sammlungen an das Museum aus, und fuhr dann, seinem Versprechen gemäss, fort, dieselben durch neue Ankäufe aus seinen Mitteln jedes Jahr ansehnlich zu vermehren.

Die Thätigkeit des böhmischen Museums richtete sich, unter dem Präsidium der Grafen Sternberg, vorzugsweise auf die Pflege der Naturwissenschaften, und auf Einsammlung von Denkmälern und Quellen der vaterländischen Geschichte. Beide Grafen Sternberg standen, als thätige Forscher, auf der Höhe dieser Wissenschaften ihrer Zeit: Kaspar in der Naturkunde, Franz in der Geschichte; unterstützt wurden sie nicht nur von

Mitgliedern wie Dobrowsky, Gerstner und Steinmann, sondern auch von ausgezeichneten Beamten, wie Hanka, Presl und Zippe, und in späteren Jahren auch Corda. Die Reden, welche Graf Kaspar in den Generalversammlungen der Gesellschaft jährlich (von 1823 bis 1838) zu halten pflegte, boten gewöhnlich eine interessante Uebersicht der neuesten Fortschritte in den von ihm vorzugsweise gepflegten Wissenschaften und der vaterländischen Geschichte. Da er mit allen namhaften Naturforschern aller Länder (auch ausserhalb Europa) in persönlicher Verbindung stand, und die Förderung der Naturkunde ihm, wenn ich so sagen darf, eine Angelegenheit des Herzens geworden war: so wird man es begreiflich finden, wie es kam, dass seine Vorträge, die eben so zum Herzen sprachen, als sie den Geist erleuchteten, in sehr ausgebreiteten Kreisen stets die wärmste Theilnahme erregten. Die häufigen und treffenden Bemerkungen über böhmische Denkmäler und Geschichte boten sich ihm bei dem innigen Verkehr mit Kennern, wie Dobrowsky und Graf Franz Sternberg, von selbst dar; und er hatte, bei Abfassung seiner werthvollen Abhandlung über die Pflanzenkunde in Böhmen (Prag 1817, 1818) sich auch schon frühe in dieses Fach einzuarbeiten gewusst. Letztere Abhandlung war für die Actenbände unserer Gesellschaft bestimmt, da Graf Kaspar in dieselbe bereits am 17 Januar 1813 als Ehrenmitglied aufgenommen worden war, und sich als solcher fortan in der naturwissenschaftlichen Classe eben so thätig erwies, wie sein Vetter, Graf Franz Sternberg, in der historischen.

Es sei mir gestattet, der historischen Forschungen des Grafen Franz Sternberg hier etwas näher zu gedenken. Die ungewöhnlichen Kenntnisse und Einsichten dieses seltenen Mannes haben freilich in diesem Fache keine angemessenen Früchte getragen; zu hohe Anforderungen an sich selbst, und eine, ich möchte fast sagen, beklagenswerthe Bescheidenheit, hielten ihn selbst von dem Versuche zurück, sich zugleich als Schriftsteller geltend zu machen. Und dennoch besass er eine tiefere und gründlichere Kenntniss der gesammten Geschichte Böhmens, als irgend einer seiner Zeitgenossen ohne Ausnahme. Er hatte sie nicht bloss aus den so mangelhaften in Druck vorhandenen

Werken geschöpft, sondern sich in ein umfassendes Studium
der grösstentheils noch unedirten und schwer zugänglichen
Quellen eingelassen. Er forschte in allen ihren Gebieten mit
der Gründlichkeit eines Gelehrten und dem praktischen Sinn
eines erfahrenen Welt- und Geschäftsmannes. Darum war sein
Urtheil über die Vorzeit Böhmens in allem selbstbegründet,
klar, geistreich und gewöhnlich treffend. Die Familiengeschichte
des Grafen, die freilich in die wichtigsten Partieen der Landesgeschichte eingreift, war der Ausgangspunkt seiner Studien gewesen. Da kann ich nun nicht den charakteristischen Zug ver-
schweigen, dass noch kein böhmischer Historiker jemals ein so
strenges Urtheil über einige Ahnen des Grafen gefällt hat, als
er selbst zu thun pflegte, wenn sein, in dieser Hinsicht sehr
scharfes Auge, es bemerkte, wie dieselben ihrem Ehrgeiz oder
ihrer Selbstsucht zum Nachtheil des Landes und Volkes die
Zügel schiessen liessen. Da ich seit dem Jahre 1823 das Glück
seines für mich höchst lehrreichen Umgangs fast täglich genoss,
so war ich auch Zeuge des Kummers, den z. B. die Betrachtung des von dem eiteln Zdeněk von Sternberg seit 1465 ge-
leiteten grossen Herrenaufstands ihm zu verursachen pflegte;
dagegen hatten die vielen trefflichen Männer dieses Hauses,
seinen Worten gemäss, jedesmal nur ihre Schuldigkeit gethan.
Obgleich ich aber mit Ihnen, meine Herren, und mit allen
Freunden der Wissenschaft es innig beklagen muss, dass der
Graf seinen unvergleichlichen Schatz von Kenntnissen, namentlich auch in der böhmischen Numismatik und Archäologie, mit
ins Grab genommen hat: so werden Sie es mir gewiss zu Gute
halten, wenn ich mich selbst als einen Beleg dazu anführe, dass
die Pflege, welche er der vaterländischen Geschichte widmete,
dennoch nicht ganz ohne Folgen geblieben ist, — deren Bedeutung zu würdigen, mir übrigens am wenigsten zukömmt.
Mein Leben hätte wahrscheinlich einen ganz anderen Gang genommen, und mir wäre die Auszeichnung, Böhmens Historio-
graph und Secretär Ihrer Gesellschaft zu sein, gewiss nicht zu
Theil geworden, wenn nicht er, aus blossem Interesse für die
böhmische Geschichte, mich einst an sich gezogen und den nur
flüchtig Verweilenden bleibend festgehalten hätte. Nehmen Sie

diese Bemerkung nur für Das auf, was sie sein will: ein Tribut der Dankbarkeit gegen den edlen Mann, der in seiner hohen Stellung es nicht verschmähte, dem namenlosen Fremdling einst fast ein zweiter Vater zu werden. Welchen Einfluss die beiden Grafen Sternberg auf jede in Böhmen sich regende geistige Thätigkeit zu nehmen pflegten, mag schon z. B. ihre Theilnahme an der Wiederbelebung der böhmischen Sprache und Literatur beweisen. Dass dieser Gegenstand ihren Sympathieen von jeher nicht fremd gewesen, erhellt aus dem Umstande, dass sie die bedeutendsten Träger dieses neu erwachenden Strebens, Pelzel, Dobrowsky und Puchmayer, an ihr Haus zu fesseln bemüht waren; auch war die erste einigermassen bedeutende Erscheinung auf diesem Felde, die von Puchmayer (1795—1814) in fünf Bänden gesammelten neuen Poesien, nach einander den Grafen Joachim (1798), Franz (1802) und Kaspar Sternberg (1814) zugewidmet worden. Lange Zeit blieben freilich auch sie der trostlosen Ansicht, dass an ein neues Aufblühen der seit zwei Jahrhunderten erloschenen Nationalliteratur in Böhmen nicht mehr zu denken sei. Sie studirten und pflegten ihre verkümmerten Denkmäler dennoch, wie Dobrowsky, mit Liebe, wenn gleich ohne Hoffnung. Erst als seit 1818, durch Fügung mehrerer Umstände, ein thätigerer Geist im Volke sich zu regen begann, kehrte auch bei ihnen nach und nach das Vertrauen wieder zurück, dass doch noch nicht Alles in dieser Hinsicht verloren zu geben sei. Unter den wirksamsten Massregeln, welche sie seitdem, mit Zustimmung ihrer Freunde, der beiden auf einander folgenden Landeschefs, Grafen Kolowrat und Chotek, ins Leben einführten, waren die Zeitschriften des böhmischen Museums im Jahre 1827, und noch mehr das am 11 Januar 1830, zur wissenschaftlichen Pflege der böhmischen Sprache und Literatur, gegründete besondere Comité der Gesellschaft des vaterländischen Museums. Es gelang ihnen, den für alles Gute und Edle begeisterten Fürsten Rudolf Kinsky dahin zu gewinnen, dass er sich an die Spitze dieses Comité stellte und dessen Angelegenheiten, so wie fortan die Interessen der böhmischen Literatur überhaupt, wie durch sein Ansehen, so auch durch grossmüthige Opfer förderte. Wenn daher der Aufschwung, den in neuerer Zeit die böhmische Literatur genommen, auch ausserhalb des Vaterlandes die Aufmerksamkeit auf sich zieht: so sollen es die Nachkommen nicht vergessen, welches wesentliche Verdienst diesen drei Edlen dabei zu verdanken ist. Leider umschliesst sie alle drei, so wie auch den ihnen gleich gesinnten Grafen Karl Clam-Martinic (Sohn), schon seit Jahren ein zu frühes Grab.

Am 10 Februar 1830 übergab Graf Franz Sternberg, aus Anlass seines fünfzigjährigen Sammlerjubiläums, sein unvergleichliches Münzkabinet dem vaterländischen Museum. Er hatte in den fünfzig Jahren seiner Thätigkeit keine Mühe und Kosten gescheut, um seinen Schatz durch jede die Wissenschaft fördernde Erwerbung zu bereichern; und ein seltenes Glück hatte den eben so seltenen Eifer unterstützt. Erbe der ansehnlichen gräflich Manderscheid'schen Sammlung auf dem Schlosse Blankenheim, erlangte er schon in früher Zeit interessante Beiträge dazu aus dem Nachlasse des Fürsten Karl Egon von Fürstenberg, kaufte die ganze an Seltenheiten reiche Sammlung des ehemaligen Secretärs des Cistercienserstiftes Osek, Leopold Zeidler; ferner die von dem Gubernialrath von Bienenberg und von Herrn Itz von Mildenstein hinterlassenen Sammlungen; endlich im Jahre 1805 auch diejenige, welche ehemals dem hochherzigen Bischof von Leitmeritz, Grafen Waldstein, angehört, und grösstentheils die Urbilder zu Voigts noch immer unentbehrlicher Beschreibung der böhmischen Münzen geliefert hatte; auch der mit dem grossen Münzkenner Mader eingeleitete Tausch ausländischer Münzen gegen böhmische, vermehrte diese Sammlung mit ausgezeichneten Exemplaren, — anderer kleinen, aber durch 50 Jahre eifrig fortgesetzten Erwerbungen nicht zu gedenken. So kam ein Schatz zusammen, dessen Werth schon darum nicht bestimmt werden kann, weil er einzig in seiner Art ist. Die Metallmasse allein wies 261 Münzen und Medaillen in Gold (im Gewichte von 950 1/2 Ducaten), 3079 in Silber (die oft sehr zahlreichen Doubletten nicht mitgerechnet) und 420 in anderem Metall, zusammen also 3760 Stück vaterländische Münzen nach. Den Werth der Schenkung erhöhte der ihr beigefügte sehr reiche literarische Apparat *), der gleichwohl keinen Ersatz bietet für die lebendige Fülle von Kenntnissen und Erfahrungen in diesem Fache, welche mit dem Grafen begraben worden sind. Doch war das böhmische Münzcabinet nicht der einzige wissenschaftliche Schatz, den Graf Franz Sternberg hinterliess. Seine griechische und römische Münzsammlung hatte einst Eckhel selbst für sein classisches Werk mit Vortheil und Dank benützt. Die von ihm angelegte Bibliothek von mehr als 10,000 Bänden enthielt, nebst seltenen Handschriften und Incunabeln in verschiedenen Sprachen, die wichtigsten numismatischen und artistischen Werke des Auslandes. Unter vielen Kunstwerken von hohem Werth, die er an sich gebracht, erwähne ich nur die antike sitzende Statue von Sokrates mit dem Giftbecher in der Hand (einst in der Villa Giustiniani), und die Originalskizze der in der Münchner Galerie befindlichen heil. Familie von Raphael, eine Reliquie aus Kaiser Rudolfs II Kunstkammer. Den Werth der von ihm angelegten Sammlung von 72,000 Kupferstichen, — in einer lehrreichen Reihenfolge, von den ersten Versuchen der Holzschnitte bis auf unsere Zeit herab, — hat die Kunstwelt seitdem in der in Dresden damit vorgenommenen Auction kennen gelernt **), und ich will mich darüber nicht verbreiten. Es ist allen Denen, welche des Grafen Vertrauen besassen, wohl bekannt, dass er auch diese Sammlung dem Vaterlande bestimmt hatte, und nur noch über die Form nicht mit sich einig war, in welche er die Schenkung einkleiden, und über die Gränzlinie, welche er zwischen den beiden Donataren, dem patriotischen Kunstverein, dessen Präsident er war, und dem vaterländischen Museum festsetzen sollte. Denn bei dem Umstande, dass seine fünf Töchter und deren Kinder ihm nicht im Genusse der Familien-Fideicommisse folgen durften, konnte auch das Wegschenken so werthvoller

---

*) Vgl. Jahrbücher des böhmischen Museums vom J. 1830, S. 212 fg. und 222 fg.

**) Sammlung der Kupferstiche und Handzeichnungen Sr. Excellenz des Herrn Grafen Franz Sternberg-Manderscheid, — verfasst von J. G. A. Frenzel. Dresden, 1836—1842, vier Bände in gr. 8. (Ein fünfter Band sollte noch nachfolgen.)

Sammlungen einem gewissenhaften nnd zärtlichen Vater um so
weniger gleichgiltig erscheinen, je grössere Scheu sein edles
Herz trug, das von seinem Rechtsfreund ihm vergeblich ange-
rathene Mittel der Einschuldung der Fideicommisse bis zur
gesetzlichen Höhe, in Anwendung zu bringen. Bei der nicht
minder edlen und patriotischen Gesinnung aller seiner lebenden
Töchter (nur eine, Auguste, vermählte Gräfin Brühl, war mit
Hinterlassung unmündiger Kinder bereits gestorben,) wäre jene
Schenkung gleichwol zu Stande gekommen, wenn der Tod den
Grafen nicht vor der Ausführung seiner Entwürfe überrascht
hätte.

Von der Natur mit einem gesunden Körper ausgestattet,
den er durch angemessene Uebungen und durch die Liebha-
berei der Jagd noch abzuhärten gewusst, durfte er bei seiner
ruhigen und mässigen Lebensweise wohl einem hohen Alter
entgegensehen: aber er starb, gegen alle Erwartung, schon in
seinem 67 Lebensjahre. Seit vielen Jahren war er fast jeden
Winter von einem trockenen Husten befallen worden, dem er
jedoch nie eine ärztliche Hilfe entgegensetzte, da derselbe gewöhnlich, gegen den Frühling zu, von selbst verging. Als daher im März 1830 dieselbe Erscheinung bei ihm sich wiederholte, ahnte Niemand, dass sie diesmal eine traurige Wendung
nehmen würde. Aerztliche Mittel wurden auch jetzt nicht eher
angewendet, als bis es wohl schon zu spät war. Der spre-
chendste Beweis, wie wenig man an einen schlimmen Ausgang
dachte, lag schon in dem Umstande, dass sein innigster Freund,
Graf Kaspar, sich ahnungslos während der Krankheit auf seine
Herrschaft nach Březina begab. So unerwartet endigte eine
Lungenlähmung am 8 April 1830 das theuere Leben, zum un-
nennbaren Schmerz aller Angehörigen, und zu allgemeiner tiefer
Trauer der Gebildeten im In- und Auslande.

Seine Leiche wurde am 10 April Abends unter grosser
Theilnahme der Bevölkerung Prags aus dem gräflichen Fidei-
commisshause abgeführt, und in der Familiengruft zu Zasmuk,
an der Seite seiner ihm seit 1825 vorgestorbenen Gemahlin,
beigesetzt. Da er über seinen Nachlass keine letztwillige Ver-
fügung getroffen hatte, so ordneten die Behörden den Verkauf

14*

aller seiner noch übrigen Sammlungen zum Besten der zum Theil unmündigen Erben an.

Graf Franz Sternberg war von mittlerer, jedoch eher etwas kleiner als hoher Gestalt, von durchaus regelmässigem Gliederbau und eben so regelmässigen Gesichtszügen, die sich durch nichts als ihre Feinheit und Beweglichkeit auszeichneten; es war ein männlich schöner Kopf, mit antikem Profil, kahlem Vorderhaupt, blonden Haaren, lebhaften blauen Augen und feinem Munde; seine Haltung war stets gerade und edel, seine Bewegungen lebhaft. Eine sich immer gleich bleibende heitere Stimmung, unerschöpfliche Fülle geistreicher Gedanken und scherzhaften Humors, von unendlicher Gutmüthigkeit und Hingebung getragen, machten ihn zu einem der liebenswürdigsten Menschen, die jemals gelebt haben. Ueberhaupt bot seine ganze Erscheinung ein Bild von Harmonie in Geist, Körper und Seele dar, von Milde ohne Schwäche, und von angebornem Adel, der sich frei bewegte, und jede Ziererei eben so verschmähte, wie ihm jede Gemeinheit ferne lag. Eben der zarte, seelenvolle Ausdruck einer in sich vollendeten harmonischen Gestalt mag Ursache sein, warum es keinem der vielen Künstler, die sich an die Aufgabe machten, gelingen wollte, ein ganz entsprechendes treues Bild von ihm zu liefern; denn in der That ist mir kein Portrait des Grafen bekannt, das nur einigermassen befriedigen könnte. Allerdings muss auch eingestanden werden, dass er selbst allen Malern ungerne sass und leicht ungeduldig wurde; die Anfertigung *seines* Bildes hielt er, der Bilderfreund und Präsident einer Akademie bildender Künste, dennoch für ein unnützes, überflüssiges Geschäft! Seine Lieben um ihn besassen ja das Original; dass es ihnen so bald entrissen werden würde, daran wurde vorerst nicht gedacht.

Nicht minder edel, als die äussere Erscheinung, war auch seine Gesinnung und sein Charakter. Alle egoistischen Zwecke und materiellen Triebfedern waren ihm fremd; eben so jeder Ehrgeiz, jedes Haschen nach Ruhm, Macht oder Einfluss in der Gesellschaft. Dennoch war er stets thätig, der Drang nach Veredlung seiner selbst und seiner Nebenmenschen, durch Weckung des Geistes, durch Verbreitung von Wissenschaft,

Kunst, Industrie, Sitte und Religion, liess ihn niemals ermüden. Er war ein Patriot im höchsten Sinne des Wortes; bei allen gemeinnützigen Anstalten und Unternehmungen stellte er sich entweder an die Spitze, oder wirkte thätig mit; jeder Ostentation und allen hochfahrenden Entwürfen feind, bot er gleichwohl überall die Hand, wo eine gute Idee in's Werk zu setzen war; am liebsten that er Gutes im Stillen. Kaum brauche ich es hervorzuheben, dass er, neben seinem edlen Freunde, Grafen Clam-Martinic, einst ein Hauptgründer und eifrigster Förderer des noch bestehenden und durch seine segensreiche Wirksamkeit bekannten Prager allgemeinen Armeninstitute gewesen ist. Die höchsten und strengsten Anforderungen pflegte er an sich selbst zu stellen; gegen Andere war er mild und nachsichtig, ohne in Schwäche zu verfallen. Bescheidenheit bewies er nicht allein an sich, sie galt ihm auch bei Andern als Zeichen nicht bloss des guten Herzens, sondern auch eines hellen Kopfes; unvergesslich bleibt mir sein Wort, das er im Jahre 1829 bei der lauten Klage über Dobrowsky's „unersetzlichen" Verlust, (der ihm als Freund selbst sehr zu Herzen ging), dennoch mit Wärme sprach: „nein, der unentbehrliche, unersetzliche Mensch ist noch nicht geboren."

In seinem Privatleben war er anspruchlos, gastfreundlich, wegen seiner Redlichkeit und Herzensgüte von allen Ständen geehrt und geliebt. Als treuer Gatte und liebevoller Vater entfernte er sich stets nur ungern und auf so kurze Zeit als möglich vom Kreise seiner Familie. Obgleich er aber aus Liebe zur Häuslichkeit und zu wissenschaftlicher Beschäftigung den Hof- und Staatsdienst mied, und sich nur ausserordentlich und zeitweilig zu besonderen Sendungen gebrauchen liess, so wurde seine patriotische Wirksamkeit von seinen Monarchen dennoch huldvoll anerkannt und mit Auszeichnungen belohnt. Unter Kaiser Joseph II, der während seiner ganzen Regierung nicht mehr als vier Kammerherren ernannte, war er eben einer dieser vier Ausgezeichneten. Von Kaiser Franz I erhielt er das Commandeurkreuz des Leopoldordens und die Geheimenraths-Würde; im Jahre 1824 wurde er auch zum Oberstlandkämmerer des Königreichs Böhmen ernannt. Auch genoss er das vollste

Vertrauen sämmtlicher Behörden im Lande, welche ihm nach
und nach 17 Curatelen übergeben hatten. Ueberhaupt gehörte
er zu den in aller Welt höchst seltenen glücklichen Männern,
die ungeachtet ihrer vielseitigsten Wirksamkeit unter ihren Mit-
bürgern dennoch weder offen, noch insgeheim angefeindet wurden. Dagegen war sein Verhältniss als Besitzer von Schussenried und Weissenau, durch Zeit und Umstände, die Quelle
mannigfacher Unannehmlichkeiten für ihn, selbst noch kurz vor
seinem Tode.

Als vorzüglicher Gründer und vieljähriger Präsident des
patriotischen Kunstvereins und der mit ihm verbundenen Akademie, hat er um die Verbreitung des Kunstsinnes und die Erhaltung eines besseren Geschmacks in Böhmen sich ein bleiben-
des Verdienst erworben. Er war kein blosser Liebhaber und
Beschützer, sondern auch ein tiefer und gründlicher Kenner der
Kunst; sein Urtheil, durch umfassendes Studium und viele An-
schauung gereift, war dennoch so bescheiden als richtig und
treffend; unbestochen durch falschen Schimmer jeder Art, erkannte er das wahre Schöne in allen Formen, und erfreute sich
daran noch in seinen letzten Jahren mit der ganzen Innigkeit
und Glut eines begeisterten Jünglings. Einen Schatz von Lehren
zur Bildung, Warnung und Selbstverständigung des Künstlers
enthält die Sammlung von Reden, welche er an die akademischen
Zöglinge bei Gelegenheit der Preisvertheilung seit 1804 jährlich
zu halten pflegte; sie sind Zeugen, nicht allein seiner gründ-
lichen Einsicht in das praktische Kunststudium, sondern auch
der hohen Meinung, die er von der Würde der Kunst und dem
Berufe des Künstlers hegte. Eine planlose Auswahl daraus
geschöpfter Aphorismen „über Kunst und Künstlerberuf" habe
ich im Jahre 1830 in die Jahrbücher des böhmischen Museums
eingerückt (siehe weiter unten). Man hat von einer Seite
her die Bemerkung machen wollen, dass er sich von dem sehr
thätigen und productiven, aber mitunter etwas einseitigen ersten
Akademiedirector Bergler und dessen Nachfolger Waldherr zu
viel habe in seinem Urtheil bestimmen lassen. Ich kann jedoch,
mit voller Kenntniss der Thatsachen, behaupten, dass solches
durchaus nicht der Fall war, und dass er die Mängel des In-

stituts und seiner Vorsteher eben so gut wie ihre Verdienste zu
würdigen wusste, aber auch überzeugt war, dass bei den beschränkten Mitteln der Gesellschaft, durch das Setzen *einer* Ein-
seitigkeit an die Stelle der *anderen* den Gebrechen nicht abge-
holfen werde. Seit Bergler's Tode (im Juni 1829) galt ihm der
Zustand der Akademie nur als ein provisorischer; er beschäftigte sich eben mit Plänen einer totalen Reorganisation des Instituts auf grösserem Fuss, als auch ihn ein höherer Wille von
aller Thätigkeit hienieden abrief.

Wie ich bereits gesagt, hat der stets eitle Wunsch, nur
Vollendetes zu leisten, und eine zu grosse Bescheidenheit, den
Grafen abgehalten, auch als Schriftsteller aufzutreten. In Druck
besitzen wir von ihm, ausser den so eben erwähnten Reden von
1804 bis 1811 und 1813 bis 1829, nur noch zwei Aufsätze in
den Verhandlungen unserer Gesellschaft der Wissenschaften vom
Jahre 1796 und 1825, und einen in der Monatschrift des vaterländischen Museums vom Jahre 1828 (September S. 228); alle
drei numismatischen Inhalts. Um so grösser ist sein schon be-
rührter Nachlass an historischen und kritischen Bemerkungen
über die gesammte Geschichte des Münzwesens und der schönen
Kunst in Böhmen. Es ist dies ein in seiner Art einziger Schatz,
der im vaterländischen Museum, neben dem Münzkabinet, als
literarisches Denkmal eines grossen Patrioten stets mit Achtung
bewahrt werden wird.

————— -

Der Tod des Grafen Franz Sternberg war für Viele ein
harter Schlag: doch für Niemanden härter, als für den Grafen
Kaspar. Der Kreis, der sich um ihn her gebildet hatte, löste
sich auf, die Glieder der Familie zerstreuten sich, und der nunmehr einzig übrige Greis, die Zierde und der Stolz des Sternberg'schen Geschlechts, sah sich gleichfalls veranlasst, das Haus
seiner Ahnen zu verlassen. Nicht minder schmerzlich berührte
ihn auch der bald darauf (am 4 September 1830) erlittene Verlust seiner Cousine, Gräfin Louise von Sternberg, der von jeher
vorzugsweise geliebten Gespielin seiner Jugend. Er trug jedoch
sein Geschick mit dem Muth eines christlichen Weisen, und

liess kaum jemals den Kummer sehen, der sich seiner oft zu bemächtigen suchte. So thätig er auch von jeher gewesen, so schien er doch jetzt, seitdem er einsam stand, seine wissenschaftliche Thätigkeit noch verdoppeln zu wollen; auch dehnte er dieselbe auf grössere und weitere Kreise aus, als je vorher. Schon am 9 März 1826 war er, nach dem Tode des alten Grafen Canal, auch zum Präsidenten der k. k. patriotisch-ökonomischen Gesellschaft gewählt worden. In seiner am 15 Mai 1826 gehaltenen Antrittsrede stellte er sogleich das Ziel fest, welches diese Gesellschaft, gemäss ihren Verhältnissen zum Volke und zur Regierung, unter seiner Leitung zu erstreben suchen sollte. Dieses, eine erweiterte Wirksamkeit der Gesellschaft in Beziehung auf Verbreitung von Kenntnissen unter dem Volke, verfolgte er unablässig, und neue, den Anforderungen der Zeit entsprechende Statuten, deren Sanctionirung er erlangte, so wie die Stiftung neuer mit der Gesellschaft verbundener Vereine zur Emporbringung der Schafzucht und der Obstbaumzucht, sind die bleibenden Denkmale seiner auch in diesem ausgebreiteten Wirkungskreise regen Thätigkeit. Die wissenschaftlichen Aufsätze in diesem Fache, die er grösstentheils in die gesammelten Schriften dieser Gesellschaft niederlegte, so wie die kurzen Anreden, welche er bei Einführung neuer Mitglieder in die Gesellschaft zu halten pflegte, sind ebenfalls Zeugen sowohl seiner ausgebreiteten Kenntnisse in der Oekonomie, die er auf seiner Herrschaft selbst mit Eifer und Liebe pflegte, als auch des wissenschaftlichen Geistes, mit welchem er dieses Gebiet der menschlichen Thätigkeit betrachtete. — Auch bei dem Bau der von Prag nach Pilsen projectirten Eisenbahn stand Graf Sternberg mit an der Spitze der ganzen Unternehmung, und es lag eben nicht an seinem Zuthun, dass dieselbe nicht ein günstigeres Resultat gewährte. —

Zum Behufe seines Lieblingsstudiums, der Flora der Vorwelt, pflegte der Graf seit 1823 fast alljährlich grössere wissenschaftliche Excursionen zu unternehmen, um namentlich die verschiedenen Formationen, in welchen Pflanzenversteinerungen vorkommen, aus eigener Ansicht genauer kennen zu lernen. So

besuchte er insbesondere zu wiederholten Malen alle Gegenden
in Nord- und Süddeutschland, und dehnte seine Aufmerksamkeit gleichmässig auch auf die Naturalienkabinete und deren
Pfleger aus, erneuerte überall die alten Bekanntschaften, und
knüpfte neue an. So erlangte er in diesem Fache eine Kenntniss der Zustände und Personen, welche im Verein mit seiner
unabhängigen Stellung ihn vor Anderen in den Stand setzte,
zwischen den getrennten Gliedern einer wissenschaftlichen Republik zu vermitteln, und die Vereinigung derselben zum Besten
der Wissenschaft zu fördern und zu festigen. Dies bewährte
sich vorzüglich in der Angelegenheit der von Oken ins Leben
gerufenen Idee von jährlichen Versammlungen deutscher Naturforscher und Aerzte. Seit 1826 nahm der Graf jedesmal den
thätigsten Antheil an denselben, und man wird die Bemerkung
wohl nicht unbescheiden finden, — da sie von vielen Theil-
nehmern bereits oft und laut ausgesprochen worden ist, — dass
ein grosser Theil der Bedeutung, welche diese Versammlungen
seitdem erlangt haben, seiner persönlichen Vermittlung zuzu-
schreiben ist. Wenigstens war er es, der für sie in den höchsten Kreisen, und namentlich auch bei den Höfen von Berlin
und Wien, zuerst jene auszeichnende Theilnahme und den
Schutz erlangte, welche so mächtig beitrugen, sie in allgemeine
Aufnahme zu bringen. Er hatte, unterstützt von Baron Alexander von Humboldt, zuerst den Minister Altenstein bewogen,
dass er 1827 preussische Gelehrte an ihnen Theil nehmen liess,
und bahnte damit für das folgende Jahr der Gesellschaft selbst
den Weg nach Berlin. Bald darauf wiederholte sich ein gleicher Fall in Wien, wo die auf 1831 bestimmte Versammlung
jedoch, wegen des Einbruchs der Cholera, auf das folgende
Jahr verschoben werden musste. Der günstige Eindruck, den
damals die Anwesenheit so vieler ausgezeichneten Gelehrten in
Wien auf Inland und Ausland machte, ist bekannt. Als gleich
darauf Se. Majestät Kaiser Franz I den Grafen mit dem
Commandeur-Kreuz das kaiserl. österr. Leopoldordens beehrte,
freute diesen die Auszeichnung vorzüglich desshalb, weil sie
zugleich ein Zeichen der allerhöchsten Zufriedenheit mit der
Versammlung selbst gewesen war. Der Kaiser, selbst ein Ken-

ner der Naturwissenschaften, setzte überhaupt hohes Vertrauen
in die gründliche Einsicht und den patriotischen Sinn des Grafen,
und liess sich, insbesondere in den letzten Jahren, dessen Votum
in allen wissenschaftlichen Unternehmungen vortragen, bei welchen die Regierung betheiligt war. Da der Graf, wie er zu
sagen pflegte, Niemanden im Wege stand, und auch nie etwas
für sich selbst nachsuchte, so gelang es ihm auch leichter als
Anderen, manches schwierige Geschäft einer erwünschten Erle-
digung zuzuführen.

Den sprechendsten Beweis für die seltene Vielseitigkeit
und Productivität seines Geistes liefert der Umstand, dass er
bei gleichzeitiger Fortsetzung seiner wichtigsten Leistungen in
der Petrefactenkunde, noch im J. 1832, im 72 Jahre seines
Alters, sich auch ein ganz neues wissenschaftliches Feld zu
wählen und mit glänzendem Erfolg zu bearbeiten im Stande
war: ich meine die Geschichte des ganzen *Bergwesens* und insbesondere der Berggesetzgebung Böhmens von den ältesten
Zeiten an. Diese Thatsache würde allein hinreichen, seine
Genialität zu beurkunden. Er wünschte den Bergbau, auch
als Mittel gegen den Pauperismus bei fortwährend sich meh-
render Bevölkerung, wieder mehr in Aufnahme zu bringen,
und führte zu diesem Zwecke die Beweise durch, dass die einst
durch ihre Ergiebigkeit so berühmten böhmischen Bergwerke
meistentheils nicht wegen Erschöpfung, sondern wegen unzu-
länglicher Mittel zur Bewältigung der Wässer, und noch mehr
durch die vieljährigen Kriege, welche dieses Land im XV und
XVII Jahrhunderte entvölkerten, verlassen worden sind; daher
sie, bei der ausserordentlich gesteigerten Vollkommenheit des
gesammten Maschinenwesens unserer Zeit, wohl mit Vortheil
wieder angegriffen werden könnten. Zugleich wünschte er einer,
dem gegenwärtigen Stande der Naturwissenschaften entsprechen-
den Reform der Gesetzgebung in Bergsachen die Bahn zu ebnen.
Unterstützt wurde er bei diesem schwierigen Werke, so wie bei
vielen anderen wissenschaftlichen Arbeiten, vorzüglich von dem
gelehrten, ihm von Jugend auf dienenden Wirthschafts-Consu-
lenten Wenzel Pauk. Doch waren die Ideen und der Geist,
der das ihm dargebotene Material durchdrang und formte, stets

sein Eigen. Der erste Band des besagten, durch eine Fülle neuer Mittheilungen und geistiger Ueberblicke sich auszeichnenden Werkes erschien 1836; der dritte und letzte 1838.

Eine Angelegenheit, die dem Grafen in den letzten Jahren auch noch sehr am Herzen lag, war die geognostische Untersuchung des interessanten Kammerbühls bei Eger; er widmete sich ihr nicht allein aus Eifer für wissenschaftliche Forschung, sondern auch aus Pietät für Göthe, der in den letzten zehn Jahren seines Lebens ihm ein inniger Freund geworden war. Im Jahre 1822 hatten Graf Sternberg, Göthe und Berzelius in Marienbad unter einem Dache gewohnt, und einander lieb gewonnen; die Natur und ihre Wunder waren das Mittel, das sie zuerst zu einander führte; man weiss, welche genialen Lichtblicke Göthe in ihre geheimnissvolle Werkstätte damals geworfen hatte. Unter den Gegenständen, welche die Aufmerksamkeit dieser drei ausgezeichneten Männer vorzüglich fesselten, war auch der genannte Kammerbühl, welchen Berzelius, seiner Aehnlichkeit mit den vulcanischen Gebilden der Auvergne wegen, ohne weiteres für vulcanischen Ursprungs erklärte. Von jener Zeit an war insbesondere zwischen Göthe und Sternberg der herzlichste Bund geschlossen, ein lebhafter Austausch gegenseitiger Erfahrungen und Ansichten wurde bis zu des Einen Tode fortgesetzt, und der Graf huldigte bei jeder sich ergebenden Gelegenheit gerne einem Genius, dessen Grösse er zu würdigen verstand. Nun war die genannte Untersuchung des Kammerbühls bekanntlich ein von Göthe dem Grafen öffentlich gegebener Auftrag und gleichsam ein Vermächtniss, das er nicht unerfüllt lassen wollte. Ueber den Gang und die Resultate der durch mehrere Jahre mit nicht geringem Aufwande geführten Nachgrabungen gab der Graf selbst in den von ihm bei den Generalversammlungen der böhmischen Museumsgesellschaft von 1835 bis 1837 gehaltenen Reden die befriedigendsten Berichte.

Bei den Ceremonien und Festen, welche Kaiser Ferdinands I Krönung als König in Böhmen zu Anfang Septembers 1836 begleiteten, hatte Graf Sternberg die Ehre, die Stelle des Obersten Kämmerers bei Sr. Majestät zu vertreten. Den Sommer zuvor hatte er die Bäder von Gastein gebraucht, deren ent-

müdende Wirkung sich auch an ihm bewährte, so dass er an
allen Vorfällen und herzerhebenden Scenen jenes Nationalfestes
mit frischer Jugendkraft Theil nehmen konnte; auch belohnte
Se. Majestät seine Verdienste jetzt mit dem Grosskreuz des
Leopoldordens. Bald jedoch fing er an, über die abnehmende
Kraft seiner Sinnenorgane, zumal der Augen, zu klagen, und
äusserte sich auch mit seinem Gedächtnisse oft unzufrieden,
obgleich übrigens sein Geist nichts an Frische und lebhafter
Auffassung verloren hatte. Die Naturforscher und Aerzte
Deutschlands hatten, zunächst ihm zu Ehren, sich im J. 1837
in Prag zu versammeln beschlossen, und ihn bei dieser ihrer
fünfzehnten Versammlung zum Präsidenten, den verdienstvollen
Prof. von Krombholz aber zum Secretär gewählt. Wenn es
ihm nun grosse Freude gewährte, jene grosse Gesellschaft, die
er von jeher verehrte, und zu deren Erhaltung und Förderung
er so redlich beigetragen hatte, endlich auch in seinem Vaterlande und gleichsam bei sich zu sehen und zu bewirthen, so
flösste die in der That rasch abnehmende Sehkraft ihm auch
nicht geringe Besorgnisse ein, es möchte ihm unmöglich werden, allen seinen Pflichten dabei gehörig nachzukommen. Da
jedoch der um Böhmen hochverdiente Oberstburggraf, Karl
Graf Chotek, und mit ihm alle Behörden des Landes und der
Stadt, ihn aufs thätigste unterstützten, und der freudige Eindruck der in Prag ungewohnten Scenen seinen Geist noch mehr
erhob: so ging Alles trefflich von Statten, und der Graf eröffnete die Sitzung am 18 September mit einer wohlgestellten
Rede über die Bestrebungen und Leistungen der Böhmen im
naturwissenschaftlichen Fache, vom XIV bis zum XVII Jahrhunderte herab. Diese Versammlung bildete überhaupt einen
für ihn höchst erfreulichen hellen Moment am Abend seines
Lebens. Insbesondere that ihm auch der Beifall wohl, den die
naturhistorischen Sammlungen des böhmischen Museums bei so
vielen Kennern damals gefunden; und eben so freute ihn der
mehrtägige Besuch, den einige der vorzüglichsten Mitglieder
der Versammlung, darunter Leopold von Buch, Bentham aus
London, Élie de Beaumont aus Paris, Göppert, Nöggerath u.
A., ihm in seinem Schlosse zu Březina machten.

Die ungewohnte Nothwendigkeit, sich in den wissenschaftlichen Arbeiten, so wie in seinem ausgebreiteten Briefwechsel
fortan eines Secretärs zu bedienen, war zwar für den Grafen
Anfangs sehr peinlich, minderte aber keineswegs seine Thätigkeit, auch nicht die Lebhaftigkeit und Schärfe seines Geistes.
In der That gehören diejenigen Werke, welche er erst im Laufe
des Jahres 1838 vollendete, namentlich das letzte Heft seiner
Flora der Vorwelt und die Geschichte der Berggesetzgebung
in Böhmen, unter seine besten Leistungen überhaupt. Als Beweis seines ungeschwächten Muthes und der stets regen Theilnahme an allen Interessen des Vaterlandes und der Wissenschaft, erlauben Sie mir, meine Herren! noch eine Thatsache
anzuführen, bei welcher ich selbst betheiligt war. Als der Druck
seiner Geschichte des böhmischen Bergwesens (bei welcher ich
ihm ähnliche Dienste, wie Prof. Karl Presl bei den letzten
Heften der Flora der Vorwelt leistete), zu Ende ging, entdeckte
ich zufällig in einem alten Formelbuche vom J. 1344 zwei und
zwanzig noch unbekannte und durch ihren Inhalt interessante
Urkunden, welche den Grafen so freuten, dass er sogar den
Entschluss fasste, eine neue Bearbeitung seines letzten Bandes
zu beginnen, da er jetzt über viele bis dahin dunkle Punkte der
Wenceslaischen Constitutionen neues Licht gewonnen habe.
Der verwahrloste Zustand, in welchem sich das böhmische Ge-
schichtstudium seit Pelzel's Tode, ungeachtet einiger glänzenden
Leistungen Dobrowsky's und der zeitherigen Thätigkeit des
Museums, noch immer befand, war ihm bei Bearbeitung seines
historischen Werkes oft fühlbar geworden; jetzt aber zeigte er
sich so tief von der Nothwendigkeit überzeugt und durchdrun-
gen, mit mehr als individuellen Kräften an die Beseitigung dieses so oft beklagten Uebelstandes zu gehen, dass er, als ich
am 20 Sept. 1838, kurz vor Antritt meiner zweiten italienischen
Reise, von ihm Abschied nahm, mir den Auftrag ertheilte, ihm
bei meiner Rückkehr eine Denkschrift über diesen Gegenstand
mitzubringen; denn er sei Willens, als Präsident des vaterländischen Museums, die Hilfe der Herren Stände des Königreichs
zu einer Unternehmung anzusprechen, zu welcher die Kräfte
jener Anstalt allein noch nicht hinreichten, und Massregeln in

Vorschlag zu bringen, die hoffentlich in nicht zu weiter Ferne zu dem gewünschten Ziele führen würden. So von ihm selbst an eine nahe noch thätigere Zukunft gewiesen, wie hätte ich damals ahnen sollen, dass ich den trotz seiner Augenschwäche noch immer rüstigen verehrten Greis nimmer mehr sehen würde? Mitte December 1838 lud der Graf, wie gewöhnlich, seine Gutsnachbarn zu Jagden auf seiner Herrschaft ein. Er konnte selbst zwar keinen Theil daran nehmen, sondern setzte seine literarischen Beschäftigungen mit Hilfe seines Secretärs, Prof. Kaubek, fort. Am dritten Tage der Jagd, den 18 December früh, hiess er auch diesen sich der Jagdgesellschaft anschliessen, und ging dann, mit dem Stocke in der Hand, selbst in den nahen Thiergarten, um als freundlicher Hausherr seinen Gästen Aufmerksamkeit zu erzeugen und sich nach dem Fortgange der Jagd zu erkundigen. Plötzlich sah ihn sein treuer Kammerdiener an einen nahen Baum sich anlehnen; er sprach ihn an, und erhielt eine ungewöhnlich lautende, verworrene Antwort; als er ihn beim Arme fasst, um ihn weiter zu führen, bemerkt er, dass dessen linker Fuss steif geworden. Er ahnet gleich die Grösse des Unglücks und ruft nach Hilfe; mit Mühe bringt man den Kranken in das Schloss zurück und ins Bette. Es war gerade kein Arzt in der Nähe; Boten eilen nach allen Seiten, um solche herbeizurufen; der Neffe und Erbe des Grafen, Zdenko Sternberg, begibt sich unmittelbar bis nach Prag, um den Ordinarius, Dr. Čermak, aufs schleunigste zu holen; indessen übernimmt einer der Jagdgäste, Graf Wilhelm Wurmbrand, die Leitung des Hauses und die Pflege des Kranken. Der zuerst herbeigekommene Chirurg erklärt, ohne Anordnung eines Doctors keinen Aderlass wagen zu dürfen, zumal sich der Zustand des Kranken zu bessern schien, und er wieder mit Bewusstsein deutlich zu sprechen anfing. Am Spätabend wiederholten sich jedoch die Schlaganfälle, das Bewusstsein trat von da an immer mehr zurück, und die Aerzte, die inzwischen eingetroffen, gaben bald alle Hoffnung auf. Am 20 December um 10 Uhr Abends entwand sich der edle Geist seiner körperlichen Hülle.

Welch schmerzlichen tiefen Eindruck die Trauerkunde in der Nähe wie in der Ferne machte, brauche ich Ihnen, meine

Herren! nicht zu schildern. Sie haben ihn ja alle bemerkt und mitempfunden; und die Klage um den Dahingeschiedenen, die noch heutzutage fast allenthalben laut wird, beweist, dass die durch ihn geschlagene Wunde noch lange nicht vernarbt ist. Erwägt man die Grösse des Verlustes, den insbesondere die wissenschaftlichen Vereine unseres Vaterlandes durch ihn erlitten haben, so wird es in der That schwer, an das strenge Wort des Grafen Franz Sternberg zu glauben, dass es überhaupt keine unentbehrlichen und unersetzlichen Menschen gebe. Die Lücke, die sich hier öffnete, ist und bleibt unausgefüllt, — des Verlustes, den die Wissenschaften selbst, so wie auch die zahlreichen Freunde und Verehrer des Verblichenen in allen Ländern erlitten, nicht zu gedenken.

Seine Ruhestätte hatte sich Graf Kaspar Sternberg schon seit 1827 selbst bereitet. Auf einem Hügel, den man aus den Fenstern seines Schlosses sehen kann, nächst dem Friedhofe der Pfarre Stupno, wohin Březina eingepfarrt ist, liess er eine Gruft mit einer Kapelle darüber und einem Peristyl in jonischer Ordnung erbauen, sie mit allen Pinusarten, welche in unserm Lande gedeihen, mit Thuja und Juniperus, von welchen er die meisten vom Samen erzogen, umpflanzen, und in die Nische über dem Grabgewölbe ein vorweltliches Lepidodendron aufstellen: daran sollten die künftigen Naturforscher sein Grab erkennen. Da wurde denn der Leichnam am 23 December 1838 unter grossem Zudrang seiner betrübten Freunde, Verehrer, Unterthanen und Nachbarn beigesetzt. Rührend war insbesondere die Trauer, welche die Bewohner der benachbarten königl. Stadt Rokycan dabei an den Tag legten. In Prag wurden zuerst am 27 December fast in allen Kirchen, unter allgemeiner Theilnahme, die Trauerceremonien abgehalten. Später vereinigten sich beide Gesellschaften, deren Präsident er gewesen war, die des böhm. Museums und die k. k. patriotisch-ökonomische, zu Veranstaltung feierlicher Exequien in der Prager S. Salvatorskirche am 6 Februar 1839, bei welcher Gelegenheit ein vom Akademiedirector Kadlik entworfener, von den Gebrüdern Max aufgeführter sinniger Katafalk aufgestellt war mit folgender Inschrift:

„Praesidi suo, Casparo comiti de Sternberg, nato MDCCLXI, VIII id. Jan. def. MDCCCXXXVIII, XIII Kal. Jan. sideri, virtutis, patriae ac naturae studio rutilanti geminae societates, agraria et Musei, moerentes posuere." Ueber den Geist und Charakter des Verewigten getraue ich mir nur wenig zu sagen. Sprechen sein ganzes Leben, seine gesammten Werke, welche auf die Nachwelt übergehen, und selbst die noch nicht gestillte allgemeine Trauer um ihn, nicht weit deutlicher und beredter als ich zu sprechen vermöchte? Vollends, um den ganzen Umfang und die Grösse seines Gei-stes gehörig würdigen zu können, müsste man ihm darin eben-bürtig gewesen sein. Darum erlauben Sie mir, nur einige Züge hervorzuheben, welche unsere Nachkommen, zu Vervollständi-gung seines Bildes, nicht aus den genannten Quellen würden schöpfen können, weil sie der flüchtigen persönlichen Erschei-nung angehörten.

Graf Kaspar Sternberg war von hoher, kräftiger, impo-santer Gestalt, dabei von edler Haltung, und noch im hohen Alter immer gerade und fest auftretend. Seine ganze Persön-lichkeit offenbarte sich nicht minder edel, als die des Grafen Franz Sternberg: nur unterschied sie sich, jener harmonischen milden Erscheinung gegenüber, durch vorherrschenden Ernst, durch Kraft und Würde, welche sein ganzes Wesen beherrsch-ten. Sein kahler Kopf mit den stark ausgesprochenen und doch regelmässigen Zügen, erinnerte an die antiken Büsten so man-cher Philosophen alter Zeit. Sein Mienenspiel war weniger be-weglich, aber in Verbindung mit dem feurig strahlenden Auge und scharf markirten Munde sehr ausdrucksvoll. Ein von einem Wiener Künstler im J. 1837 auf Stein gezeichnetes Portrait gibt die Züge jener Zeit mit ziemlicher Treue wieder, ohne übrigens auf hohen Kunstwerth Ansprüche zu machen; dasselbe gilt von dem um zehn Jahre älteren, von Biman in Glas gra-virten Medaillon. Andere Portraite, die in ziemlicher Menge vorhanden sind, scheinen (mir wenigstens) insgesammt minder befriedigend.

Als Zeichen, wie die Bedeutung des Grafen in Deutsch-land aufgefasst wurde, glaube ich nachstehende Worte aus dem in die Beilagen zur Augsburger Allgemeinen Zeitung vom 7 und 8 Januar 1839 eingerückten Nekrolog hier anführen zu sollen. „Eine ausgedehnte Correspondenz (sagt dort sein ungenannter deutscher Biograph) mit den grössten Naturforschern Deutschlands, Frankreichs, Englands und Nordamerika's, machte ihn zum allgemeinen Träger der literarischen Entwickelungen, und wo es galt, durch Rath, durch Eröffnung von neuen Hilfsmitteln, durch Geldunterstützung, durch Empfehlung zu wirken, war Graf Sternberg immer der Mann, an den sich das Vertrauen des Gelehrten mit Erfolg wenden durfte. Er bildete eines der Centren in der grossen deutschen Gelehrtenrepublik, und wo er unter den Aerzten und Naturforschern des gemeinsamen Vaterlandes erschien, wendeten sich Aller Blicke mit Ehrfurcht und Vertrauen auf den ehrwürdigen Greis, der mit so viel Milde und Delicatesse half, mit so anspruchloser Weisheit rieth und leitete." — „Da Alles, was er sprach und that, Gutmüthigkeit, Gerechtigkeit und Versöhnlichkeit athmete, und er vor dem Throne eben so offen redete, als vor einem wissenschaftlichen Tribunale, so ist seine Wirksamkeit in allen Kreisen erspriesslich und heilsam gewesen. In der That, er war ein vollendeter deutscher Edelmann! Alle Züge von Besonnenheit, von richtiger Urtheilskraft, von allgemeinem Wohlwollen, von Freimüthigkeit, die wir in historischen Charakteren unsres Adels verehren, waren bei ihm vereinigt. Daher auch das unbegränzte Vertrauen, womit ihm mehrere der ausgezeichnetsten Monarchen entgegenkamen. Wir nennen unter ihnen den verewigten Grossherzog von Weimar, König Maximilian Joseph von Bayern und Kaiser Franz von Oesterreich, welcher Letztere ihn in allen wissenschaftlichen Dingen um Rath fragte, und als Zeichen seines Vertrauens 1825 zum wirklichen geheimen Rath ernannte. Mit dem geistreichen Dalberg lebte er auf dem Fusse brüderlichen Vertrauens. In seiner Erscheinung war jene feine Sitte, jene Würde des selbstbewussten Mannes, der die ziemliche Unterordnung unter den Monarchen ein Leichtes ist. Und darum machte er auf jede Art von Gesellschaft, in welcher er sich bewegte, jenen stillen, aber um so mächtigeren Einfluss geltend, der ihn gleichsam von selbst zu ihrem Centrum erhob." —

Zu dieser wahren und treffenden Charakterschilderung erlaube ich mir nur eine Bemerkung. Wer die darin gerühmte und allerdings in Wahrheit gegründete Gutmüthigkeit und Anspruchlosigkeit des Grafen auf eine weiche und energielose Natur deuten wollte, würde sich sehr irren. Welche innige Theilnahme und Hingebung er auch seinen Freunden erwies, wie warmfühlend, geistreich und heiter er auch war, so verliess ihn doch nie sein Ernst, sein Wille war stets entschieden, er wusste, wo es Noth that, zu befehlen und seinen Worten Nachdruck zu geben, sein Benehmen gränzte in solchen Fällen oft an Härte, und er pflegte mit gemeinen Naturen jedes Standes, die ihm nahten und die er schnell durchblickte, immer sehr wenig Umstände zu machen. Weichheit und Sentimentalität waren ihm fremd; eben so vertrug sich der ihm angeborne Adel nicht mit Witzemachen, so geistreich und ungezwungen er auch in Gespräche und Unterhaltungen jeder Art einzugehen wusste. Dass einem solchen Manne jede Selbstsucht und jede gemeine Triebfeder ferne lag, brauche ich nicht erst zu sagen. Auch stand ihm kein Stand und kein gesitteter Mensch zu hoch oder zu niedrig, dass er nicht mit Offenheit und wahrer Theilnahme sich dem Umgang mit ihm hingegeben hätte. Gleichwohl war er in seinem Herzen und in seinen Ansichten ein entschiedener Edelmann, der seinen Stand als ein wesentliches Glied im modernen Staatsorganismus ansah, so unhold er auch dem gewöhnlichen Politisiren war und blieb. Aber er sah auch die Bedeutung und Bestimmung des Adels da, wo sie sein soll, und wo er sich selbst und seine innigsten Freunde erblickte: in der Pflege der höchsten Interessen des Vaterlandes und der Menschheit, im Voranleuchten durch Humanität und edle Sitte, in der Förderung aller gemeinnützigen Unternehmungen im Staate, wozu der Adel durch sein Vermögen und seine freie Stellung vorzugsweise vor den mehr mit Erwerb und Nahrungssorgen beschäftigten unteren Ständen berufen sei. Die davon abweichenden Erscheinungen betrachtete er nur als Ausnahmen von der Regel.

Die von ihm seit dem Jahre 1802 in Druck herausgegebenen Schriften, theils selbstständige Werke, theils Aufsätze und

Reden in verschiedenen Sammlungen, sind zahlreich, wie man
sich aus dem (unten folgenden) Verzeichnisse überzeugen wird.
Seine bedeutendste Leistung ist ohne Zweifel der in den Jahren
1820—38 in acht Heften in Folio herausgegebene „Versuch einer
geognostisch-botanischen Darstellung der Flora der Vorwelt."
Diese Schrift hat das Verdienst, die botanische Untersuchung von
den Bildungen vorweltlicher Gewächse mit den geognostischen
Ergebnissen zusammenzuhalten, und ist das erste Werk, welches
in neuerer Zeit den Anstoss zum Studium eines eben so interessanten, als früher vernachlässigten Gegenstandes gegeben
hat. Sein oben oft erwähnter Freund, Graf von Bray, der ihn
seit 1795 für das Naturstudium gewonnen hatte, lieferte eine
französische Uebersetzung davon. Die frühere Vernachlässigung
dieses Zweigs der Wissenschaften leitete Graf Sternberg zunächst von der ungemeinen Kostspieligkeit solcher Forschungen
her, da die betreffenden Sammlungen theuer und schwerfällig sind,
so dass unbemittelte Botaniker sich kaum daran wagen konnten.
Anderer wichtigen wissenschaftlichen Leistungen des Grafen
ist bereits in seiner Lebensgeschichte gedacht worden.

Ich habe nun, meine Herren! das Bild des Lebens und
der wissenschaftlichen Thätigkeit zweier unserer vorzüglichsten
Ehrenmitglieder vor Ihren Augen, so gut ich vermochte, vor-
übergeführt, und der mir gewordenen Aufgabe, so wie meiner
Pflicht, nach Kräften entsprochen. Ich kann es nicht läugnen,
dass eben nur die Schwierigkeit dieser Aufgabe und das Gefühl,
wie wenig ich ihr gewachsen bin, mich dies Werk immer länger aufschieben liessen, bis endlich die kategorische Nothwendigkeit mich zwang, mit welchem Erfolge immer daran zu gehen. Ich war erst 1823 in die Nähe der beiden Edlen gekommen, und Das, was mir seitdem Beide über ihr früheres Leben
mitgetheilt, erwies sich nicht genügend, alle Lücken auszufüllen,
so viel Schätzbares Sie auch darin bemerken dürften. Ich habe
wenigstens nach meinem besten Wissen und Gewissen berichtet;
Ihr eigenes Gedächtniss möge die Lücken ergänzen, die meine
Darstellung gelassen haben wird; eine Unwahrheit werden Sie,
und die ordnungsmässig von Ihnen zu bestellenden Richter

meines Vortrags, ohnehin nicht durchschlüpfen lassen. Mir aber
gestatten Sie am Schlusse meiner Rede noch in die innigsten
Wünsche der beiden hochverehrten Hingeschiedenen miteinzu-
stimmen: dass unser Vaterland, unser Volk, unsere Gesellschaft
niemals in Zukunft solcher Zierden, wie diese Zwei, entbehren
müsse! und dass der altberühmte Stamm· der Sternberge bald
wieder Sprossen treibe, die sich ihrer Ahnen eben so würdig
machen, wie die Grafen Kaspar und Franz Sternberg!

Verzeichniss der in Druck vorhandenen Werke und Aufsätze des Grafen Kaspar von Sternberg.

1) Botanische Excursion nach der Kaisersklause in Oberbayern, — abgedruckt in Dr. Dav. Heinr. Hoppe's botanischem Taschenbuch, Jahr 1802,
S. 209 fg.

2) Ueber eine ästige Varietät der Heritieria anthericoides Schrankii, — in
der von der botanischen Gesellschaft in Regensburg herausgegebenen Botanischen
Zeitung, 1 Jahrgang, 1802, Seite 83—96.

3) Galvanische Versuche in manchen Krankheiten, herausgegeben und mit
einer Einleitung „über Galvanismus in Bezug auf Erregungstheorie" begleitet
von Dr. Joh. Ulr. Gottl. Schäffer. Regensburg (in fine: Sulzbach) 1803,
134 Seiten in 8.

4) Bemerkungen über die von Faujas de St. Fond beschriebenen fossilen
Pflanzen, im 3 Jahrgang der botanischen Zeitung, 1804, Seite 49 fg.

5) Zwei Schreiben aus Bassano in Oberitalien, dd. 8 und 30 Mai 1804,
ebendaselbst S. 161, 202, 225, 363, 368.

* 6) Reise durch Tyrol in die Oesterreichischen Provinzen Italiens im
Frühjahr 1804, mit 4 Kupfertafeln. Regensburg 1806, Seiten XII und 166
in klein Fol.

7) Reise in die Rhätischen Alpen, vorzüglich in botanischer Hinsicht, im
Sommer 1804. Eine Beilage zum botanischen Taschenbuche. Nürnberg (in fine:
Regensburg), 1806, 64 Seiten in 8.

8) Notice sur les analogues des plantes fossiles. Par M. le comte de
Sternberg. (In den Annales du Muséum national d'histoire naturelle, tome V,
Paris 1804, pag. 462—470 in 4.)

9) Botanische Ausflüge in die Rhätischen Alpen — in Hoppe's botanischem
Taschenbuche, Jahr 1804, S. 65 fg. — und daraus besonders abgedruckt, ohne
Ort und Jahr, 65 Seiten in 8.

10) Bemerkungen über die von den Mitgliedern der botanischen Gesellschaft aus Tranquebar erhaltenen Pflanzen — in Hoppe's botan. Taschenbuche,
Jahr 1804, S. 192 fg.

11) Schreiben an Prof. Duval, dd. Winterberg, 18 September 1805.

12) Schreiben an Prof. Duval, dd. Prag. 18 October 1805 (beide in der botanischen Zeitung, 4 Jahrgang, 1805, S. 289 und 321 fg.)

13) Bemerkungen über Ranunculus aconitifolius, und Rannnc. platanifolius. (Daselbst, 5 Jahrgang, 1806, S. 33 fg.)

14 und 15) Schreiben an Prof. Duval, dd. Wien, den 24 Juli 1806, und ein zweites vom 30 Juli (beide daselbst, SS. 230 und 241 fg.)

16) Botanische Wanderung in den Böhmer-Wald, mit beigefügten Tabellen. Nürnberg 1806. 14 Seiten in 8vo. und 4 Tabellen.

17) Zwei Schreiben an Prof. Duval, über eine Reise nach Böhmen, dd. Prag, den 23 Mai 1807 fg. (in der botanischen Zeitung, 6 Jahrgang, 1807, S. 145 fg. 177 fg.

18) Schreiben an Prof. Hoppe. München, den 13 August. (Ebendaselbst. S. 269 fg.)

19) Systematische Bestimmung derjenigen Pflanzen, welche in Tourneforts Reisen nach dem Oriente abgebildet sind. (Ebendaselbst, S. 314 fg.)

20) Botanische Beobachtungen im Jahre 1807 (ebendaselbst S. 337 und 368 fg.)

21) Botanische Bemerkungen auf einer Reise über Salzburg nach Kärnthen, Steiermark und Oberösterreich im Sommer 1808 (in Hoppe's Neuem botanischen Taschenbuche. Jahr 1809 S. 18 fg.)

* 22) Revisio Saxifragarum iconibus illustrata. Ratisbonae 1810. p. XVI und 60 Seiten mit XXV (eigentlich 31) illum. Tafeln in gross Fol. — Das 1. Supplement (Decas I.) VI und 16 Seiten stark, erschien Ratisbonae 1822, das 2, VI und 104 Seiten mit XXVI grossentheils illum. Tafeln, Pragae 1831.

ad 23) Schreiben an Seine Excellenz Grafen von Sternberg zu Březina in Böhmen. Von dem Herausgeber.

23) Antwortschreiben an Dr. Hoppe, dd. Březina in Böhmen, den 18 Dec. 1810 (beide in Hoppe's neuem botanischen Taschenbuche, Jahr 1811, S. 179 und 195 fg.)

24) Anfragen, Vorschläge, Wünsche, Naturkunde Böhmens (in dem von Christian Carl André herausgegebenen Hesperus, einem Nationalblatte für gebildete Leser, Jahrgang 1813, S. 100.)

25) Ueber die Natur des Waids, gegen D. Heinrichs Behauptung. (Ebendaselbst, S. 400.)

26) Schreiben an den Herausgeber zur Berichtigung eines Artikels über Waid, N. 50. Březina 15 September 1813. (Ebendaselbst, S. 564.)

27) Erklärung in Bezug auf den Gegenwunsch, N. 46, S. 399 (nämlich die Naturkunde Böhmens betreffend. Ebendaselbst, S. 604.)

* 28) Ueber den gegenwärtigen Standpunkt der botanischen Wissenschaft, und die Nothwendigkeit, das Studium derselben zu erleichtern. (In den Denkschriften der königlich-bayerischen botanischen Gesellschaft in Regensburg, 1 Abtheilung, 1815, S. 1 fg.)

29) Braya, eine neue Pflanzengattung. Aufgestellt von dem Grafen Kaspar von Sternberg und Professor Dr. Hoppe. (Hiezu Tab. I.). — Ebendaselbst, S. 65 fg.

30) Einige neue Pflanzen Deutschlands, nebst eingestreuten Bemerkungen über die verwandten Arten. Von dem Grafen Kaspar von Sternberg und Professor Dr. Hoppe. (Hiezu Tab. II, III, IV.) — Ebendaselbst. S. 148 fg.

31) Ueber die Kultur der Alpen-Pflanzen. (Ebendaselbst S. 173 fg.)

32) Beschreibung und Untersuchung einer merkwürdigen Eisengeode (Haus-manns dichter thoniger Sphärosiderit), welche auf der gräflich Kaspar Sternberg-schen Herrschaft Radnitz im Pilsner Kreise in Böhmen gefunden wurde. Ver-anlasst und mitgetheilt von dem Grafen Kaspar von Sternberg. Mit 4 Kupfern. Für die Abhandlungen der k. Gesellschaft der Wissenschaften. Prag 1816, 26 Seiten in 8vo. (Besonderer Abdruck aus den Abhandlungen der königlichen böhmischen Gesellschaft der Wissenschaften. 5 Band, 1814—1817. Physikalisch-mathematischer Theil.)

* 33) Abhandlung über die Pflanzenkunde in Böhmen. Prag 1817, 168 Seiten in 8vo; 2 Abtheilung, Prag 1818, 128 und XLVI Seiten stark. (Beide besonders abgedruckt aus den Abhandlungen der königl. böhm. Gesellschaft der Wissenschaften. 6 Band 1818, 1819, Physikalisch-mathematischer Theil.)

·34) Aufstellung drei neuer Pflanzen-Arten mit Abbildungen. (In den Denkschriften der k. bayerischen botanischen Gesellschaft in Regensburg, 2 Ab-theilung, 1818, S. 55 fg.)

35) Botanische Bemerkungen und Berichtigungen, mit vorzüglicher Rück-sicht auf Deutschlands Flora. Von dem Grafen Kaspar Sternberg und Prof. Dr. Hoppe. (Ebendaselbst S. 84 fg.)

36) Botanische Bemerkungen. (In der von der königl. botanischen Ge-sellschaft in Regensburg herausgegebenen Flora oder Botanischen Zeitung, 1 Jahrgang, 1818, S. 388 fg.)

37) Geschichte und Beschreibung der Schmidtia utriculosa Seidel, einer neuen böhmischen Pflanze. (Ebendaselbst, 2 Jahrgang, 1819, S. 1 fg.)

38) Bemerkungen über einige Arten aus der Gattung Scorzonera. (Eben-daselbst S. 431 fg.)

39) Botanische Notizen (Trifolium uniflorum, T. Buxbaumii). — Ebenda-selbst 3 Jahrgang, 1820, S. 599.)

** 40) Versuch einer geognostisch-botanischen Darstellung der Flora der Vorwelt. Leipzig und Prag 1820 fg. 8 Hefte in gross Folio. 1 Heft 24 Seiten, 2 Heft 33 Seiten, 3 Heft (Regensburg) 39 Seiten, 4 Heft (Regensburg) 48 Seiten und Tentamen Florae primordialis XLII Seiten, alle 4 zusammen mit LIX. A- E. illum. Tafeln; 5 und 6 Heft (Prag 1833) IV und 80 Seiten, 7 und 8 Heft (Prag 1838) von Seite 81 bis 220, alle 4 Hefte mit XLV illum. Kupfer-tafeln. (Angezeigt in der Isis von Oken, Jahrgang 1820, S. 618 fg., dann Jahr-gang 1827, S. 833.)

41) Ueber die österreichische Schwarzkiefer (in der Flora der botanischen Zeitung, 4 Jahrgang, 1821, S. 381 fg.)

42) Ueber die Wichtigkeit eines Einverständnisses zwischen den Botanikern bei Bearbeitung neuer Herbarien. (Vorgetragen in der Sitzung der botanischen Gesellschaft am 10 November· 1821). — In der Flora, 5 Jahrgang, 1822, S. 23 fg.

43) Ueber die Gattung Zanonia Plumieri. (Ebendaselbst, S. 161 fg.)

* 44) Rede des Präsidenten des böhm. Museums bei der ersten ordentlichen allgemeinen Versammlung, den 26 Hornung 1823. (In den Verhandlungen der Gesellschaft des vaterländischen Museums in Böhmen, 1 Heft, 1823, S. 41 fg. und in allen folgenden Heften bis zum Jahre 1838 inclusive).

45) Ueber Geognosie (in der Isis, Jahrgang 1823, S. 283). ·

46) Botanische Winter - Excursionen. (In der Flora, 6 Jahrgang, 1823, S. 281.)

47) Carex argyroglochin Hornemann; eine neue deutsche Pflanze. (Ebendaselbst S. 284.)

48) Cuphaea procumbens Cav. non procumbens — ist das auch Folge der Cultur? (Ebendaselbst S. 381.)

49) Die Brasilianischen Herbarien in Wien. (Ebendaselbst S. 609.)

50) Ueber die verschiedenen Pflanzenabdrücke führenden Formationen und die Unterschiede der Vegetationen in denselben. Vorgelesen in der Sitzung der botanischen Gesellschaft in Regensburg. den 20 September 1824. (Ebendaselbst 7 Jahrgang, 1824, S. 689 fg.)

51) Nachlese zu Hofr. Schultes Nachrichten über die deutschen botanischen Gärten. (Vorgelesen in der feierlichen Sitzung der königl. bayerischen botanischen Gesellschaft am 20 September 1824.) – Ebendaselbst S. 737 fg.

52) Uebersicht der in Böhmen dermalen bekannten Trilobiten. (In den Verhandlungen der Gesellschaft des vaterländ. Museums in Böhmen, 3 Heft, 1825, S. 69 fg.)

53) Ueber einige Eigenthümlichkeiten der böhmischen Flora, und die klimatische Verbreitung der Pflanzen der Vorwelt und Jetztwelt, — in den Abhandlungen der k. böhmischen Gesellschaft der Wissenschaften, Neuer Folge 1 Band, 1824—26. Vorträge, gehalten in der öffentl. Sitzung der k. böhmischen Gesellschaft der Wissenschaften am 14 Mai 1825. 20 Seiten stark. Daraus zwei verschiedene Abdrücke (Prag 1825), der eine ohne Seitenzahl, der andere 22 Seiten haltend. — 2 Ausgabe. Zum Drucke befördert von der k. bayerischen botanischen Gesellschaft zu Regensburg. Regensburg 1829. 25 Seiten in 8vo. (Auch in der Flora, 12 Jahrgang, 1829. Ergänzungsblätter S. 65 fg.)

54) Bruchstücke aus dem Tagebuche einer naturhistorischen Reise von Prag nach Istrien. (In der Flora, 9 Jahrgang, 1826. 1 Beilage — und daraus besonders abgedruckt. Regensburg 1826, 92 Seiten in 8vo.)

55) Ueber das Vaterland der Erdäpfel und ihre Verbreitung in Europa — in der Monatschrift der Gesellschaft des vaterl. Museums in Böhmen 1827, Februar S. 19 31.

56) Ueber die Benützung der Steinkohlen, besonders in Böhmen. — Ebendaselbst 1827 Juli S. 63 – 72.

57) Geschichte der k. k. patriotisch-ökonomischen Gesellschaft in Böhmen. — Ebendaselbst 1827 Februar S. 44 – 50.

58) Ueber die fossilen Knochen zu Köstritz. (In der Isis, Jahrgang 1828, S. 481).

59) Antbericum comosum, eine neue Pflanzenspecies. — In der Monatsschrift des b. Museums, 1828, October S. 336—339 und in der Flora, 11 Jahrgang, 1828, S. 609.

60) Erfrorene Bäume im Březiner Garten im Winter 1829—30. (In der Flora, 13 Jahrgang. 1830, S. 562.)

61) Ueber den Borkenkäfer. (In der Isis, Jahrgang 1830, S. 313.)

62) Ueber den Höhenrauch. (Ebendaselbst S. 349.)

63) Ueber die böhmischen Trilobiten. (Ebendaselbst S. 516.)

64) Ueber den Mais und dessen Verbreitung in Europa (in den Neuen Schriften der k. k. patriotisch-ökonomischen Gesellschaft im Königreiche Böhmen,

232

2 Bandes 1 Heft, S. 32 fg. — und daraus besonders abgedruckt. Prag 1830 in 8vo.)

65) Ansichten über die vorweltliche Flora (in der Isis, Jahrgang 1831, S. 870).

66) Der Abdruck von Crotalus? reliquus oder Arundo? Crotaloides (in den von Ludwig Friedrich von Froriep gesammelten und mitgetheilten „Notizen aus dem Gebiete der Natur- und Heilkunde," 32 Band, 1832, S. 280).

67) Bruchstück aus einem Vortrage des Grafen Kaspar von Sternberg, in der allgemeinen Versammlung des böhmischen Museums am 14 April 1835. (Ebendaselbst, 45 Band, 1835, S. 225.)

68) Insektengänge im Blatte der Flabellaria borassifolia C. Sternberg (in den Verhandlungen der Gesellschaft des vaterländischen Museums in Böhmen, 1836. S. 43 fg.)

ad 68) Insektengänge auf Pflanzen der Vorwelt (in Froriep's Notizen, 49 Band, 1836, S. 312).

** 69) Umrisse einer Geschichte der böhmischen Bergwerke: 1 Band, 1 und 2 Abtheilung. Prag. 1836. 2 Bände in gross 8vo., 128 und 251 Seiten stark, mit 1 Titelkupfer. Der 2 Band führt den Titel: „Umrisse der Geschichte des Bergbaues und der Berggesetzgebung des Königreichs Böhmen." Prag 1838. X und 351 Seiten mit 1 Titelkupfer.

70) Vortrag über einige neue Entdeckungen im Steinkohlen-Gebirge (in der Isis, Jahrgang 1836, S. 219).

71) Vortrag über die Keimung einiger aus ägyptischen Mumien-Gräbern erhaltener Weizenkörner. (Ebendaselbst S. 231.)

72) Ausmasse des bei Lissa gefundenen Schenkelknochens vom vorweltlichen Elephanten (in den Verhandlungen der Gesellschaft des vaterländischen Museums in Böhmen, 1837, S. 68).

73) Huttonia spicata. (Ebendaselbst S. 69.)

74) Bericht über die Versammlung deutscher Naturforscher und Aerzte in Prag im September 1837 von Grafen Kaspar Sternberg und Professor Jul. Vinc. Edl. v. Krombholz. Prag 1838 (VI) und 235 Seiten stark, dann 26 Seiten facsimiles, in 4. (auch in der Isis, Jahrgang 1838, S. 478 fg.)

Auf Befehl des Grafen erschien:

Enumeratio plantarum horti et agri Březinensis, secundum Steudelii nomenclatorem botanicum et Decandolii systema vegetabilium, jussu domini Caspari comitis Sternberg concinnata ab Antonio Franz, horti Březinensis praefecto. (Pragae MDCCCXXIV.) 37 Sciten in gross 8vo.

Nach des Grafen Tode erschien:

Briefwechsel zwischen Göthe und Kaspar Graf von Sternberg. Herausgegeben von F. Th. Bratranek. Wien, 1866 (S. VIII und 309 in gr. 8.)

Aphorismen über Kunst und Künstlerberuf.

Aus den Reden des Grafen Franz von Sternberg-Manderscheid gesammelt. *)

1.

Von den ersten helleren Eindrücken des Schönen auf die Seele, bis zur wärmsten Anbetung der Wahrheit, bis zum Hochgefühle der Grösse, gibt es keinen Sprung mehr; eine Folge verwandter Empfindungen, die aus immer lichtvolleren Ansichten hervorgehen, führen, den Geist allmählig veredelnd, mit sichern Schritten zu dem erhabenen Ziele. (1810, 13 Jan.)

2.

Bei dem geistigen Eigenthum finden wir in dem Errungenen einen gesicherten Besitz, während das Angeborne für einen erst zu rechtfertigenden Anspruch gilt. Ja, das stille, feste, stete Fortschreiten erhebt uns zu grösseren Erwartungen, als der glänzendste Schimmer einer genialischen Erscheinung; denn selbst im hohen Fluge bedarf es zur Ausdauer nicht der Kraft allein, sondern des geübten Fittigs, und des erlernten, angewohnten Schwungs. (1813, 14 Jan.)

*) Da eine vollständige Sammlung der im Nekrolog vom J. 1830 erwähnten Reden des Grafen an die akademischen Schüler jetzt schon selten, und ihr Inhalt auch für ein grösseres Publicum anziehend sein dürfte, so lassen wir hier eine planlose Auswahl von Stellen aus derselben folgen, die den Werth des Ganzen von selbst bestimmen werden.

3.

Die Kunst verlangt, dass, was die Seele richtig empfunden, in sichtlich schöner Form erscheine. Sie duldet kein langes Verweilen bei der Betrachtung und dem Worte. Sie fordert die rege Hand, das überlegt unternommene, mit Muth und Liebe vollendete Werk. Sie will, unter Mühe und Genuss, ein rastloses Streben nach der nie zu erreichenden Vollkommenheit; alle Zwecke, die sich mit einer unrühmlichen Genügsamkeit vertragen, bleiben ihr ewig fremd. Dies ist ihr Dienst, dies ist zugleich ihr Lohn. (Das.)

4.

Die Künste hat man, noch in der neuesten Zeit, den Luxus einer glücklichen Civilisation genannt. So wohlklingend dieser Satz ist, so passend der Ausdruck gefunden werden mag, wenn von dem so selten erreichten Stande ihrer glänzendsten Blüthe die Rede ist, so gefährlich ist auch der Missverstand, zu dem damit Anlass gegeben werden kann, besonders für jene, denen die zarte Pflege der Kunst empfohlen, oder ihr Dienst zum Bedürfniss, wie zur Pflicht, geworden ist. Aus Begriffen dieser Art entsteht gar bald der Wahn, dass es entbehrlich, ja sogar nichtswürdig sei, jenes Treiben, das vermeintlich nur dem schwelgenden Ueberfluss und der weichlichen Ueppigkeit fröhnt. Dann tritt eine kalte, haushälterische Klugheit auf, bekleidet mit dem Ansehen der Moral, und warnt, und mahnt ab von dem Streben nach eitlem, erträumten Ruhme, weil sie doch jede Mühe tadeln muss, deren Nutzen nicht fühlbar, nicht einmal erwiesen, deren Lohn nicht zu berechnen ist. (1818, 18 Febr.)

5.

Die im Menschen erwachende Liebe zur Kunst halten wir für das untrügliche Merkmal seiner innern Veredlung. In der Reife des, mit Fertigkeit, Kenntniss, Geschmack, Kraft und Würde begabten Talents, bewundern wir eine wahre Grösse, verehren wir eine göttliche Weihe. Wie wohlthuend ein warmes Kunstgefühl den Geist erhebt, wie es das schönere Leben bildet und dessen Werth erhöht, darüber befriedigt uns eine Ueberzeugung, die Sie schon mit uns theilen, meine Herren, die sich Ihnen aber mit jeglichem Gedeihen noch kräftiger aufdringen wird. (Das.)

6.

In der Menschenwelt, diesem weiten Reiche der verworrenen Begriffe, in dem sich Jedermann umhertreibt, in dem folglich auch der Künstler seinen Standort zu suchen bestimmt ist, masst sich bekanntlich, immer Gestalt wechselnd, doch stets mit offener oder verlarvter Tyrannei, ein conventionelles Ding Einfluss in Sitte und Geschmack an. Im Kleinen wirkend, nennt es sich Mode, mit Grösserem sich befassend, tritt es stolz als Zeitgeist auf. Lassen Sie sich davor warnen; es ist die Herrschaft des Leichtsinns und der Laune. Der wahre Kunstmann, dem neben Tugend und Weisheit, auch Schönheit ein hohes Wesen ist, ewig wie die Seele, unveränderlich wie die Natur, der es angehört, erträgt nicht ihr Joch. Es ist unter seiner Würde, ihrem unsteten Willen zu fröhnen, und ihre flüchtige Gunst zu erschleichen; es ist ihr lautester Beifall ihm ungenügend. (1819, 10 März.)

7.

So wie der Kunst jede Form angehört, so kann sie, der Natur getreu, auch jedes Gefühl zu ihren Zwecken sich aneignen, nur unedle Regungen dürfen sie nicht herabwürdigen, und träger Unmuth darf nie Denjenigen fesseln, der sich in ihre Schule aufnehmen lassen, die hell sehen, wahr auffassen und würdig darstellen lehrt. Wo Auge, Hand und Sinn sich vereinigen müssen, um Schönes zu schaffen, da muss der Entwicklung der Fähigkeit, der geistigen Ausbildung, die nöthige Zeit gegönnt werden, da gilt voreilige Anmassung so wenig, als voreilige Forderung, da führt allein der unverdrossene Fleiss, bei Beharrlichkeit und Geduld, zur Befriedigung — selbst des beschränktesten Ehrgeizes.

Den man vor Abwegen warnen will, den weist man auf den betretenen Weg; eben so wird Ihnen das Bekannte, das Erprobte empfohlen. Sehen Sie mit unverwandtem Blicke auf

den nächsten Zweck hin, wenn Sie einen höheren erreichen
wollen. Es sind keine Ruheplätze, die man Ihnen behaglich
einzunehmen anräth; es sind Standpunkte, nicht zum Stillstande
bequem, wohl aber zur Umsicht nothwendig, um sicherer und
kürzer hinanzusteigen.

So, meine Herren, verhält es sich in jeder Kunde mit dem
Fortschreiten des Unbefangenen, des aufrichtig Beflissenen. Im
wachen Leben werden nicht die Wunder des Traumes verwirklicht, in dem man auf Flügeln über Klüfte setzt, mit leich-
tem Sprunge sich auf den Gipfel schwingt, ohne Schwindel von
Zinne auf Zinne hüpft. (1824, 17 April.)

8.

Erfahrung, däucht uns, ist es, lang bewährte Erfahrung,
die in unserer Kunst den Gang des Unterrichts eingeführt hat,
und wesentliche Abweichungen davon nur als seltene Ausnahme
zulässt. Und in der That, die einfache Vorbereitung, die Folge
der Uebungen, die Wahl der Muster, was nach und nach zum
geläufigen Griffe werden soll, welche Fertigkeiten zu erlangen
sind, ehe es rathsam wird, sich der Eingebung eigener Phantasie
zu überlassen, — ist schärfer und gründlicher überdacht worden,
als es Jene wissen mögen, die über die Fessel trauern, in die
man in altväterisch angelegten, steif geregelten Anstalten das
Genie einengt. (1822, 17 April.)

9.

Die Zeiten, die man die Epochen des Flors der Künste
zu nennen pflegt, werden, selbst wenn man sie mit Eifer und
Nachdruck herbeizuführen wähnt, nicht aller Orten oft erlebt.
Vergebens ist hier die Forderung, dass das, was mit Einsicht
getrieben, vollkommen gelingen, was nach der Regel angebaut,
zur bestimmten Erntezeit reifen müsse. *Unser* Himmel, meine
Herren, hat seine eigenen Launen, und auch *unsre* Sonne ihre
Flecken.

Sollte man aber darum sich scheuen, Herrliches zu pflegen,

weil es seltener und ohne Geräusch lohnt? Nein! Es bleibt mächtiges Gesetz für jeden Stamm, der auf Bildung Anspruch macht, die Künste zu ehren. Wie Gewerbe der Nahrung, nützliche Kenntnisse und Wissenschaften dem Wohlstand und dem Ruhme, so gehören vorzüglich Tugend und Kunst dem Adel eines Volkes an: aber diese gründen nicht auf Fülle und Glanz, sondern auf Würde ihren Stolz; sie behaupten ihn auch da, wo sie nicht Bewunderung erregt, manchmal nur Trost statt Lob, Balsam statt Palmen gewonnen haben. (1823, 14 April.)

10.

Eines können wir nicht umhin, Ihnen, meine Herren, mit Nachdruck zu wiederholen: dass die, gleichwohl hoch zu achtenden Auszeichnungen, die Sie hier erringen, Ihnen nicht als Lohn, noch als Lob gelten; dass der eigentliche Werth, den Sie darin finden sollen, in dem Winke liegt, in der Hindeutung auf das Gute, das von Ihnen, es sei auf verschiedenen Wegen, es sei mit ungleichem Streben gesucht, durch die Billigung Ihrer gelungenern Versuche anschaulicher wird; — und wie wäre es, wenn auch aufregender Trost in dem Ersatze läge, den ein mit Wohlwollen und Ruhe, nach Grund und Regel gefällter Spruch gewährt, für so viele Urtheile, die verworren und sich widersprechend um Sie ertönen, aus denen sogar manchmal Vorliebe und Abneigung, nicht selten Befangenheit oder Unkenntniss und Schiefheit hervorleuchten?

Lassen wir jedoch hier keinem Missverstand Raum. Wir wollen uneigennützig für Sie vorbauen, meine Herren, wir bescheiden uns gern, dass Ihren Leistungen nicht allzeit unser Massstab angelegt werde. So lange Sie vorzüglich uns angehören, weichen wir nicht von der Pflicht, in allem, was von uns über Sie ergeht, den Ernst des Richters mit Wahrheit und Schonung zu vereinen. Nach und nach überliefern wir Sie aber dem weitern Kreise, der Ihre Welt wird. Gesetz und Noth erheischen, dass Sie dieser gefallen, — doch nie auf Kosten Ihres gereiften Verstandes, Ihres bessern Gefühls. Lernen Sie bei Zeiten Recht und Unrecht ertragen. Dann erst, wenn Sie auf

noch so hoher Stufe stehen, ist es Ihr unausweichliches Loos
selbst den Uebertreibungen von Bewunderung und Tadel zu
begegnen; erleuchten Sie daher Ihr Künstlergewissen, werden
Sie gerecht in Ihrem Schaffen und Treiben, fest in Ihrem
Glauben, um den Extremen von Uebermuth und Entsinken der
Kraft, dem gleich schädlichen Mittelding von Zweifel, sicherer
zu entgehen. (1824, 5 Mai.)

11.

Die Kunst, in jeder Forderung über das Gemeine erhaben,
verlangt vor Allem einen reinen Beruf, einen ungetheilten Sinn.
So frei die Wahl des Kunstbeflissenen war, so rastlos muss sein
Hinanstreben sein, so unverrückt sein Blick an dem Ziele hän-
gen. Es bieten sich ihm äussere Mittel sattsam dar: Rath und
Lehre, Muster und Beispiel. Auch innere Hilfen müssen mit-
wirken: Empfänglichkeit und Vertrauen, Liebe und Fleiss.
Treibt ihn noch ein bescheidener Ehrgeiz, ein alles besiegender
Wille an, so entwickelt sich die Kraft in ihm; er erreicht die
lichtvollen Höhen, er lebt im Gebiete des Schönen.

So mögen daher Talent mit Bemühung, natürliches Vermögen mit erlerntem Wissen, angeborene mit angeübter Fertigkeit sich vereinen, um den Künstler zu vollenden. Einen solchen Weg muss der Geist gehen, der sich zum Herrn des
Werks bilden will; man glaube ja nicht, dass er ihn im Zwang
der Ketten zurücklegt, weil eine ernste Leitung ihn zur Er-
kenntniss zu bringen strebt, dass das Band des Gesetzes ihm
Wohlthat ist. Gar bald, und zu seiner vollen Beruhigung, gelangt er zu dieser Erfahrung; er wird dann frei, ohne regellos
zu sein.

Der eitle Streit über die Frage: Was das Genie hebt, was
es fesselt, — mag immerhin diejenigen beschäftigen, die die
Kunst nur lieben, oder zu lieben wähnen; die arbeitende, die
wirkende Kunstwelt soll er nicht entzweien. Am allerwenigsten
darf Sie, meine Herren, wenn sie auch um Sie her mit Wichtigkeit besprochen würde, eine so müssige Controvers in Ihrem
Fortgang stören; sie würde Ihnen, ohne Nutzen, unwiderbring-

liche Stunden rauben. Gleichviel nach welchem Erziehungsplane
das Kind zum tüchtigen Manne, der Lehrling zum wackern
Meister heranwächst. Der sich willig zum Guten anleiten lässt,
wird am sichersten Gutes leisten. (1825, 31 Mai.)

12.

Bei der öffentlichen Aufnahme in der Kunstwelt, wo es
Noth und Drang wird, im Gebrauche des in den Lehrjahren erworbenen Vermögens, die ersten freien Versuche zu wagen,
müssen unumgänglich im Innern des, obgleich vorsichtig, dennoch mit warmer Empfindung auf den Schauplatz Auftretenden,
verschiedene Gefühle streiten; und es ist kein Glück für ihn,
wenn dieser Kampf leicht entschieden ist, wenn die schnell erfasste, obsiegende Idee ihm eine Richtung gibt, die zum festen
Charakter wird, ehe es ihm möglich war, in der grossen Schule
der Erfahrung sich umzusehen, und in derselben Winke wahr-
zunehmen und Rath zu benützen. Wir gestehen es, dem An-
fänger in der Meisterschaft — denn als solchen begrüssen wir
den Ausgezeichneten in der Lehre, — möge in dem verhängnissvollen Augenblicke schwer fallen, das wahre Mass der Bescheidenheit zu treffen, und wir finden um so wichtiger, ihm
ernstlich zu empfehlen, den Eindruck, den in ihm eigenes und
fremdes Urtheil über seine jugendlichen Leistungen hervorbringen, zu prüfen, um Täuschungen zu entgehen, und bei Zeiten
Störungen zu beseitigen, die seine Fortschritte hemmen könnten.
Vielleicht hängt nur von dieser Erforschung, vielmehr von der
Aufrichtigkeit, mit der er sie anstellt, seine künftige Ruhe ab,
und jene Unbefangenheit, ohne welche man wohl hie und da
Wohlgefallen erregen, aber zuletzt sich selbst nicht genü-
gen kann.

Wie gemein ist nicht, bei denjenigen, die Eigendünkel zum
Haschen nach Beifallsbezeigungen antreibt, der Missgriff, ein
ermunterndes Wort für Billigung, ein Zeichen der Zufriedenheit
für unbedingtes Lob, sogar die Anerkennung einzelner Vorzüge
für hohe Bewunderung zu halten! — Dem wir wohl wollen, den
warnen wir vor so falschem Genusse, und der Kunst, die wir

verehren, wollten wir nicht Anhänger zugeführt haben, die ihr mit so getheilter Treue huldigten. Lieben Sie sie denn, meine Herren, ihrer Schönheit, ihrer Würde wegen. Erfreuen Sie sich in dem Glanze, der von ihr auf Sie herabstrahlt. (1826, 20 Mai.)

13.

Soll sich der Künstler dem Einflusse seiner Zeit hingeben, oder soll er gegen ihre Forderungen ankämpfen, sie zu bemeistern streben? — Wenn das Erste unbedingt geschieht, und mit Entsagung auf eigene Einsicht, so ist es unwürdig. Wenn man das Zweite wagt mit stolzem Vertrauen auf eigene Kraft, so dürfte man es eitle Vermessenheit nennen.

Das bereits bis zur Erbitterung gesteigerte Interesse für diese Streitfrage, die auch Ihnen, meine Herren, nicht mehr fremd sein kann, scheint uns aus falschen Voraussetzungen zu entspringen; denn die Zeit ist wirklich nicht so despotisch, als sie zu sein beschuldigt wird, wenn auch manchmal gegen Nachgiebige anmassend; hingegen kann auch nicht das einzelne Genie, eben so wenig der Bund von Einigen, sie nach Wohlgefallen bilden. Ihr Strom wälzt sich unaufhaltsam fort; der Gewandte, der sich in die Wellen wirft, hemmt keineswegs seinen Lauf, die Fluth treibt ihn aber auch nicht wider seinen Willen, er versteht es als guter Schwimmer, in allen Richtungen kühn durchzudringen.

Indessen, wenn man den Gang der höheren Kunst urkundlich verfolgt, so lässt sich eine Art von Abhängigkeit derselben vom Charakter der Zeit im Allgemeinen nicht durchaus verkennen. Gleich bei ihrer Wiedergeburt zeigt sich die Kunst steif, dürftig und kindisch. Hernach wird sie fromm und fest, doch noch unbeholfen. Es währt nicht gar lang, und wir werden überrascht durch den erfreulichsten Uebergang in das Einfache, Gemüthliche und Schöne. Das Alter der männlichsten Kraft tritt ein. Die Grösse verirrt sich aber nur zu bald in Prunk und geräuschvolle Pracht. Diese führen das Gezierte herbei. Endlich wird die Manier so platt und bedeutungslos, dass die demüthigende Entartung Eckel erregt, und die tief

Gefallenen zu dem Wunsche zwingt, einen älteren Zustand wieder hervor zu rufen.

Da offenbart sich denn bei Manchen die Verlegenheit in der Wahl der erreichbaren Musterepoche, während Andere wähnen, ihre Weisheit habe alles durchforscht und erwogen, den Grund des Uebels aufgedeckt, die Jahrhunderte gerichtet, und sie seien, einmal damit im Reinen, jetzt erst im Stande jeden Vorzug sich anzueignen, und mit allen zugleich geschmückt, imponirend aufzutreten. (1827, 2 Juni.)

14.

Geborene Talente haben sich zu allen Zeiten durch treues Wollen, Fleiss und Geschmack zu ehrenvollem Rang erhoben; selbst die minder Glücklichen unter ihnen haben der Kunstwelt noch Genuss, nie Aerger bereitet. Durch beharrlichen Fleiss wird Fertigkeit erworben, die Fähigkeit erhöht, Tüchtigkeit erreicht. Der echte Geschmack ist Sache des Gemüths; denn die unerlässlichen Bedingungen der Schönheit in einem Kunstwerke, — Wahrheit, Schicklichkeit, Harmonie, Anmuth und Würde, erfordern die Wirkungen des geraden Sinnes und des reinen Gefühls einer schönen Seele. Auf diesem Wege sind vor uns und neben uns Männer gross geworden, ohne mit ihrem Zeitalter zu rechten. Sie brauchten nicht dessen Herrschaft anzuerkennen, nicht dessen Macht zu läugnen. (Das.)

15.

Unter der zahllosen Menge, die sich an Kunst ergötzt, und mit Musse darüber denkt und spricht, herrschen die verschiedensten Meinungen, manche sich widersprechende Begriffe, über das Wirken der Kunst, ihren Nutzen, ihre Wichtigkeit, ihr Wesen. Ihnen, meine Herren, ziemt in solcher Angelegenheit kein Zweifel; est ist Ihnen nicht mehr erlaubt, ja nicht mehr möglich, die Würde der Kunst zu verkennen. Ihnen wäre es gleich unverzeihlich, sie, entweder als eitlen Zeitvertreib, oder als gemeines Gewerbe ausüben zu wollen. Indem Sie sich ihr mit Bewusstsein weihten, haben Sie sich ohne Rückhalt ihrem Ruhme hingegeben; wie gross auch die Forderungen seien, Sie haben versprochen, sie zu erfüllen. .Es gibt zwar keine Gewährleistung für die Vergeltung, die Ihnen für so angestrengte Mühe werden soll: allein Sie, meine Herren, eifert ein schöner Ehrgeiz an; ohne alle Bürgschaft harren Sie in der edlen Anstrengung aus, die Höhen zu erreichen, wo man einen reinen Himmel und heitere Fernen gewinnt, und verlassen auf immer den beschränkten Standpunkt, den selten ein lichter Schein erhellt, und nie eine lachende Aussicht erfreut. (3 Juni 1828.)

www.ingramcontent.com/pod-product-compliance
Lightning Source LLC
Chambersburg PA
CBHW020057030726
47498CB00006B/1838